춘향전의 인문학

춘향전의 인문학

문화적 상상력으로 즐기는 춘향전 10장면

김현주 지음

아카넷

춘향전은 한국인에게 멀리 떠나온 고향과 같은 곳이다. 우리가 고향에 대해 아련하고 황홀한 그 어떤 기억을 간직하고 있듯이 우리는 춘향전에 대해 각자 정도의 차이는 있을망정 그 어떤 기억의 편린들을 모두가 간직하고 있다. 그것은 대강의 이야기 줄거리일 수도 있고, 춘향과 이도령, 신관사또, 방자, 월매 등의 등장인물에 대한 인상일 수도 있으며, 작품의 배경이 되는 주제의식과 같은 관념에 가까운 정보일 수도 있다.

그렇다면 이런 기억들은 어디에서 왔는가? 그것은 우리가 받은 학교 교육에서 오기도 했겠지만 영화와 드라마 같은 시각매체에서 오기도 했다. 춘향전은 해방 이후 영화와 드라마로 수도 없이 반복해서 만들어졌고, 그것은 한국인의 기억 한편에 저장

되어 있다. 그래서 어찌 보면 춘향전만큼 한국인이 잘 알고 있는 고전은 없다고 해도 과언이 아니다. 그러나 우리들이 춘향전을 많이 알고 있는 것이 과연 사실인가. 많이 아는 것 같으면서도 실제로는 얕고 얇게 아는 게 춘향전이 아닐까. 우리가 춘향전에 대해 아는 것이란 겉에 드러난 현상적이고 단편적인 지식에 가까운 것들이 아닐까.

이 책은 춘향전을 춘향전답게 읽으려면 어떻게 읽어야 할 것인지에 대한 고민에서 시작되었다. 그 고민의 하나는 춘향전에서 열녀담론 같은 걸 읽어내는 그런 관습적인 춘향전 읽기에 대한 회의였고, 다른 하나는 춘향전의 이야기 골격을 요약해서 추려내는 메마른 읽기에 대한 회의였다. 물론 그런 읽기가 전혀 의미가 없다는 것은 아니지만 그렇게 읽었을 때 과연 춘향전을 춘향전답게 읽어냈는가 하는 의문이 생기는 것은 어쩔 수가 없다. 춘향전은 당시 사회의 이념적 의미와 문제 있는 서사적 줄기를 담고 있지만 그 밖의 다른 의미 있는 서술들도 풍요롭게 펼쳐져 있는 문학적 장場이다. 그것들을 무시하고 관습대로 춘향전을 보면 매번 똑같은 것만 보게 되고 풍성한 가지와 사철 다른 빛을 띠는 잎들을 잘라내고 마른 줄기만을 보게 되는 셈이다.

춘향전은 성性과 같은, 사람들이 발칙하고 불순하다고 생각하는 것을 스스럼없이 발랄하게 드러내는 특징이 있다. 욕설도 가감 없이 드러내고, 몸으로 즐기는 놀이라든가 향락적 유흥이라든가 그런 흥이 고조되는 국면을 아주 상세하고도 흥미롭게 그려내는 경향이 있다. 우리는 보통 그런 측면을 발랄하지만 과도해서 윤리도덕적으로 문제가 있는 것으로 본다. 그래서 자세하게 따지려고 하지 않는다. 그러나 그런 것들은 그 나름대로 사회적이고 플롯적인 의미도 있고, 상징과 역설과 같은 장치로도 쓰이고 있어서 그 현상의 이면을 면밀히 살펴볼 필요가 있다. 관습대로 보지 않고 다른 시각에서 창의적으로 볼 줄 알아야 한다. 거꾸로도 보고 뒤집어도 보고 비틀어도 보고 물구나무서서 볼 줄도 알아야 한다. 재구성해서 재해석할 수도 있을 때라야 감춰진 의미가 드러난다. 그래야지만 춘향이 욕쟁이 처자가 된 배경, 춘화가 춘향 방에 걸려 있는 사연, 춘향전을 음란 교과서가 아니라 성희의 국민 교과서라고 봐야 하는 까닭, 그네 뛰는 춘향을 훔쳐보는 이도령과 방자의 모습을 혜원의 〈단오풍정〉과 비교해야 할 이유 등에 대해 생각해볼 수 있는 여지가 생긴다.

　춘향전은 화려하고도 원색적인 당시 진경문화의 감각과 호흡을 제대로 지니고 있는 작품이다. 그것은 춘향전의 이야기 배경과 소재에 따른 귀결이기도 하지만 거기에 대한 문화적 지향이 워낙 강렬하기 때문이다. 춘향전은 아름다운 풍광을 지닌 남원 광한루 일원을 배경으로 하고 있으며, 진경문화 당시의 패셔니

스타로서 기생이라는 복식문화적 배경을 추가하고 있다. 거기다가 이도령과 방자, 사령 등과 같은 관원들의 복식도 반영되어 있고, 남원 한량들과 같은 유흥 패거리의 존재도 색깔을 더하고 있다. 춘향 방에 있는 각종 기물들과 부벽도화, 고동서화 등도 시선을 받고 있다. 춘향전의 이런 사항들은 당시의 각종 풍속화, 민화, 미인도, 행렬도, 연회도, 초상화 등을 소환하게 만든다. 춘향전에 나오는 경처 탐색 장면이라든가 서울에서 남원까지의 노정 대목에서는 고지도를 불러내게끔 되어 있다. 우리들은 춘향전을 통해 문화적 상상력을 발동하지 않을 수 없게 된다. 그리하여 남성들을 경탄하게 하는 미인의 뇌쇄적인 자세와 가슴이 드러나는 짧은 저고리가 유행하게 된 배경을 우리는 알 수 있으며, 혜원의 풍속화들에서 춘향과 이도령, 방자의 모습을 볼 수도 있고, 춘향 방에 걸려 있는 고사인물도인 〈상산사호도〉와 똑같은 실제 그림도 볼 수 있으며, 춘향집 후원의 모습이 실제가 아니라 민화 화조도들에서 연상된 것이라는 점도 알 수 있다. 그리고 신관사또의 남원 부임 행렬이나 생신연의 장관도 그림을 통해 실제처럼 감상할 수 있다.

　춘향전은 언어를 갖고 노는 재주를 만끽할 수 있는 작품이다. 춘향전의 주체가 작가든 광대든 간에 그들이 우리말을 다채롭게 비벼내는 솜씨는 가히 언어의 마술사라 할 만하다. 춘향전은 판소리와의 관계가 언제나 함축되어 있기 때문에 춘향전 언어는 고도의 율격화를 지향한다. 노정기처럼 지명들만 율격에 맞춰 쭈욱 연결해도 소리의 맛과 결이 멋들어진다. 소리로서의 멋을 바탕에 깔고 거기에 시각적인 때깔을 입히는 데도 탁월하다. 기본적으로 춘향전 언어에는 정감이 있고 유머러스한 감각이 스며 있다. 욕설조차 그런 측면이 있다. 그런 언어 덩어리를 의성어와 의태어라는 양념으로 맛깔나고 때깔나게 비벼내면 훌륭한 정찬이 된다. 이제 거기에 해학과 풍자를 마음대로 곁들이면 된다. 그런 바탕에 비장함을 담으면 임방울의 '쑥대머리'와 같이 감동적인 언술이 되기도 하고, 이어사의 '금준미주' 한시처럼 치열한 비판이 되기도 한다. 그리고 일상어를 말하듯 자연스럽게 툭툭 던지면 정정렬의 '어사상봉' 대목처럼 어깨가 들썩거리는, 정감적으로 딱 앵기는 소리가 된다.

이 밖에도 춘향전은 다른 많은 새로운 시각에서 조명될 수 있다. 집단 심리 차원에서 접근해볼 만한 지점도 있는데, 판각본 서체에 담긴 지역 집단의 심리라든가, 반대로 꿈을 해석하고자 하는 집단 심리 같은 것이다. 숙종 시대가 춘향전의 시대배경이 된 것을 따져보려면 역사적 실증주의의 시각도 필요하다. 춘향전이 역사보다 더 역사적인 기술로 볼 수 있는 점은 미시사의 시각을 동원할 필요가 있다.

무엇보다도 춘향전을 제대로 읽어내려면 춘향전에 나오는 인물들의 호흡과 감정 속으로 들어가보고, 춘향전을 짓고 향유했던 그 당시 사람들의 의식 속으로도 들어가 그들과 동행하는 것이 필요하다. 그러려면 춘향전의 문면과 행간에 담긴 정보들에 대해 세심한 뜯어보기가 동반되어야 하며, 그 배경 맥락들에 대해 폭넓고 심층적인 탐구가 수반되어야 한다. 당시의 인물들과 동행하고 배경 맥락들을 철저히 탐구하고자 할 때, 우리는 '문화적 상상력'을 최대한 동원할 필요가 있다.

주요 인물만 중요한 게 아니고, 주요 사건만 중요한 게 아니다. 사소한 일과 사소한 기물, 사소한 배경이 더 중요하고 의미 있을 수 있다. 영웅적 삶보다는 소시민적 삶의 모습들이 더 중요하고 유의미한 지점일 수 있다. 그런 것들을 보듬는 것이 더 중요한 인문학적 가치라고 필자는 생각한다. 인문학을 어렵다고 생각할 건 없다. 과거의 인물과 상황 속으로 시간 여행을 떠나는 것이다. 그때 그 사람이 되어 문화적 상상력을 발동해보는 것이다. 춘향전을 문학 텍스트로 한정 짓지 말고 당시 사회 문화를 다양하게 보여주는 텍스트로 폭넓게 보면서 자유롭게 발칙하게 상상의 나래를 펴는 것이다. 춘향전을 핑계로 바람을 피는 것이다.

원전에 가깝게 갈수록 우리가 타임캡슐을 타고 고전 시대를 여행하는 데 도움이 될 것이라는 믿음을 필자는 갖고 있다. 그래서 이 책은 춘향전에서 주요 장면 대목을 거점 삼아 진행하는 방식을 취했다. 그것은 문화론적인 문학 교육과 교양 교육을 의식한 것이기도 하지만 기본적으로는 원전에 대한 정밀 관찰과 참여가 문화적 상상력을 일으키는 데 초석이 되기 때문이었다. 원전 형태 그대로를 제시하는 것이 현실적으로 어려워 원전을 현대역하되 원문은 최대한 그대로 옮기고자 했다.

고백하자면 이 책은 춘향에 대한 필자의 부채 의식에서 비롯되었다. 춘향전으로 박사학위 논문을 쓴 이래 학술 논문으로는 춘향전에 대해 수도 없이 썼지만 인문 교양서적으로 많은 사람들이 읽을 만한 책을 쓴 적은 없었다. 판소리와 풍속화를 연관시키는 작업 속에서 춘향전을 다루기는 했지만 이렇게 춘향전 단독으로, 춘향전을 속속들이 파고든 본격 저술은 낸 적이 없었다. 학위 논문을 쓰면서 춘향과 한 무언의 약속을 이제야 지키게 되었다. 학위 논문을 쓴 지 사반세기가 지났으니 늦어도 보통 늦은 게 아니다. 뒤늦게나마 이 책을 춘향에게 헌정한다. 다만 춘향에게 서려 있는 인문적 향기를 제대로 그려냈는지 두렵기만 할 뿐이다.

2017년 9월
김현주

차례

일러두기

1. 춘향전의 핵심 줄거리 열 장면에 대한 원전 사설(이하 '제시문'이라 함)을 이야기 순서대로 제시했다.
2. 제시문은 완판본 「열녀춘향수절가」를 주대본으로 하되, 주제 내용을 효과적으로 보조하기 위해 「장자백 창본 춘향가」, 「고대본 춘향전」, 「완판 29장본 별춘향전」, 「임방울 창 '쑥대머리' 가사」 등도 활용했다.
3. 제시문은 원전의 감각을 최대한 살리고자 표기만 현대어로 바꾸고 최소한의 띄어쓰기를 적용했으며, 글자 수도 최대한 원전의 글자 수에 맞추어 판소리의 맛과 운율감을 그대로 보존하고자 했다.
4. 제시문은 한자어 표현이 많고 한글맞춤법에 어긋난 표현도 적지 않으나 본문에서 풀이와 설명의 바탕이 된다는 점에서 꼭 읽어보기를 권한다.
5. 이 책에서 「겹낫표」는 단행본을, 「낫표」는 춘향전 등 작품명을, 〈꺽쇠〉는 그림과 영화 작품 등을 가리키는 부호로 사용된다. 본문에서 제시문의 표현을 직접 인용하는 경우 겹따옴표를 사용했고, 본문에서 강조하는 어휘에는 홑따옴표를 사용했다.

숙종대왕 즉위 초에
성덕이 넓으시사

숙종대왕 즉위 초에 성덕이 넓으시사 성자성손은 계
계승승하사 금고옥촉은 요순시절이오 의관문물은 우탕
의 버금이라. 좌우보필은 주석지신이오 용양호위는 관
성지장이라. 조정의 흐르는 덕화 향곡에 퍼졌으니 사해
굳은 기운이 원근에 어려 있다. 충신은 만조하고 효자
열녀 가가재라. 미재미재라. 우순풍조하니 함포고복 백
성들은 처처에 격양가라.

　　이때 전라도 남원부에 월매라 하는 기생이 있으되 삼
남의 명기로서 일찍 퇴기하야 성가라 하는 양반을 데리
고 세월을 보내되 연장 사순에 당하야 일점혈육이 없어
이로 한이 되야 장탄수심에 병이 되겠구나. 일일은 크게
깨쳐 옛사람을 생각하고 가군을 청입하야 여짜오대 공
순히 하는 말이,

　　"들으시오, 전생에 무슨 은혜 끼쳤던지 이생에 부부
되어 창기 행실 다 버리고 예모도 숭상하고 여공도 힘썼
건만 무슨 죄가 지중하여 일점혈육 없었으니 육친무족
우리 신세 선영향화 뉘라 하며 사후감장 어이하리. 명산

대찰에 신공이나 하야 남녀간 낳거드면 평생 한을 풀 것
이니 가군의 뜻이 어떠하오."

(「열녀춘향수절가」1장 앞뒤)

1

숙종은 왜 시대 배경에
들어오게 되었나?

숙종의 두 얼굴

춘향전의 첫머리는 시대적 배경을 "숙종대왕 즉위 초"라 하고 있다. 숙종이 누구길래 춘향전의 시대적 배경 인물로 들어오게 되었을까? 태정태세문단세 예성연중인명선 광인효현'숙' 할 때의 바로 조선왕조 19대 왕이 숙종이다.

숙종은 여인들과의 관계가 복잡했으며, 사화가 끊임없이 일어나 나라가 혼란했던 시대의 임금으로 유명하다. 그러나 임진왜란과 병자호란의 전란으로 피폐해진 조선왕조의 기틀을 다시 추스르고 다잡은 군주로도 평가받는다. 조선왕조 경제 부흥과 문화 창달의 전성기를 뜻하는 '숙영정' 시대의 처음을 장식하고 있는 임금이 바로 숙종인 것이다.

숙종은 극심한 당쟁으로 어수선한 정치 상황에서도 흐트러진 국가체제를 바로 세우고 경제적 발전을 도모하는 데 뛰어난 수완을 발휘했다. 호적 정비와 양전量田을 통해 국가의 재정 수입을 안정되게 했고, 대동법을 실시하여 백성의 원성을 줄이는 데도 성공했다. 또한 상평통보를 통용함으로써 상품화폐경제의 발달을 지원했으며, 벼농사에 이앙법을 전국적으로 장려하여 농업 생산력을 증대시키기도 했다. 숙종은 국가 제도의 정비라든가 재정적 운용 등 국가 행정에 나름대로 상당한 능력을 발휘했다.

한편 숙종은 자기 입맛대로 정치판을 수시로 뒤집어엎어 당파들 간의 당쟁을 유발했던 조선왕으로서는 아마도 첫손에 꼽힐 인물이다. 남인과 서인, 나아가 노론과 소론으로 갈라져 극심하게 대립한 것은 숙종이 그만큼 정치적 국면 전환을 선호했기 때문이다. 이른바 환국 정치를 통해 그 어떤 정파도 오랫동안 신임하지 않고 수시로 내치기를 반복했던 것이다. 이러한 환국 정치에 여인들이 중심에 서 있다는 것이 숙종 시대 환국의 특징이고, 이것이 숙종 개인의 애정 문제와도 연결되어 있어 후대의 뭇사람들에게 흥미를 끄는 요소가 되고 있다.

숙종대왕 즉위 초에 성덕이 넓으시사

왕의 여자들

인현왕후 민씨는 노론의 후원에 의해 궁에 들어온 여인이다. 그러나 숙종이 희빈 장씨에 빠져 인현왕후를 폐서인하고 장희빈을 왕비로 책봉함에 따라 남인과 소론이 득세하게 된다. 중전 장씨 세상도 잠깐, 장씨에게 새로운 연적이 등장하는데 인현왕후 시녀 출신인 무수리 숙빈 최씨가 바로 그 주인공이다. 그때 노론이 최숙빈을 이용해 숙종에게 남인을 무고하고 이를 또 숙종이 받아들여 남인을 제거하기에 이른다. 중전 장씨의 희빈 강등과 축출된 인현왕후의 복귀가 자연스럽게 이어지면서 노론이 다시 득세하게 된다.

숙종의 여인들과의 관계는 여느 임금과는 달리 상당히 극적인 요소를 내재하고 있었다. 고도의 정치성과 더불어 낭만적인 연애 관계가 혼재된 형태였던 것이다. 숙종 시절에는 왕이 사랑한 여자는 그 누구라도 왕비가 될 수 있었다. 장희빈처럼 중인 계층인 역관의 딸인지, 아니면 그 어미처럼 종의 딸인지 확실치 않은 여인도 왕비가 될 수 있었으며, 숙빈 최씨처럼 무수리 출신의 여자라도 상관없었다.

이처럼 출신이 불문에 붙여지고 어떤 여자라도 왕비가 될 수 있는 세상, 이는 아마도 정치판을 환국을 통해 마음대로 주무르던 숙종이 아니라면 불가능한 일이었을지도 모른다. 이것이 숙종의 매력이라면 매력이다. 이러한 점이 춘향전의 시대적 배경으로 숙종 시대가 선택된 것인지도 모른다. 춘향전에서도 시골 기생 출신 춘향이 이어사의 사랑을 받아 입지전적인 신분 상승을 이뤄내고 있는 걸 보면 숙종의 여인들이 이룬 파천황적인 신분 상승과 어느 정도 닮아 있다.

장희빈은 애당초 국모의 자리에까지 올라갈 수 있는 신분 출신이 아니었다. 조선시대의 왕비들은 대부분 양반 사대부가의 현숙한 여자들이었지 어쩌다 궁녀로 들어와 왕의 눈에 든 여자가 아니었던 것이다. 최숙빈 또한 하찮은 무수리 출신으로 숙종의 사랑을 독차지하고 조선왕조의 명군주인 연잉군_{나중의 영조}을 낳아 임금의 어머니가 되기까지 한다.

닮은꼴의 숙종과 이도령, 춘향과 왕의 여자들

춘향도 아버지가 참판이라고도 하고 혹은 천총이라고도 하는 소위 양반의 서녀라고는 하나, 수모법에 따라 엄연히 천민인 기생의 딸이라는 점에서 장희빈이나 최숙빈과 크게 다르지 않다. 춘향 역시 이어사가 전라어사 임무를 훌륭하게 수행하고 그 배경에 춘향의 열절이 있었다고 보고한 후에 왕에게서 정렬부인이라

숙종대왕 즉위 초에 성덕이 넓으시사

숙종의 아들인 영조의 초상화

불에 탄 연잉군 시절의 초상은 전란에 시달린 조선왕조의 운명을 말해주는 듯하다. 젊은 영조와 나이 든 영조의 얼굴 모습이 많이 닮아 있다. 그것은 초상화가 얼마나 실물 그대로 그려지는지 말해주는 증표다. 숙종의 초상도 두 차례에 걸쳐 그려졌으나 아쉽게도 현재 전하지 않는다. 조선왕조 임금들 초상화가 남아 있는 건 몇 개 되지 않는다.

〈연잉군초상〉, 1714년, 비단에 채색, 77.7×150.1cm, 국립고궁박물관 소장.
〈영조어진〉, 1744년, 비단에 채색, 61.8×110.5cm, 국립고궁박물관 소장.

는 작호를 받을 정도로 커다란 신분 격차를 단번에 뛰어넘는다.

　춘향이 이도령을 따라 한양에 가지 못하고 남원에 버려진 채 고초를 겪으며 옥중에서 인고의 세월을 보낸 것도 폐비가 된 채 일반 사가에서 뼈저린 고통의 세월을 보냈던 인현왕후와 비슷하다. 신관의 수청을 거절하고 옥중에 갇혀 이도령을 원망도 하고 그리워도 하며 전전반측하던 춘향이나, 그래도 언젠가는 자신을 찾으리라는 희망을 가지고 인고의 세월을 보낸 인현왕후나, 연인에 대한 양가적 감정을 간직한 채 기약 없는 기다림을 경험했던 여인네의 심사는 서로 비슷하지 않을까. 그래서 사랑의 버려짐과 극적인 반전을 이뤄내는 춘향의 이야기를 지으면서 또는 그런 이야기를 읽으면서, 인현왕후의 처지와 관련하여 숙종 시대를 떠올리는 것은 자연스러운 연상 작용이 아니었을까?

　춘향전의 또 다른 주인공인 이도령의 입장에서 보더라도 숙종과 비교되는 측면이 있다. 춘향을 진정한 배필로 생각하고 만났건, 아니면 한때의 노리개로 생각하고 만났건 간에 이도령이 한번 버린 여자를 결국 잊지 않고 찾아와 버려진 세월을 보상해주는 의협남이 된 것처럼, 숙종 또한 궁녀에게 혹해 왕의 위엄마저 팽개치고 법례에 따라 간택한 왕비를 일반 사가녀로 강등시켰지만 어찌되었건 간에 도로 복위시키는 의리 있는 남자가 되고 있는 것이다.

숙종의 대중적 인기

숙종 시절이 춘향전의 시대적 배경이 된 데에는 숙종의 민중적 인기와도 관계가 있지 않을까? 숙종은 백성들의 아픔과 소원을 잘 들어준 임금으로 유명하다. 그것은 야담이나 민담과 같은 민간설화의 형식으로 널리 회자되고 있다. 숙종은 야밤에 몰래 궁을 빠져 나와 민간의 골목을 돌아다니며 백성의 소리를 직접 듣고 아픔을 직접 보기 위해 잠행을 즐겼다고 한다. 한양만 다닌 게 아니라 시골로도 다녔다고 한다. 그래서 천릿길이나 되는 그 먼 시골에까지 모습을 드러냈으니 숙종이 축지법을 쓴다는 얘기도 나왔다.

숙종의 야간 잠행에 대한 이야기에서 가장 많이 나타나는 것은 과거에 급제하지 못한 가난한 선비들의 한을 풀어준다는 내용이다. 가난한 선비에게 과거시험에 나올 문제를 미리 가르쳐 주고 숙종이 그대로 문제를 내어 과거에 합격한다는 식이다. 과거가 모든 사람들의 로망이요 모든 이야깃거리의 핵심이던 시대였으니 정말 과거에 한이 지거나 급제를 바라던 사람들에게는 숙종이야말로 선군이요 명군이 아닐 수 없었을 것이다.

이처럼 숙종만큼 민간설화에 많이 등장하는 임금은 없다. 그 것은 숙종이 백성들의 소원을 들어주는 임금이었고, 그래서 인기가 많았기 때문일 것이다. 이것 또한 숙종의 인간적인 매력이다.

숙종이 과거와 관련되어 언급이 많이 된다는 것은 춘향전과의 관련성을 좀더 높이는 배경이 된다. 이도령 자신이 추구하는 것도 과거 급제를 통한 영달이고, 춘향이 희구하는 것도 이도령의 과거 급제와 전라어사 제수에 의한 자신의 구출과 영화로운 삶이기 때문이다.

그리고 숙종이 야순을 돌 때 남의 눈에 띄지 않도록 미복잠행을 하듯이, 이도령도 암행어사가 되어 남원으로 내려올 때 자신의 신분을 감추기 위해 다 떨어진 폐포파립으로 잠행을 벌인다. 암행과 과거, 과거와 암행은 숙종과 이도령을 관통하는 공통된 행적이라는 점에서 숙종이 춘향전의 시대적 배경이 될 만한 개연성을 다시 한번 높여주고 있다.

광대놀이가 행해지던 시절

그리고 또 하나. 숙종 시절이 춘향전의 시대적 배경이 된 것을 아주 단순하게 생각해서 실제로 그렇기 때문이라고 볼 수는 없을까? 춘향전이나 춘향가가 만들어진 때가 실제로 숙종의 치세 기간일 수 있다.

『조선왕조실록』을 보면 숙종의 치세 기간에는 과거 급제자들

숙종대왕 즉위 초에 성덕이 넓으시사

이 광대를 앞세워 풍악을 잡히고 거리를 돌며 노는 유가遊街 풍속이 만연해 있었다. 그런 놀이 풍속이 너무 화려하고 사치스러우니 그걸 금해야 한다는 상소가 숙종 시절에 끊임없이 올라왔다. 숙종 임금은 대개 이를 윤허했고, 그때마다 광대놀이를 너무 탐하지 말라고 경계했다. 그러나 강력하게 금지하지는 않았다. 그런 상소들은 광대놀음이 그만큼 만연한 풍속이었음을 역으로 증언한다.

광대들은 상황극을 꾸미거나 노래를 불러 사람들을 재미나게 하고 웃게 하는 직업 재능인이다. 땅재주와 줄타기 등 각종 재주를 부리고 악기를 연주하는 재인과 함께, 광대는 조선시대 놀이판을 주도한 예능인이다. 나례도감儺禮都監이라는 관청을 두고 섣달 그믐날 귀신을 쫓기 위해 나례가 행해지던 시절, 광대는 의례에 없어서는 안 될 존재였다. 그렇다고 이들을 국가기관에 상근으로 고용하기에는 재정이 허락하지 않았기 때문에 나례 행사 때에 맞춰 지방의 광대들이 동원되었다.

지방의 광대들은 대개 무가巫家 집안 남자들이었다. 무당집 남자들은 체질적으로 예능감을 구비하고 있었다. 굿을 주재하는 것은 무당집 여자들이지만 굿의 전 과정을 운영하고 조정하는 역할은 대개 남자들의 몫이었다. 아이디어를 내고 조언하는 일도 그들의 일이었다. 그들은 예능적 유전자를 타고났으며 조금만 노력

〈삼일유가(三日遊街)〉

머리에 어사화를 꽂고 말을 탄 급제자 일행이 길잡이를 앞세우고 풍악을 울리며 유가하고 있다.
급제자 바로 앞에 색동옷으로 치장한 세 명의 재인 광대가 부채를 들고 율동하고 있다. 이들 재인
광대는 줄타기와 땅재주 등 각종 기예를 펼치고 간혹 창(唱)을 부르기도 했다. 그 창 가운데 판소
리 혹은 판소리와 비슷한 노래가 있었을 것으로 짐작된다.
전 김홍도, 〈평생도(平生圖)〉 8폭 중 3폭, 비단에 채색, 53.9×35.2cm, 국립중앙박물관 소장.

하면 성악이나 재주 연기도 능히 해낼 수 있었다. 나례 행사는 이들 광대가 자신의 기예를 팔고 재능을 떨칠 좋은 기회였다.

광대들은 국가 행사인 나례에 동원되기도 했지만 민간의 수요에도 적극 응했던 것으로 보인다. 민간에서는 과거급제자들이 삼일유가를 거행하고 집안 친척들을 불러 모아 축하 행사를 치렀고, 축귀 의식이나 회갑연 등 각종 잔치에도 광대를 고용하곤 했다. 광대들이 자체적으로 조직을 꾸리고 일사불란하게 움직인 것은 국가적 나례 행사 외에도 이러한 민간 행사에 조직적으로 응하기 위함이었다.

판소리의 씨앗이 뿌려지던 시절

광대 중에서 소리에 재능이 있던 이들이 판소리를 부르기 시작했을 것이라는 추정은 사실에 매우 가깝다. 그렇다면 언제부터 광대가 판소리를 불렀는가 하는 것이 문제가 된다. 영조 시대 1725~1776에 창부가 어전에서 판소리 타령을 불렀다는 기록을 신임한다면, 판소리 창은 그 훨씬 이전에 시작되었음이 분명하다. 왕이 어전에서 판소리를 들을 정도의 단계라면 판소리 창은 이미 시정에서 불린 것은 물론이고 예술적으로 상당한 수준에 도달했을 것이기 때문이다.

춘향전의 인문학

시간을 거슬러 올라가면 우리는 숙종 시대1674~1720와 바로 만나게 된다. 숙종 때에는 창을 잘해서 국창 칭호를 듣는 이도 등장하고, 오늘날의 수사적 표현처럼 청중을 능히 웃기고 울릴 줄 알았다고도 하며, 과거 철에는 이들이 지방에서 서울로 올라왔다고 하는 기록도 접할 수 있다. 바로 이들이 과거 급제자의 유가 행사에서 소리를 하면서 좌중을 휘어잡았던 판소리 창자라고 봐도 전혀 이상하지 않은 것이다.

판소리의 시작이 꼭 숙종 시대가 될 것이라고 단정할 수는 없다. 얼마든지 그 이전 시기로도 소급될 수 있다. 영화〈왕의 남자〉에서 보듯이 '장생'이나 '공길'과 같이 줄타기도 하고 탈춤도 추는 예능인 또는 예인 집단이 연산군 시절1494~1506에 시정에서도 공연하고 양반 사대부와 왕 앞에서도 공연했을 수 있다.

물론 그 영화는 영화적 상상력에 의해 많은 정보를 가공 윤색했으므로 어디까지가 사실인지는 알 수 없다. 그러나 그 이른 시기에도 노래하고 연기하는 예능이 있었던 것은 사실이다. 물론 연산군 시절의 예능에 판소리가 포함될 가능성은 거의 없다고 봐야 할 것이지만 숙종 때의 정보는 좀더 구체적이어서 판소리와 관련될 가능성이 훨씬 높다.

춘향가의 시간적 배경이 숙종 시대인 것은 판소리와 광대가 그 시절 모종의 관계로 얽혀 있을 개연성이 상당 부분에 걸쳐 존

숙종대왕 즉위 초에 성덕이 넓으시사

재한다는 것을 말해준다. 그 시절에 춘향가가 실제로 처음 시작되었을 수도 있고, 판소리 광대의 효시가 그 시절이었을 수도 있으며, 광대들이 그때 특별하게 인정받거나 우대받았을 수도 있다. 그리하여 광대들이 그 시절을 특별하게 기념할 만한 추억으로 간직했을 가능성이 있다. 그래서 숙종 시절을 태평성대였다고 목이 마르게 찬양하고 있지 않는가.

춘향전의 인문학

2
여성의 계보부터
얘기하는 파격

고전소설에서는 남성 주인공의 가문에 대해 족보를 제시하듯
이 소개하는 관습이 있다. 이를테면 「유충렬전」의 서두에는 아버
지 유심과 조상들의 내력과 공적을 다음과 같이 적어 내려간다.

이때 조정에 한 신하 있으되 성은 유요, 명은 심이니 전일 선조황
제 개국공신 유기의 13대 손이요, 전 병부상서 유현의 손자라. 세대
명가 후예로 공후작록이 떠나지 아니하더니 유심의 벼슬이 정언 주
부에 있는지라……

유충렬의 가문 소개는 고전소설 가운데 오히려 짧은 편에 속

숙종대왕 즉위 초에 성덕이 넓으시사

한다. 긴 것은 한 문단이 가득 찰 정도로 길다. 이러한 계보 훑기
는 주인공 가문을 높이려는 의도에서 비롯한다. 가문을 높여 인
물의 행적과 사건을 돋보이게 만듦으로써 독자들의 관심을 끌려
고 생각했을 법하다.

월매부터 소개하고 서술의 주도권까지

그러나 춘향전「열녀춘향수절가」의 경우은 의외로 월매부터 소개하고
있다. 여주인공인 춘향의 어머니를 내세우는 것이다. 가장 먼저
월매가 등장하는 것은 이 작품의 실질적 주인공이 춘향임을 천
명하는 상징적 구성이라고 할 수 있다. 영웅소설의 첫머리에 그
남성 영웅의 가계가 소개되듯이 똑같은 패턴으로 춘향의 가계를
들추고 있는 것이다. 다만 그 소개가 월매 대에 그치는 것이 일반
영웅소설과 다른 점이다. 그렇다고 해도 이렇게 주인공의 어머
니 계보를 먼저 말한다는 것은 꽤 혁명적 사고다.

우리 고소설 가운데 여성이 그 작품의 실질적 주인공이 되는
작품이 상당수 있다. 「숙향전」, 「운영전」, 「심청전」 등이 그러하
다. 이들 작품에서는 여주인공이 소개될 때 거의 아버지나 할아
버지와 같은 남자 쪽 계보를 들추지 이렇게 어머니 쪽 계보를 소
개하지는 않는다. 그저 부친과 함께 '○씨 부인'으로 그 어머니

이름이 호명될 뿐이다. 그런 점에서 볼 때, 「열녀춘향수절가」에서 춘향의 어머니 월매가 춘향의 계보로서 소개된다는 것은 굳건하게 뿌리박힌 유교 사회의 전통과 관습에 정면으로 위배되는 일이다.

춘향의 계보에서 또 주목할 점은 아버지 성참판이 그저 월매에 딸려 있는 부수적 인물로 언급된다는 점이다. 마치 영웅소설에서 '○씨 부인'이라고 모친을 부수적으로 호명할 때와 비슷하다. 그러므로 이것은 완전한 상황의 역전이다. 월매가 성참판을 데리고 산다고 되어 있으며, 일점혈육이 없어 기자정성祈子精誠, 아들 낳기를 기원하는 풍속을 드리는 것도 월매가 주도하고 있다. 여기에서 시점의 주도권은 월매에게 있다. 춘향의 아버지 쪽 계보에 대해 무시하는 듯한 이러한 서술 태도는 고전소설 관행에서 볼 때 상당히 이례적이다.

소설 첫머리에 주인공의 부친 쪽 계보를 들추는 바로 그 자리에 퇴기 월매를 내세워 발언권까지 주고 있는 것은 계산된 목적에 따른 것일 가능성이 농후하다. 그것은 남성 중심의 가문 계보에 대한 염증의 발로이며, 새로운 계보 설정에 대한 탐색이라 할 수 있다. 이를 조금 확대해서 본다면, 남성 중심의 사회 제도와 전통에 대한 저항심의 표출이라는 해석이 가능하다. 뒤에 이도령이 소개될 때 이도령의 아버지 이한림의 선정이 치적으로 소

숙종대왕 즉위 초에 성덕이 넓으시사

개되면서 이도령의 계보가 얘기된다 하더라도 이 사실은 바뀌지 않는다. 주인공에 대한 계보적 주도권은 이미 춘향과 월매에게 넘어간 다음이기 때문이다. 「열녀춘향수절가」는 이처럼 처음부터 관행으로 내려오는 사회적 이념에 대해 의미 있는 투쟁심을 보이고 있다.

족보의 상상력은 어디까지?

다만 춘향의 아버지가 참판의 양반 신분이라는 점은 이 작품의 이념적 투쟁을 후퇴시키는 빌미가 된다. 춘향이 양반의 서녀가 됨으로써 신분적 위상은 올라간 반면, 춘향이 대변하는 이념적 선명성은 퇴색한다.

춘향이 성참판 때문에 소위 절름발이 양반 또는 얼치기 양반 신분이 되면서 이야기가 합리적이 되는 측면이 생긴다. 하나는 신관사또의 수청 요구를 당당하게 거부할 수 있고, 다른 하나는 이도령의 배필감으로서 어느 정도 부합하게 되는 것이다. 또 하나, 정렬부인으로 신분 상승을 하는 데에도 무리함을 완화시켜 주는 것이다.

그러나 춘향의 신분이 올라가 절반이나마 양반이 된다면 민중적 열망과는 거리가 벌어지는 측면이 생기게 된다. 춘향이 변사또에게 수청 거부를 했다가 태장을 당하자, 그 사실을 들은 남원 기생들과 한량들은 혼절한 춘향에게 청심환을 갈아 먹이는 등 열렬한 응원을 보낸다. 그 지역 농부들도 이도령이 암행어사가 되어 폐포파립으로 위장하고 은근히 춘향의 절개를 떠볼 때 발끈 화를 내며 이어사를 때려주려고 하는 등 춘향에게 절대적인 지지를 보낸다. 그런데 춘향이 양반의 서녀라고 한다면 김이 빠지는 것은 어쩔 수 없다. 이런 점에서 볼 때 춘향의 신분은 민중의 열망이 밀어올린 풍선과 같은 존재라고 할 수 있다.

원래 춘향전의 역사에서 춘향의 신분은 기생 천민에서 시작되었다. 아버지에 대한 언급이 아예 없는 것으로 미루어볼 때 아버지 역시 천민이거나 아버지라는 존재 자체를 언급할 필요도 없다고 인식했을 수 있다. 그러다가 춘향의 아버지가 성천총이나 성참판이라는 양반 신분으로 격상되는 현상이 벌어진다. 이는 춘향이 고관대작의 부인이나 받을 수 있는 정렬부인이 되는, 신분의 수직 상승 현상에 대한 합리적 대응이라고 할 수 있다. 천민 신분에서 정렬부인으로의 급격한 수직 상승보다는 그래도 절반이나마 양반 신분에서 정렬부인으로의 신분 상승이 합리적이라고 여겨지기 때문이다.

춘향의 신분 상승은 신분 간 상호 조응이라는 이끌림 현상에서 비롯되었을 수도 있지만 더 근본적으로는 춘향전을 만들고

숙종대왕 즉위 초에 성덕이 넓으시사

향유해온 독자들과 청중들의 춘향에 대한 열화와 같은 사랑과
성원이 만들어낸 결과물이지 않았을까. 사랑이 쌓이고 성원이
깊어질수록 그 사람은 점점 우상화되는 경향이 있는데, 그 과정
에서 신분이 존귀해지는 현상도 벌어질 수 있는 것이다.

정서적 이상화가 진행되면서 춘향은 구름처럼 둥둥 떠다니며
좀더 열녀다워지고, 좀더 외유내강적인 인물이 되어가며, 좀더
상승되고 격상된 인물이 되어가는 것이다. 춘향전과 같이 전 민
족의 사랑을 받는 작품은 전승의 역사도 오래됐을 뿐만 아니라
이본의 수도 엄청나게 많다. 작품의 세부 요소들이 역사적으로
거대한 유동성의 세계 속에서 이리저리 변화하면서 서로 조합되
는 과정을 거치기 때문이다. 그러므로 이 요소와 저 요소가 어느
때에는 어울리기도 하지만 어느 때에는 서로 괴리된 상태에 놓
인다.

춘향전의 요소들 간의 불일치성 또는 모순성 문제는 이미 널
리 알려져 있다. 춘향의 신분 문제만 하더라도 천민과 양반 사이
를 왔다 갔다 한다. 또 춘향의 말들을 종합해보면 언제는 자신
이 기생이기도 하고 또 언제는 기생이 아니기도 하다. 아무튼 춘
향전을 향유하던 사람들이 자신들의 원망을 작품에 투사하면서,
또 그런 과정들이 역사적으로 축적되면서 춘향의 신분은 요동을
쳤고 어느새 양반의 서녀에까지 오르게 되었다. 그럼으로써 춘

향전의 작품 요소들 간의 상호 관련성은 현저하게 흐트러졌고 뒤죽박죽이 되었다. 그러나 이러한 불일치성 또는 비논리성이 오히려 춘향전을 춘향전답게 발랄하고 생명력 넘치는 작품으로 만든 원동력이 되었다는 점은 대단한 역설이 아닐 수 없다.

족보의 역사와 집단 무의식

족보는 중국의 황제와 왕족에 대한 계보에서 비롯되었으며 우리나라도 왕과 왕족의 계보를 중시하는 전통이 세워졌다. 궁궐에서 행해지던 왕실의 풍습들이 양반 사대부 계층에 먼저 전달되고 그다음에 민간으로 확산되는, 일련의 하향화의 문화 패턴이 나타나는데, 이 족보 또한 그러한 과정을 거친 것이다. 왕가에서 계보를 세우듯이 양반 가문들도 다투어 자기 가문의 계보를 정립했고, 중인 계층들도 따라서 자기 계보를 설정했으며, 나중엔 서민들도 웬만한 집안이면 족보 하나쯤은 구비하는 게 도리였다.

우리가 보는 족보의 형식은 그 역사가 그리 오래되지 않았다. 고려시대뿐 아니라 조선 전기 때까지만 하더라도 족보의 형식은 계보에 따라 아들딸 구분 없이 나이순으로 기재하는 정도였다. 재산 분배도 균분의 형태였다. 가문에 대한 부계 중심의 족보는

숙종대왕 즉위 초에 성덕이 넓으시사

조선 후기에 강화된 현상이다. 조선 후기에 이르러 의리와 명분, 서열과 질서를 중요시하는 정통 주자학적 예악 윤리가 강화되면서 종법적 부계 계승 제도가 정착되고, 문중과 종중이라는 부계 친족 집단이 조직화되었으며, 적통주의에 입각한 적장자 계승의 원칙이 수립되면서 가문이라는 집단의 정체성이 강해지고 그와 더불어 배타성을 띠게 되었다. 족보는 유전하는 세대를 수직의 선분으로 시각화하는데, 이러한 수직 구성은 유교적 수직 문화의 반영이다. 고전소설은 그러한 문화적 관습을 기억해내어 문면에 재현하고 있는 것이다.

이러한 족보 들추기는 자기 자신을 비추는 나르시스적 원망願望이 개재되어 있을 가능성이 높다. 조상에 대한 기억은 거의 인간의 집단 무의식에 가깝다. 조상은 현재의 가문 사람들에게 많은 영향을 끼쳤고 끼치고 있는 존재라고 인식된다. 우리의 정서적 통념상 유명한 학자라든가 고위관리를 역임한 조상들이 자기 가문에 많다는 것은 자랑할 만한 일이 된다. 그런 조상들이 대물림하는 가계를 당연히 내세우고 싶어 한다. 마치 마법에 걸려 주문을 외는 것처럼 자기 가문의 족보를 욈으로써 자신도 그렇게 되기를 소망하기 때문에 그것은 나르시스적이다.

족보의 당사자인 주인공은 물론이고, 주인공을 심리적으로 따르는 작가와 독자들도 이상적인 환각의 세계에 빠져들게 된다.

그것이 고전소설에서 주인공 가문의 장황한 족보가 서두에 공식처럼 열거되는 배경의 하나라고 할 수 있다. 그러나 가문에 대한 심리적인 이상의 세계를 꿈꾸는 것만이 족보 나열이 갖는 효능의 다가 아니다.

계보는 존재론적 물음이자 주술 의식

계보를 따지는 족보는 한 존재의 시원始原 내지는 기원을 소급해 추적하는 존재론적 물음이기도 하다. 인간이란 존재는 언제나 자기 씨의 최초 모습을 알고 싶은 욕망을 갖고 있다. 그것은 자신의 본질은 무엇인가, 자신의 정체성은 과연 무엇인가에 대한 심각한 의문이다. 계보적 족보가 기원에 대한 열망이라는 점에서 그것은 굿에서 무당이 무가를 부를 때 계보에 따라 신격들을 불러내는 것과 흡사하다.

무당이 부르는 무가에는 시작의 시작을 캐서 그것들을 줄줄이 호명하는 의식이 있다. 그래서 천지가 창조될 때로 돌아가고, 인간이 처음 생긴 때로 돌아가며, 온갖 사물들이 처음 만들어진 때로 돌아가서, 거기에서부터 시작하여 지금 여기로 한 걸음 한 걸음 밟아 온다. 호명한 신격이 지금 여기로 오기 위해서는 여러 곳을 지나게 되는데, 그것이 무가에서 특히 발달한 '노정기' 형식

숙종대왕 즉위 초에 성덕이 넓으시사

이다.

이처럼 굿에서는 언제나 기원을 지향한다. 시원은 모든 시기의 모범이 된다는 엘리아데Mircea Eliade의 말처럼 현재의 문제가 시원으로 돌아감으로써 해결되는 것이다. 시원에 이른 굿의 현장은 세속적 시공간에서 신성한 시공간으로 전환되고, 거기에서 최초의 존재들이 행했던 행위들을 모방함으로써 문제를 해결할 수 있는 동력을 얻게 된다. 굿에서의 기원 무가는 이와 같이 계보적 족보 캐기에서부터 시작한다.

또한 계보를 캐는 것에서 심리적 만족을 얻고 문제 해결의 동력을 얻게 된다고 했을 때, 이것은 결국 주술 의식과 만나게 된다. 기원하는 대상에게 무언가를 이루게 해달라는 주술 의식은 비단 굿에서만 이루어지는 게 아니다. 자기 자신이 무엇을 이루게 해달라고 마술을 거는 것도 일종의 주술이다.

고전소설의 첫머리에 가문의 족보를 가급적 먼 조상부터 바로 윗 세대까지 장황하게 소개하는 것도 환각에 가까운 마술을 거는 일이다. 주인공 집안의 문벌 계열을 죽 설명하는 식이지만 거기에 기대어 자기 자신도 대리만족을 추구하는 것이다. 주인공의 위기 극복과 영예 회복을 기원하면서도 다른 한편으로는 자기 자신도 그렇게 되었으면 하는 희구가 담긴다. 소설 읽기에서도 이렇게 주술을 거는 일이 벌어진다. 족보 나열은 겉으로 보면

국사당 무신도 중 창부대신도

창부대신이 피리를 불며 줄을 타고 있다. 광대신(廣大神)인 창부신(倡夫神)이 노래를 부르면서 액운을 물리쳐준다는 무가가 창부타령이다. 창부타령의 앞부분에 노정기가 있는데 남원의 광대가 서울로 올라오는 과정이 서술된다.

〈창부〉, 19세기, 비단에 채색, 53×101cm, 김형재 소장.

설명문이지만 이면을 들추어보면 주술문인 것이다. 무가에서의 계보 탐색이 직접적으로 호소하는 방식이라면 고전소설의 계보 탐색은 이렇게 주인공 가문의 위대한 현시라는 방식으로 간접적으로 내면화된다.

주인공 집안의 거대 문벌 조직을 장황하게 소개하는 여느 영웅소설에 비해 춘향의 모친을 간략하게 소개하는 데 그치는 「열녀춘향수절가」의 족보 들추기는 너무 허술하다. 여기에 독자들의 심리적 만족이나 문제 해결 능력 같은 요소는 끼어들 자리가 마땅치 않다. 독자들이 거는 마술 치고는 초라하기 그지없다. 그것은 애당초 「열녀춘향수절가」가 영웅소설적 문법에 관심이 없거나 거기에 대한 반발이 거세기 때문이다.

기생을 대하는 사회적 시선에 대한 문제 제기

춘향의 조상으로서 월매가 먼저 소개된다는 것은 남성 중심주의적 사고에 대한 저항과 더불어 여성의 자의식이 꽤나 신장되었음을 선언하는 장이다. 나아가 월매에게 집안의 대사에 대한 발언권까지 부여하고 있는 걸 보면 소설의 서술 시각이 상당히 변해 있음을 느끼게 된다. 춘향전에서 방자와 같은 남성 주변인물에게 발언권이 주어지는 것도 당시 소설 문법상 상당히 이례적인 일인데, 더 나아가 월매와 같은 여성 주변인물에게 발언권이 더 많이 주어지고 그 계보까지 캐는 현상은 매우 의미심장한 일임에 틀림없다.

이처럼 춘향전이 파격적으로 월매의 계보 캐기로 시작하고 있다는 사실은 여성의 문제를 초점화하고 있는 춘향전의 방침과 관계가 있다. 춘향전이 근본적으로 문제 삼고 있는 핵심은 기생을 대하는 사회 관습의 문제, 사회 제도의 문제이다. 비단 기생에게 수청 들게 하는 사회의 관습과 제도에만 문제를 제기하는 게 아니다. 변학도라는 인물에게만 책임을 묻는 게 아니다. 기생을 보는 사회적 시선을 문제 삼고, 나아가 기생을 대하는 남성들의 시선에 문제를 제기하는 것이다.

그러므로 기생이니까 불러와도 좋다고 생각하는 이도령도 이런 시선의 문제에서는 자유롭지 못하다. 나중에는 춘향을 구하는 의협남이 되고 사랑의 진실 됨을 증명한다고 하더라도 첫 만남의 그런 불순한 시선이 완전하게 지워질 수는 없다. 남원 관아의 이방 이하 관원들과 관속들, 군로사령 등도 기생을 대하는 시선의 문제에서는 자유로울 수 없고, 월매에게 자신을 사위라고 시위하는 남원의 한량들도 그 시선의 문제에서는 자유롭지 못하다. 물론 춘향전이 사회 전체의 신분 차별 문제로 주제적 전선을 확대하고 있으나 그 시작은 기생을 대하는 사회의 시선에서 비

숙종대왕 즉위 초에 성덕이 넓으시사

롯된 것이었다.

　이처럼 춘향전은 기생을 대하는 사회적 시선의 문제, 좀더 영역을 확장하면 여성에 대한 시선의 문제를 가지고 집요하게 파고드는 소설인 것이다. 처음부터 월매의 계보를 캐는 춘향전의 설정은 춘향이 이 소설의 진정한 주인공임을 천명하는 일인 동시에 작품의 핵심 의미가 여성에 대한 시선의 문제에 있음을 선언하는 것이었다.

3

판각본 서체에 담긴
집단의 심리

　필체는 곧 그 사람이라고 한다. 글씨에 그 사람의 개성과 인격이 들어 있다는 말이다. 그래서 선인들은 붓글씨를 통해 정신 수양을 한다고 했다. 그 반대로도 말해진다. 즉, 인격을 수양하기 위해 붓글씨를 쓴다고도 했다. 그러나 꼭 글을 잘 쓴다고 학문과 인격이 높고, 수양이 높다고 글을 잘 쓰는 건 아니다. 글씨가 뿜어내는 어떤 격이 있어 그것이 그 사람 내면의 모습을 드러내 준다는 것이 선인들의 생각이었고, 그런 생각은 지금도 어느 정도는 유효하다. 글씨의 기술적 능숙도라기보다는 예술적 격조나 인간적 향기 같은 것을 따진다는 전제에서라면 말이다.

　옛사람들만 글씨체에 관심을 두었던 것은 아니다. 또 동양에

숙종대왕 즉위 초에 성덕이 넓으시사

서만 그랬던 것도 아니다. 애플의 창립자 스티브 잡스Steve Jobs는 맥킨토시의 서체폰트 개발에 엄청난 노력을 기울였다. 잡스는 대학에서 수강한 과목 중 서체학이 가장 인상 깊었다고 한다. 다른 강의들은 별로 잡스의 주의를 못 끌었던 것 같다. 그 서체학 강의에서 배운 것을 맥킨토시 운영체제와 폰트 개발에 응용했다고 한다. 잡스는 인간의 정서를 서체에 담고자 했다. 서체가 어떤 기술 공학의 산물이 아니라 인간학에 바탕을 둔 인문정신이라는 걸 간파했기 때문에 잡스는 아이폰의 성공 신화를 써나갈 수 있었다. 뭇사람들의 관심에서 점점 멀어지고 있는 서체에 대해 잡스는 전혀 새로운 방향에서 접근했다. 그러나 서체에 대한 관심에서 우리의 선인들도 잡스 못지않았으며, 특히 서체와 인간의 관계를 따져 심오한 철학의 대상으로 삼았다.

판각본에는 지역 집단의 성격과 취향이 담겨

이 책의 주대본인 「열녀춘향수절가」는 필사본이 아니라 판각본이다. 판각본은 나무에 양각으로 글자를 새겨 먹물로 찍어낸 책자다. 필사본은 사람이 붓으로 하나하나 쓴 것이라 모두가 다 다르지만, 판각본은 동일 제품이 여럿 존재할 수밖에 없다. 그래서 판각본은 대개 관청이나 문중에서 대량 유포할 목적으로 만들거나, 아니면 고소설처럼 상업용으로 판매할 목적으로 만드는 것이었다. 상업용 판각본은 시정에서 판매된다고 해서 흔히 방각본坊刻本이라고 부른다. 그런데 지역에 따라 판각본의 서체 모양이 다른 게 우리나라 판각본의 특징이다. 우리나라 판각본은 서울에서 나온 경판본과 전주 지방에서 나온 완판본으로 대별된다.

필사본의 서체에 개인이 투영되어 있다면, 판각본의 서체에는 어느 정도 집단이 투영되어 있다. 필사본 서체에서 개인의 성격과 취향, 의도와 기분 등을 유추해볼 수 있듯이, 우리는 판각본 서체에서 집단의 성격과 취향을 어느 정도 유추해볼 수 있다. 크게는 판각본 서체에 그 사회가 담겨 있다고 말할 수 있다. 그 사회의 상황, 지역 환경, 구성원들의 이념과 문예 취향 등이 아로새겨져 있는 것이다. 물론 작품의 내용에도 그런 것들이 반영되겠지만, 서체에는 그 지역사회 특유의 사정과 정황이 은근히 담길 수 있다.

판각본의 서체는 오랜 기간에 걸쳐 형성되고, 또 형성되면 오랫동안 지속된다. 자본이 많이 들어가고 거기 관여하는 인력도 상당히 많기 때문에 그 사회의 모습이 인상적으로 그리고 견고하게 담길 수 있다. 서체는 긴 시간에 걸쳐 변화하면서 전형화된 모습을 갖추는데, 여기에는 제작하는 측의 생각이나 사정만 반영되는 게 아니고 소비하는 측의 독서 취향과 경제적 상황, 문화

숙종대왕 즉위 초에 성덕이 넓으시사

적 · 이념적 성향 같은 것들도 반영되기 마련이다. 다시 말해 판각본 서체에는 개인이 아닌 집단 전체가 집적되며, 그 사회의 심리가 반영된다.

민체 특유의 질박한 조형 감각

완판본 고소설의 서체는 우리 판각본 서체의 역사에서 매우 특별하다. 우리가 주대본으로 삼은 완판 84장본 「열녀춘향수절가」는 완판 서체의 정점을 찍고 있는 판본이다. 완판본 서체는 상당한 변화 과정을 거쳤다. 「열녀춘향수절가」보다 앞서 나온 별춘향전 계열의 완판본 서체가 흘림체인 만큼, 완판체는 흘림체로 시작해서 점차 정자체로 변화되어온 것으로 추정된다. 그것이 「열녀춘향수절가」에 이르러 완전 정자체로 완판본 서체의 마지막을 장식한다. 완판본 서체의 진화가 여기에 이르러 완결된다.

「열녀춘향수절가」의 서체는 한자의 해서체에 가깝다. 완판체는 간혹 흘림체의 기억을 담고 있는 획을 보여주기도 하지만 전체적으로 볼 때 정자체다. 우선 글씨가 투박하고 강건하다. 글씨 모양을 예쁘게 하려고 애쓰지 않고 한 획 한 획 툭툭 던지듯이 팠다. 글씨의 모서리는 각이 져 있고, 내리긋는 획은 힘차게 죽 내리고 끝을 칼날처럼 날카롭게 끊어 놓았다. 이응 자 동그라미조

열여춘향슈졀가라

슉종 디왕직위초의성덕이너부시사성자성순
은계슝슝사금고옥조은요슌시졀이요음판문
물은우탕의버금이라좌우보필은쥬셕지신이요음응
양호위난간셩지장이라조졍의흐르난덕화힝 곡
의폐엿시니사회구든기운이원군의어려잇다츙션
은만조흥고효자열여가지라미지 라우슌
풍조흥 함포고부박셩덕은쳐쳐의격량가라
잇쎠결난도남원부의월미라하난기셩이잇스되삼
남의명기로셔일직퇴기하야셩가라 는양반을
다리고셰월을보닉되연장사순의당하야일졀혀류
이업셔일노한이되야장탄슈심의병이되것구나일
일은크계씌쳐예사람을싱각 고가군을쳥입

완판 84장본 「열녀춘향수절가」 첫 장

서체가 투박하고 강건하다. 날카롭고 직선적인 모양의 글씨가 약간은 자유분방하게 배열되어 있다.
그것은 서민의 발랄한 기운과 닮아 있다.

다가서포(多佳書舖)본, 1916년, 서강대학교 도서관 소장.

차 세모꼴에 가깝다. 첫 장에서의 이응은 많이 다듬어져서 원에 가까우나 뒤로 가면 세 변이 직선 형태의 완전 세모꼴이 된다.

가로로 긋는 획은 얇지만 날카롭게 직선으로만 내달린다. 언제나 같은 방향으로만 죽죽 무심하게 막대기처럼 그었다. 세로획은 굵기의 변화가 있지만 가로획은 굵기의 변화가 거의 없다. 그런 점에서 이 글씨체의 전체 성격을 남성적이라고 해도 무방하다. 일부러 꾸미려 들지 않고 굵고 강하고 질박한 형식의 획들로 구성되어 있기 때문이다.

완판 「열녀춘향수절가」의 서체는 전형적인 횡박종후橫薄縱厚의 형태다. 가로획은 얇고 세로획은 두툼하다. 한문 해서체와 같은 원리다. 그러나 해서체와는 달리 내리긋는 획의 끝을 격하게 뾰족하게 깎아 놓았다. 칼날처럼 날카로운 게 단호한 기운이 넘친다. 직선들에서 투박하지만 힘이 느껴진다. 반듯하게 각이 진 모습에서 기개와 절도가 느껴진다.

획선들은 단조롭지만 시원시원하다. 글자를 잘 만들겠다는 의도적인 계산이 별로 없다. 글자의 기울기가 약간은 들쭉날쭉해서 글자들 사이에 빈 공간이 불규칙하게 나 있다. 하지만 열 간의 사이는 거의 빈틈없이 촘촘하게 짜여 있다. 자유분방하면서도 서로 간의 협동과 단결을 염두에 두고 있다. 글자의 오른쪽 축이 반듯하게 지켜지지 못하고 약간 들어갔다 나왔다 불규칙하게 놓여 있어서 삐뚤삐뚤한 모습을 보여준다. 어떤 글자는 오른쪽으로 약간 눕기도 하고, 어떤 글자는 왼쪽으로 눕기도 한다. 그것이 오히려 신선한 율동감을 준다. 마치 장단에 맞춰 리듬감 있게 춤을 추는 모습이다.

글자 크기는 글자 획수의 많음과 적음에 따라 좀더 크거나 좀더 작은 크기들로 혼합되어 있다. 어떤 견고한 원칙이 전체를 관통하는 게 아니라 글자마다에 자유와 해방을 부여한 것 같다. 그렇지만 그런 것들이 모여 옹기종기 조화를 이룬다. 글자들이 자신의 처신을 조심하기보다는 자기 멋대로 쭉쭉 뻗어 나아가니 장쾌한 맛이 있다.

완판본 서체는 단조로운 글자꼴을 탈피하여 정형화되지 않은 자연스러움을 지니고 있다. 획들이 다양하게 변화하고 있어서 어떤 일관된 틀로서는 담아낼 수 없다. 그것은 투박하고 순진하고 발랄하다는 인상을 준다. 어떤 점에서는 그것이 전주 백성의 얼굴이고 숨결이랄 수 있다. 완판본 서체는 궁체가 아닌 서민의 서체, 즉 민체民體이다. 전주 서민들의 발랄하고 생동감 있는 기운을 받아서인지 민체 특유의 기운생동하는 조형 감각을 보여준다.

숙종대왕 즉위 초에 성덕이 넓으시사

두텁게 형성된 전주 지역 부민층

전주 지방에서 춘향전 서책을 읽은 사람들은 대개 서민층이었다. 위로는 중간 계층인 아전과 향리에서부터 아래로는 일반 평민에 이르기까지 지방민들이 특히 애호했다. 판소리 창의 호흡을 간직한 춘향전 책은 인기가 대단했다. 「별춘향전」이 30장본과 33장본으로 여러 번 간행되었고, 84장본 「열녀춘향수절가」로도 여러 번 판각되었다. 간행 서점도 다가서포, 서계서포 등 여러 점포에서 다투어 찍어 냈다.

경판에 비해 책자의 자수와 면수가 3배가량인 완판본 책자를 사줄 소비층이 전주 지방에 존재했다. 종이는 워낙 전국적으로 알아주는 곳이어서 책값은 그렇게 비싸지는 않았을 것이다. 그렇지만 서울에 비해 아주 작은 도시였던 전주에서 춘향전 책자가 그렇게 많이 소비될 수 있었던 것은 두터운 소비층이 있었기에 가능한 일이었다.

전주 지방의 아전과 향리는 판소리를 애호하던 가장 중요한 계층이다. 이들은 실질적으로 완판본 책자의 간행과 관련되어 있다. 아전과 향리들은 각종 이권 개입의 방법으로 상당한 부를 축적하고 있었기 때문에 목판본의 인쇄와 출판 과정에 출자 등의 방법으로 직접 참여했다. 완판본 책자의 소유 판권에 당시 아전과 향리의 이름이 많이 나오는 것이 이를 증명한다.

전주 지방의 농민들과 상인들도 부유한 이들이 많아서 완판본 책자의 주요 소비층이었다. 조선 후기에 들어서 경영부농층이 등장하고 대지주층, 중소지주층, 소작농, 임노동층 등으로 농민들은 분화되었다. 광작 등을 통해 부를 축적한 농민 계층은 방각본 책자를 읽을 만한 여유를 갖게 되었다. 전주라는 큰 시장을 배경으로 상인층도 형성되었을 것으로 보이는데, 이들도 문화생활에 관심을 가질 만한 부류라고 할 수 있다. 그리고 일반 평민들도 경제력과는 별도로 그 지역의 향토문화적 분위기에 물들어 있었기 때문에 읽건 듣건 판소리소설을 향유하는 기회를 가졌을 걸로 본다.

옛날의 책자라는 것이 꼭 직접 사서 보아야 하는 대상은 아니었다. 세책방貰冊房에서 빌려 보고, 여러 사람들이 돌려가며 보고, 남이 읽는 데에 끼어들어 귀동냥으로 들을 수도 있었다. 그러니까 경제력과는 관계없이 문화적 분위기에 관심을 갖는 사람이라면 거의 누구든지 완판본 책자에 접근할 수 있는 길이 열려 있었다. 그리고 전주가 바로 그런 곳의 대표적인 경우라고 할 수 있다.

숙종대왕 즉위 초에 성덕이 넓으시사

세련미와 단정미가 돋보이는 경판 서체

전주 지방 서민층의 성격과 취향은 완판본 서체에 반영되어 있다. 세련미보다는 질박미가 우세하고, 유려한 곡선보다는 강인한 직선을 추구하며, 유창한 흐름보다는 단호하게 끊어짐을 선호한다. 이러한 미의식은 서민의 성격과 부합한다. 서민들이 추구하는 조형 감각은 세련되고 화려하게 정제된 궁중 문화나 엄숙 근엄한 정통 유학의 미의식과는 달리 비교적 질박하고 자유분방한 측면이 있었던 것이다. 어떤 엄정한 규범을 거부하고 극도의 세련미와 엄숙미를 배제하는 정신이 이처럼 서체에도 나타난다.

그러나 우리 판각본 서체의 양대산맥인 경판본은 이와는 달리 유려하고 세련된 모습이다. 한글 궁체 흘림체를 기반으로 하여 획의 굵기가 일정하고 자간의 상하좌우 간격도 일정해서 상당한 규격화를 지향하고 있다. 조금의 흐트러짐도 없이 단정하고 유려하다. 모든 글자가 질서정연하게 정렬을 이룬다. 그것은 질서와 위계, 근엄과 단정을 중시하는 유학적 세계관을 닮았다. 글씨체가 갖는 균형과 균제, 조화와 통일은 안정감과 균형감을 중시하는 그 시대의 정신적 지향, 나아가 서울 지역의 조형 감각을 보여준다.

홍길동젼 권지단

화셜 됴션국 셰종됴 시졀의 훈 ᄌᆡ샹이 이시니 셩
은 홍이오 명은 뫼라 ᄃᆡᄃᆡ 명문거죡으로 쇼년 등과
ᄒᆞ여 벼슬이 니조판셔의 니르ᄆᆡ 물망이 됴야의 웃
듬이오 츙효겸비ᄒᆞ기로 일홈이 일국의 진동ᄒᆞ더
라 일죽 두 아들을 두어시니 일ㅈᆞᆫ 일홈이 인형이
니 뎡실 뉴시 쇼ᄉᆡᆼ이오 일ㅈᆞᆫ 일홈이 길동이니 시
비 츈셤의 쇼ᄉᆡᆼ이라 션시의 공이 길동을 나흘ᄯᅢ의
일몽을 어드니 믄득 뇌뎡벽녁이 진동ᄒᆞ며 쳥룡이
슈염을 거스리고 공의게 향ᄒᆞ여 다라들거ᄂᆞᆯ 놀나
ᄭᆡ다르니 일쟝 츈몽이라 심즁의 ᄃᆡ희ᄒᆞ여 ᄉᆡᆼ각ᄒᆞ
되 니 이졔 뇽몽을 어더시니 반ᄃᆞ시 귀훈 ㅈᆞ식을 나
흐리라 ᄒᆞ고 즉시 니당으로 드러가니 부인 뉴시
러ᄯᆞᆺ 거늘 공이 흔연이 그 옥슈를 닛그러 졍이 친압

서울의 경판본 문화를 선도한 계층도 중인층이지만 그들의 의식 성향은 전주와는 다소 달랐던 것 같다. 중앙정부가 위치한 서울이라는 지정학적 위상도 영향을 끼쳤지만 서울의 중간 계층이 지닌 상층 지배 문화에 대한 선망과 동경은 전주의 그것보다는 훨씬 컸으리라. 지배 체제에 대한 비판 의식이 없지는 않았겠지만, 그것을 표출하기에는 그들의 의식 지향이 워낙 상층 문화에 기울어 있었고, 그들이 놓인 지정학적 위상도 비판과 저항을 표출하는 데 한계로 작용했다. 그러한 분위기는 안정과 균형, 정련과 절제를 지향하는 경판본의 서체에 반영되어 있다.

춘향전의 인문학

장면 2

그네 타는 춘향의
치맛자락이 펄렁펄렁

"남원 경처 들조시오. 동문 밖 나가오면 장림숲 선원
사 좋삽고, 서문 밖 나가오면 관왕묘는 천고영웅 엄한
위풍 어제오늘 같삽고, 남문 밖 나가오면 광한루 오작교
영주각 좋삽고, 북문 밖 나가오면 청천삭출금부용 기벽
하야 우뚝 섰으니 기암 둥실 교룡산성 좋사오니 처분대
로 가사이다." 도련님 이른 말씀, "이 애, 말로 듣더라도
광한루 오작교가 경개로다 구경가자."

(「열녀춘향수절가」 4장 뒤, 5장 앞)

(……) 백백홍홍난만중에 어떠한 일 미인 나오는데 해
도 같고 별도 같다. 저와 같은 계집종과 함께 추천을 하
려 하고 난초같이 푸른 머리 두 귀 눌러 고이 땋고, 금채
를 정제하고 나군에 두른 허리 아리땁고 고운 태도 아장
거리고 흐늘거려 가만가만 나오더니, 장림 숲속에 들어
가서 장장채승 그네줄을 휘늘어진 벽도 가지 휘휘칭칭
감아 매고, 섬섬옥수를 번듯 들어서 양 그네줄을 갈라

잡고 선뜻 올라 밀어갈 제, 한 번 굴러 앞이 높고 두 번 굴러 뒤가 높아 앞뒤 점점 높아갈 제, 머리 위의 푸른 잎은 몸을 따라서 흔들흔들, 난만도화 높은 가지 소소리쳐 툭툭 차니 송이송이 맺힌 꽃이 추풍낙엽 격으로 뚝뚝 떨어져 내리치니 풍무취염늑엽이라. 낙포선녀 구름 타고 옥경으로 향하는 듯, 무산선녀 학을 타고 요지연으로 내리는 듯, 그 얼굴 그 태도는 세상 인물이 아니로다.

「장자백 창본 춘향가」

(……) 추천을 다한 후에 춘흥을 못 이기어 목욕을 하려 하고 물가로 내려갈 제, 구름 같은 흐튼 머리 전반 같이 넓게 땋아 오색미금 도투락 댕기끈만 물려 맵시있게 들이치고, 섬섬옥수 번뜻 들어 나삼 자락 부여잡고 물가로 내려갈 제, 양지쪽 마당 씨암탉 걸음으로 대명전 대들보에 명매기 걸음으로 시내 강변에 금자라 같이 행동접뷋 가는 양은 봉래선녀 걸음이냐. 창해에 잉어같이 굼실굼

실 내려가서 물가에 첩붓 서며 끈을 끌러 치마 벗어 접
첩첩첩 넌짓 개어 암상에 집어 얹고, 고름 끌러 저고리
벗어 벽도지에 접어 들고 끈을 끌러 허리띠 벗어 돌돌
말아 한 편에 놓고 속곳 벗어 암상에 접어 얹고 바람에
옷 날릴까 조약돌도 덤벅 집어 가만히 지질러 놓고, 사
면을 살펴보다가 물에 풍덩 뛰어들어 물 한 줌 덤벅 집
어 양치질도 하여보며, 물 한 줌 덤벅 집어 도화 같은 두
귀 밑을 홀랑홀랑 씻어보며, 물 한 줌 덤벅 집어 연적같
은 젖퉁이를 왕십리 마누라 풋나물 주무르듯 주물럭주
물럭 씻어보며, 물 한 줌 덤벅 집어 옥같은 모가지를 칠
팔월에 가지 씻듯 뽀도독뽀도독, 모래 한 줌 덤벅 잡아
양손에 갈라쥐고 아비밥이 많으냐 어미밥이 많으냐, 꽃
한 송이 지끈 꺾어 입에도 덥석 물어보며, 버들잎도 주
루룩 훑어 물에도 풍덩 들이치고, 물 그림자 들여다보고
네가 고우냐 내가 곱지. 한참 이리 노는 양을 도련님이
보시더니 심사가 산란하여 떨며 방자를 부르니 방자놈

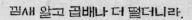

낌새 알고 곱배나 더 떨더니라.

(「고대본 춘향전」)

1
경처 소개에 동원되는
고지도의 상상력

청춘남녀가 화창한 봄날 방구석에 처박혀 있기란 죽을 듯이 싫은 법이다. 춘향이 단옷날 그네 놀이를 핑계로 봄 구경 나왔듯이 이도령 또한 춘흥의 시구를 생각한다는 핑계로 남원의 경치 좋은 곳을 방자한테 물었다. 방자는 남원에서 나고 자란 인물이라 남원의 경처는 환히 꿰차고 있다. 방자가 서슴없이 하는 대답을 보면 남원 성내의 위치에서 설명하는 방식을 취한다. 왕과 궁궐이 자리한 곳을 중심으로 방위를 말하는 옛 관습의 영향이 여기에도 묻어난다. 지도상의 왼쪽을 우도니 우수영이니 하고, 오른쪽을 좌도니 좌수영이라고 하는 그 관습 말이다.

전략적 요충, 남원성

우리나라 읍성들은 대부분 분지와 하천을 이용하여 터를 잡았다. 유사시 방위 목적에 부합해야 했고, 더 중요하게는 관민이 함께 생활할 수 있는 공간을 확보해야 했기 때문이다. 평평한 분지 형태에 강이나 천이 휘돌아 흐르는 자연 지형을 최대한 이용하고자 했다. 남원읍성도 이런 원칙에서 예외가 아니다. 지리산의 영기를 타고 내려온 백공산 아래 넓은 분지를 터로 삼았으며, 지리산 계곡수 물길의 하나인 요천이 이 분지 형태를 감싸고 흐르는 곳에 자리를 잡았던 것이다.

남원은 예부터 전략적 요충지였다. 삼국시대 때 백제의 땅이었던 남원은 신라와 국경 분쟁이 자주 일어나던 곳이다. 신라나 백제 모두에게 전략적으로 중요한 위치에 있었기에 영토 대립은 피할 수 없는 운명이었다.

남원이 전략적 요충인 것은 정유재란 때의 남원성 전투가 잘 보여준다. 도요토미 히데요시는 임진왜란 때의 경험을 교훈 삼아 일본 군대에 남원성을 가장 먼저 침공하라는 명령을 내린다. 남원성을 함락시키면 조선의 삼남이 한꺼번에 들어온다는 계산이었다. 실제로 남원성의 함락으로 왜군이 전주부성에 무혈입성하게 되었고, 전라도와 충청도가 함락되었으며, 나아가 조선 전체가 붕괴되었으니, 남원성 전투는 매우 중요한 싸움이었다. 당시 수많은 조선의 군사와 민간인이 남원성을 사수하기 위해 결사 항전하다가 죽은 배경이다.

우리 고지도의 구성 방식과 남원의 경우

우리 고지도는 도성이나 읍성을 중심으로 해당 지역을 표시하고, 성곽 내외에 산재한 중요 소재지와 경처를 아울러 표시하는 방식으로 제작되었다. 그것은 고지도가 민간에서보다는 관과 군에서 더 많이 사용되었다는 사실을 반영한다. 그런데 근방의 유명한 사찰이나 사람들이 많이 찾는 경승지는 빠트리지 않았다. 그것은 위치를 쉽게 가늠하고 대상 군현을 지리적 명당으로 표현하려는 의도에서 비롯했다. 그래서 군현 지도의 경우, 관아와 객사 등 관청이 소재하는 읍성을 그 지역의 핵심으로 과장되게 표현하는 경향이 있다.

남원읍성을 그린 〈남원관부도〉도 그러하다. 〈남원관부도〉는 정방형 읍성 사방에 성문이 하나씩 배열된 형태이고, 성 안의 도로는 성문에서 직선을 그어 서로 연결되게끔 했다. 이러한 성곽 설계는 중국의 오래된 『주례고공기周禮考工記』에서 연원한다. 우리 한양의 도성이나 지역의 읍성도 이 『주례고공기』를 참작하여 지어졌다. 성 안의 행정 중심부인 관아는 동헌을 중심으로 좌측과 아래쪽에 자리 잡고 있다. 이도령이 지금 방자와 경처 얘기를 나누는 곳도 그 어름에 있는 책방이다. 좌측 위쪽에는 용성관이라는 객사가 있는데, 관찰사 중앙 관리들이 그곳에서 유숙한다. 지방 수령으로 발령받은 관리는 부임하자마자 객사를 방문한다. 조선 왕들의 위패가 모셔져 있기 때문이다. 그래서 객사는 관아와 더불어 지방의 행정 중심이라고 할 수 있다.

『주례고공기』에 따르면 도성의 설계 원칙에 좌조우사左祖右社라는 게 있다. 왼편에 조상이 되는 역대 왕들을 모신 태묘가 자리하고, 오른편에 나라의 토신·지신들을 모시는 사직단을 두어야 한다는 것이다. 한양 도성도 이 원칙에 충실하게 왼편에 종묘, 오른편에 사직단을 세웠다. 그런데 남원성도 이 방향은 맞았지만 사직단을 성 밖에 배치하고 있다. 대신 지방에서 태묘와 유사한 기능을 하는 객사 외에도 충렬사라는 사당을 성 안에 두었다. 남원성의 위쪽 중앙에는 둥근 모양의 감옥도 보인다. 춘향이 관장의 수청 요구를 거역하다 수감되는 곳이 바로 여기다. 남원성 내의 오른편 위쪽과 아래쪽에는 민가로 구성되어 있다.

그네 타는 춘향의 치맛자락이 펄렁펄렁

〈남원관부도(南原官府圖)〉

1752년(영조 28년)에 간행된 『용성지(龍城誌)』에 실려 있다. 남원읍성을 중심으로 그 주변 지소들을 표시했다.
성 안팎 시설물이 다양하고 사실적으로 표현되었으며 규모감이 잘 나타나 있다.

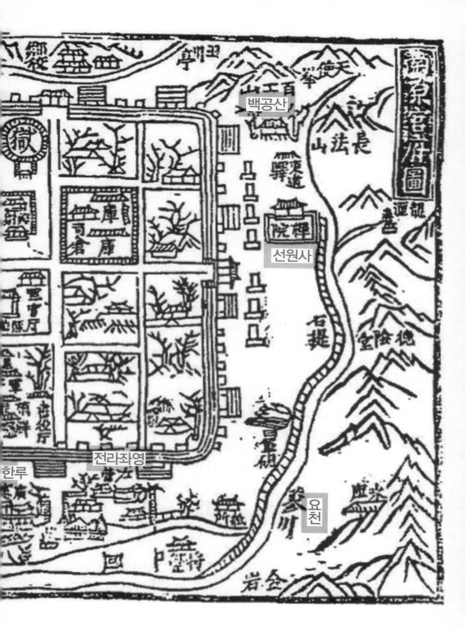

백공산

선원사

전라좌영

한루

요천

방자의 머릿속에 입력된 지도

지금 방자는 사대문과 근방의 경처들이 마치 머리에 각인된 듯 거침없이 말하고 있다. 마치 지도를 놓고 말하는 듯하다. 현실을 그리는 데 지도적 상상력에 의거해서 묘사하는 것이다.

〈남원관부도〉를 보면 남원읍성의 모습과 방자가 얘기한 사대문과 성 밖의 경처들이 모두 나타나 있다. 방자가 아뢰는 남원의 경처들은 동서남북 성문에서 가까운 곳들이다. 먼저 동문 밖에 있는 선원사가 꼽힌다. 선원사는 도선국사가 창건한 비보사찰이라고 한다. 비보神補란 땅 기운이 약한 곳을 보강해준다는 말이다. 남원의 지세에서 객산인 교룡산이 너무 세고 주산인 백공산의 힘이 상대적으로 약해서 백공산 쪽의 지세를 북돋을 목적으로 백공산 줄기 끝에 선원사를 창건했다고 한다.

서문 밖 경처는 관왕묘다. 관왕묘는 관우를 모신 사당으로 임진왜란과 정유재란 때 들어온 명나라 장수들에 의해 서울과 지방 곳곳에 세워졌다. 우리 민중들의 자발적인 관우 신앙에 의해 만들어졌다기보다는 명나라의 강압에 의해 설립된 측면이 강했다. 그러나 긴 수염의 위풍당당한 영웅 관우는 『삼국지연의』의 독서 열풍에 의해 신앙화가 한층 고조되어갔는데, 그에 힘입어 관왕묘는 없어지지 않고 오랫동안 존속되었다. 서쪽 끝에 표시

된 그 유명한 만복사는 지도상으로는 관왕묘 바로 옆이지만 실제로는 서문에서 멀리 떨어져 있어서 갈 만한 곳으로 추천되지 않은 것으로 보인다.

남원성 남문 밖의 경처가 바로 광한루 오작교다. 한양성이나 다른 읍성들의 경우에는 대개 남쪽 성문 안팎으로 큰 시장이 형성되어 유동 인구가 가장 많은 곳이 된다. 남원읍성도 예외가 아닌 듯하다. 〈남원관부도〉를 보면 남원성의 남문은 행정 지구의 전용문이었을 것 같다. 동헌 및 관사에서 남문이 가장 가깝고, 연결도로도 있으며, 남문 밖에는 군사 시설인 전라좌영左營도 자리했으니 남문은 행정 시설의 중심을 이룬다. 남문 바로 앞에는 광한루라는 큰 유흥지이자 놀이공원도 있으며, 그런 곳에는 시장이 형성되기 쉬워서 성 안팎 사람들이 가장 많이 모여드는 곳이었다고 판단된다.

마지막으로 북문 밖의 경처로 교룡산성이 추천된다. 교룡산성은 남원의 진산인 교룡산에 형성된 산성으로 당나라 장수 설인귀가 쌓았다는 전설이 있으나 본래는 백제 시대에 축성되었을 것으로 추정된다. 임진왜란 등 여러 난리 때에 개수축되었다고 하니 춘향전 시대에는 지금보다는 온전한 모습이었을 것이다. 방자가 북쪽 경처로 추천했지만 아마도 이도령이 이곳을 선택하기에는 현실적으로 어려움이 있었다. 왜냐하면 읍성에서 서북쪽

그네 타는 춘향의 치맛자락이 펄렁펄렁

으로 상당히 멀어서 나귀를 타고도 반나절은 걸렸을 것이기 때문이다.

〈남원관부도〉와 〈남원부지도〉의 차이

지금까지는 〈남원관부도〉를 가지고 설명했는데, 후대에 그려진 지도는 그 설명과 약간의 차이가 난다. 〈남원관부도〉가 판각본 형태의 지도라면, 후대의 남원 고지도는 회화식 그림으로 그려진 필사본 지도이다. 조선 후기의 고지도들은 진경산수화 풍으로 근방의 산과 풍경을 담아낸 것들이 많다. 〈남원부지도〉는 진경산수화 풍은 아니지만 사물의 형태가 회화적이고 거기에 채색을 입힌 독특한 형식의 고지도이다.

〈남원관부도〉와 〈남원부지도〉는 약간의 차이가 난다. 선원사를 설명할 때 방자는 장림숲 선원사라고 했는데, 〈남원관부도〉에는 돌로 쌓은 제방 표시만 있지 숲의 모양은 나타나지 않는다. 그러나 〈남원부지도〉에는 장림숲이 길고 웅장하게 그려져 있다. 숲이 동쪽에 있다고 동림東林으로 적었다. 아마도 비보의 목적이거나 제방을 보강할 목적으로 나중에 나무들이 식재되었을 걸로 생각된다. 선원사는 사찰의 규모는 크지 않으나 요천을 따라 길게 뻗은 숲이 장관을 이루어 동쪽의 경처로 뽑힌 것이다.

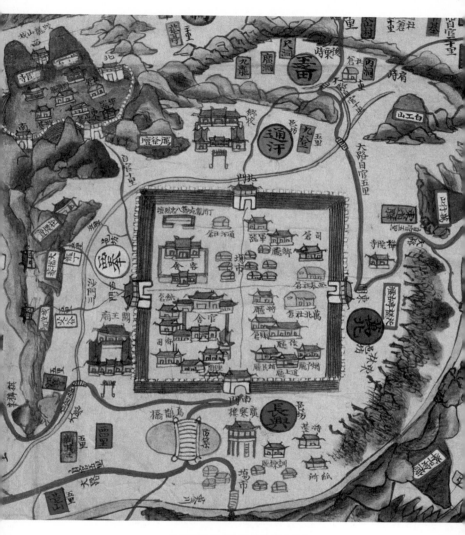

〈남원부지도(南原府地圖)〉(부분)

채색 군현지도 중에서 걸작으로 손꼽힌다. 남문 밖 광한루와 오작교가 분명하고 동문 밖
선원사 앞 장림숲이 회화식으로 아름답게 그려져 있다. 〈남원관부도〉에서는 요천수가 광
한루 오작교로 연결되어 있었으나 여기에서는 끊어져 있음을 확인할 수 있다.

채색필사본, 1872년, 103×83cm, 서울대학교 규장각한국학연구원 소장.

남문 밖의 광한루도 다른 모습을 보인다. 〈남원관부도〉에서는 광한루와 오작교가 요천에서 나온 물길로 연결되어 있는 반면, 〈남원부지도〉에는 그것이 끊어져 있다. 처음 광한루를 개척할 때는 요천수를 끌어들여 띠처럼 흐르던 것이 후대에 요천수는 이 물길이 끊어지고 광한루 앞에 곡지형曲池型 호반으로 남은 것이다. 그것이 변화에 변화를 거듭하여 오늘날 꽤 넓은 부지에 큰 연못으로 자리 잡은 것으로 여겨진다. 오늘날의 광한루 일대 모습은 〈남원부지도〉에 묘사된 것과 다르지 않다.

광한루 앞에 큰 장시도 〈남원관부도〉에는 없었지만 〈남원부지도〉에는 과연 남문 밖에 서 있다. 성 안 장시에 버금가는 규모다. 광한루 옆의 전라좌영도 없어졌는데, 좌영이 이전하면서 그 주변에 장시가 확장된 것으로 보인다. 이렇게 성내 장시와 성외 장시를 남문이 연결하게 되고, 그러면서 자연스럽게 남문의 이용이 더 활발해졌을 것이다. 그런 점에서 볼 때 광한루는 오래전부터 가장 많은 사람들이 찾는 남원의 제일 경처로 이름을 날렸을 것으로 생각된다. 그것이 방자가 광한루 오작교를 특별히 두드러지게 추천하지 않았는데도 이도령이 광한루를 선택한 배경이 되지 않았을까.

성애적 상징이 풍부한
광한루와 오작교

광한루와 오작교는 춘향과 이도령의 만남을 이루어준 곳이다. 단순하게 생각해서 춘향이 광한루 근처로 그네를 뛰러 나왔고, 이도령이 봄놀이 하러 광한루로 나왔기 때문에 이들의 만남이 가능했다고 볼 수도 있다. 물론 직접적인 이유를 따지자면 그러하겠지만, 그 생각은 광한루와 오작교가 갖는 지정학적 위상이라든지 상징적 의미 장치라든지 하는 것들을 간과한 것이다. 광한루와 오작교는 한마디로 이성과의 사랑을 갈망하는 이들을 위한 성애적 장치들이 풍부한 곳이다. 오작교가 갖는 영원한 성애적 갈망은 말할 필요도 없는 것이지만 광한루가 간직하고 있는 각종 기호적 의미들과 주변 풍경들이 어울려 만들어내는 의미 작용은 신비로운 천상의 세계로 우리를 초대한다.

선관선녀가 사는 공간, 광한루

광한루는 그 이름에서부터 천상 세계의 이미지를 진하게 풍긴
다. 천상의 월궁을 광한궁廣寒宮이라고도 하는데, 월궁은 천상과
지상을 통틀어 최고의 미녀로 알려진 항아가 사는 곳이다. 월궁
항아는 지상에서 예라는 궁사의 아내였으나 그가 갖고 있던 불
사약을 훔쳐 먹고 천상으로 비상한 여인이다. 불사신이 되어 영
원히 미모를 간직하고 살아가는 존재가 된 것이다. 그래서 월궁
항아는 남녀 모두의 로망이 되었다. 이러한 월궁항아의 천상적
이고 성애적인 이미지가 애초부터 광한루를 감싸고 있다.

광한루의 그러한 이미지를 구체화하는 것이 광한루 바로 앞
큰 연못에 조성된 봉래, 방장, 영주라는 삼신산 혹은 삼신섬이다.
삼신산의 위치를 천상이라고도 하고 지상이라고도 하는데, 광한
궁이 바로 천상 세계를 환기한다는 점에서 이 삼신산은 자연스
럽게 천상에 속하게 된다. 삼신산은 불사하는 신선들이 사는 곳
으로, 항아가 사는 월궁과 이웃하고 있다. 한마디로 광한루는 불
사의 존재들인 선관선녀仙官仙女가 사는 공간인 것이다.

광한루 앞에 횡으로 기다랗게 놓인 연못을 종으로 가로지르는

장치가 오작교다. 오작교에는 견우직녀 설화가 깔려 있다. 선관 선녀들이 사는 천상세계에도 애욕과 갈등이 있다는 사실을 배경으로 하여 견우직녀 설화가 탄생했다. 소를 끌어 농사를 짓는 견우와 베를 짜 옷을 짓는 직녀가 은하수를 사이에 두고 서로 만나지 못하다가 칠월 칠석날에 까마귀와 까치가 놓아준 오작교 위에서 만난다는 이야기다. 그러니까 광한루 앞의 큰 연못이 천상계의 은하수를 상징한다는 것을 우리는 바로 알 수 있다.

사랑을 갈망하며 건너는 다리, 오작교

오작교는 천상적이고 성애적인 이미지로 가득 찬 광한루 전체에 화룡점정의 구실을 한다. 오작교가 천상 세계의 설화를 가져다 지상에 이식함으로써 사랑의 갈증을 해소하려는 사람들에게 희망과 위안을 선사하기 때문이다. 이것이 지금도 많은 사람들이 오작교 위를 걸으며 애정의 성취나 금슬의 조화를 희구하는 배경이다.

견우직녀 설화에서 까마귀와 까치가 서로 몸을 얽어서 다리를 만들었다면 그 다리의 모양은 필시 무지개 모양일 터다. 그래서 오작교에도 무지개 모양의 홍예교虹蜺橋를 놓았다. 다만 하나의 무지개 모양으로 하면 꽤 긴 거리를 돌로 연결시키기에 무리

그네 타는 춘향의 치맛자락이 펄렁펄렁

광한루와 오작교

광한루원의 핵심인 광한루와 호수를 가로지르는 오작교 전경. 천상적 이미지와 성애적 상징이 풍부한 승경지다. 광한루 누각의 양식적 우수성과 주변과의 뛰어난 조화는 '호남제일루(湖南第一樓)'라고 할 만하다.

도 있으려니와 너무 높고 거대한 돌다리가 되어 광한루 전체 조경과 부조화를 야기할 가능성이 크기 때문에 편평한 돌다리 밑으로 네 개의 작은 홍예교를 잇달아 놓았다.

홍예교는 돌을 약간 마름모꼴로 다듬어서 둥글게 쌓은 돌다리다. 돌을 둥글게 맞붙여 놓으면 인장력보다 압축력이 훨씬 세게 작용해서 허공에서도 쉽게 허물어지지 않는 아주 견고한 다리가 된다. 견고함만 있는 게 아니라 미관도 아름다워서 홍예교는 심미적 의미를 추구하는 문루나 교량에 설치되는 경향이 있다. 이곳에 오작교를 만든 사람들은 선관이나 선녀가 무지개를 타고 내려오는 환상적인 분위기를 상상했을 것이다.

사랑의 메신저 잉어와 분위기 메이커 능수버들

은하수에 해당하는 광한루의 연못에는 커다란 잉어들이 유유히 노닐고 다닌다. 오작교의 홍예교 다리 밑에는 사람들이 먹이를 던져주기도 해서 잉어들이 떼 지어 산다. 잉어는 사랑의 메신저다. 이러한 역할이 두드러지는 옛이야기로 『고려사』「악지」의 명주가溟州歌 전승이 있다.

옛날 강릉 지방에 한 처녀가 연못에 잉어를 길렀는데, 매일 먹이를 주고 말도 걸며 애정을 갖고 대했다고 한다. 집안에서는 처

녀 나이가 혼기에 이르자 신랑감을 찾았다. 그런데 그 처녀에게
는 서울로 과거 공부를 하러 간 총각 애인이 있었다. 심란한 마음
에 처녀는 매일 잉어한테 가서 먹이를 던져주며 혼잣소리로 하
소연을 했단다. 그러다가 결국에는 혼삿날이 잡히자 절망에 빠
져 잉어한테로 가 '너희들이 내 사정을 안다면 이걸 전해다오'라
고 하면서 편지를 물에 던졌고 한 잉어가 그걸 받아 물고 사라졌
단다.

사라진 잉어가 다시 나타난 것은 서울에 과거 공부하러 간 서
생의 부엌 도마 위. 서생이 시장에서 사온 잉어를 고아 먹으려고
잉어의 배를 가르자 편지가 나왔고, 사연을 알게 되었으며, 그 길
로 강릉으로 말 타고 달려가 다른 남자와의 결혼을 막고 그 처녀
와 식을 올렸다는 낭만적인 이야기다. 잉어는 등용문 고사와 관
련하여 과거급제를 뜻하는 상징적인 의미를 갖고 있기도 하지
만, 여기서는 사랑의 메신저 역할이 오작교의 의미와 더 잘 어울
린다.

그리고 광한루원 곳곳에 위치해 있는 능수버들수양버들의 존재
도 성애적 분위기에서 빠뜨릴 수 없는 요소다. 가지가 죽죽 늘어
진 능수버들은 여인의 방에 쳐놓은 주렴처럼 광한루원의 분위기
를 황홀하고 신비롭게 채색하는 역할을 한다. 농도 짙은 성애의
분위기를 고조시킨다고나 할까.

방장정과 버드나무

광한루 앞에는 봉래 · 영주 · 방장의 세 삼신섬이 호수에 떠 있다. 삼신섬에는 각기 정자가 있는데
위 사진 왼편에 있는 것이 방장정(方丈亭)의 모습이다. 오작교 건너편 오른쪽에 버드나무 가지들
이 늘어져 있다. 야간 조명의 광한루를 버드나무 가지 사이로 보는 것은 황홀한 체험이다.

능수버들은 고전소설 「구운몽」에서 양소유가 처음 만나는 여인 진채봉과의 결연 과정에서도 한껏 분위기 조성을 하는 매개체로 등장한다. 양소유는 과거를 보러 장안으로 가는 도중 화음현에 도착했을 때 버드나무가 늘어진 풍경이 아름다워 「양류사」를 지어 노래하게 되고, 그 소리를 듣고 막 잠에서 깨어 창밖을 내다보는 진채봉의 홍채 띤 모습을 보고 첫눈에 그녀에게 반한다. 아마도 양소유가 진채봉에게 첫눈에 매혹 당하는 것은 버드나무 가지 늘어진 사이로 보이는 막 잠깬 여인네의 함초롬한 모습이 계기가 된 것이리라. 버드나무 가지가 아니었다면 그런 황홀한 분위기가 연출될 수 있었을까. 성애적 요소가 광한루 여기저기서 의미를 발산하는 가운데 능수버들도 성애적 분위기를 돋우는 요소의 하나가 된다. 이처럼 광한루에는 성애적 상징들이 도처에 널려 있다.

광한루가 명소가 된 까닭은

광한루는 조선 초기 황희를 비롯하여 송강 정철, 점필재 김종직, 상촌 신흠, 다산 정약용 등 유명한 시인 묵객들이 즐겨 찾고 시문을 남겼던 명소다. 광한루는 조그맣고 허름한 서실書室 터에서 비롯되었다. 양녕대군의 폐위에 반대하다가 태종의 미움을 사서 남원으로 유배 온 황희 정승은 자신의 선조가 소일하던 일재逸齋라는 서실이 오래되어 허물어지자 그 자리에 조그만 누정을 짓고 광통루廣通樓라고 이름을 붙였다. 이것이 광한루의 시작이다. 처음에는 커다란 호수도 없었다. 멀찌감치 휘돌아 흐르던 요천수를 끌어들여 누 앞을 가느다란 띠처럼 가로지르게 한 형태였다고 한다.

세종 때 정인지가 광통루를 보고 "달나라에 있는 궁전인 광한청허부廣寒淸虛府가 바로 이곳이 아니던가"라고 감탄한 나머지 광통루는 광한루로 이름을 바꾸게 되었다. 이때부터 광한루는 도교적이고 천상적인 색채를 강하게 덧입게 된다. 이 이름에 걸맞게 환경을 조성한 것은 전라감사였던 송강 정철이라고 알려져 있다. 정철은 누 앞에 은하수를 상징하는 넓은 호수를 만들고 호수에 비친 달을 감상했다고 한다. 남원부사였던 장의국이 오작교를 신설했고1584, 그 뒤로 여러 차례에 걸쳐 증개축이 있은 다음 오늘날의 광한루로 이어지게 되었다.

광한루가 명사들이 즐겨 찾는 명소가 된 것은 불로장생하는 신선들의 상징이 가득한 이곳에서 자기들도 영원히 살고 싶은 바람 때문이기도 하겠지만, 그런 상징적 의미를 차치한다고 하더라도 광한루의 경관은 특별한 데가 있다. 광한루의 전각 자체에는 엄숙하고 둔중함, 그리고 날렵하고 시원함이 공존한다. 어찌 보면 엄중하기도 하고 어찌 보면 경쾌하기도 하다. 그것은 시선의 성격에 따른 차이기도 하다. 커다란 전각이 가질 수밖에 없는 진중한 무게와, 배흘림으로 된 전각 기둥이 공간을 꽉 채운 것 같은 느낌이 이 전각을 엄중하게 보이게 한다. 그러나 다른 시선으로 보면 누하의 돌기둥들이 쭉쭉 뻗어 있고, 약간의 안쏠림을 보이면서 처마를 받치는 기다란 기둥도 날렵하게 하늘로 비상하는 듯하다. 그리고 누하와 누상이 막혀 있지 않고 사방으로 뚫려 있어 눈이 시원한 것이 이 전각을 경쾌하게 한다.

광한루와 어우러져 넓은 연못이 주는 장쾌한 멋스러움은 광한루 풍광에서 빼놓을 수 없다. 연못이면서 호수이기도 한 이 큰 물이 있음으로써 삼신섬과 오작교, 그리고 섬 위에 있는 정자들의 존재가 살아난다. 그 곁의 대나무 숲과 배롱나무, 능수버들, 느티나무, 수령이 수백 년은 되어 보이는 고목나무들이 전체적으로 조화를 이룬다. 호수에 배가 한 척 떠 있기라도 하면 선경이 따로 없을 지경이다. 후대에 들어와 광한루 앞 연못 건너편에 작은 방형 연못이 하나 더 생겼다. 연못 위에 완월정玩月亭이라는 누각이 서 있는데 송강 정철이 광한루 호수에 비친 달을 감상했듯이 달빛을 즐긴다는 뜻의 누각이다. 요즘엔 판소리 경창대회를 비롯한 각종 행사가 완월정 앞의 넓은 잔디밭에서 열린다.

방자가 묻기도 전에 이도령의 마음은

앞에서 말한 광한루와 오작교가 지닌 성애 표상은 수많은 시인 묵객들과 관리들이 광한루를 찾은 배경이다. 광한루가 처음 황희 집안 개인의 별서로 시작되었지만 나중에 관아의 정원으로 성격이 바뀌면서 성애적 상징들이 더 강화되었다. 풍광이 좋은 곳에 성애적 상징마저 풍부하다면 마음이 더 끌리는 게 사람의 본능 아닐까. 광한루와 오작교 언저리에서 발산되는 성적 분위기는 주변 풍경과 어울려 묘한 분위기를 자아내는 데 일조한다. 일종의 성적 판타지의 세계가 연출되는 것이다. 실제로 조선시대 남원의 방백·수령들과 남원에 내려온 중앙정부 관리들은 이 관아 정원에서 기생과 악공들을 대동하고 유흥을 즐기며 이곳의 성적 분위기를 만끽했을 것이다.

춘향전에서 이도령이 광한루를 선택한 것은 방자가 광한루를 특별히 좋다고 소개했기 때문이 아니라 이도령 자신이 성에 눈뜨기 시작하는 나이로서 따뜻한 봄날에 한번 놀고 싶었기 때문이다. 그렇다면 이도령은 가고 싶은 곳을 묻기도 전에 광한루로 마음을 정했을 수도 있다. 관아의 정원으로서 성애적 분위기가 충만해 있는 남쪽의 광한루를 빼고 어디로 간단 말인가. 광한루에 대한 소문은 경향 각지에 드높았으니 남원에 온 이도령이 그

그네 타는 춘향의 치맛자락이 펄렁펄렁

걸 몰랐을 리가 없다. 방자가 남원 사방 경처를 소개하면서 광한루를 특별히 지목하거나 더 잘 소개한 것이 아님에도 이도령이 지체 없이 광한루를 택한 까닭이다.

춘향전의 인문학

3

〈단오풍정〉의
풍속화적 상상력이 끼어들다

이도령이 광한루에 올라 춘흥에 겨워 짝을 갈구하는 모습을
보여줄 때, 오작교 너머 저 반대편 장림숲에서는 춘향이 등장하
여 그네를 뛴다. 그네뛰기 놀이도 이도령의 성애적 태도에 대응
하는 여성의 은밀한 짝 부르는 행위라고 할 수 있다. 처자들이 단
옷날을 핑계 삼아 오랜만에 상쾌한 바람을 맞으며 그네를 탄다
는 것은 하나의 단순한 봄놀이 이상의 것이었다. 그것은 이성에
눈을 떠가는 시절에 할 수 있는, 이성을 향한 몸짓이다. 마치 새
가 된 양 수풀 속을 왔다 갔다 하는 자유를 만끽하면서 이성을 유
혹하는 공개 연애의 측면이 있었던 것이다. 노란 치맛자락이면
꾀꼬리가 되고, 초록이면 파랑새가 되어 짝 부르는 모습을 내어

그네 타는 춘향의 치맛자락이 펄렁펄렁

보였다.

　미당 서정주 시인은 향단에게 하는 춘향의 말로서 그네뛰기가 갖는 함의를 말한 바 있다. 미당은 「추천사」라는 시에서 "저 하늘로 나를 밀어올려다오"라며 운명과 속박을 뛰어넘는, 이상향을 지향하는 인간적 초극까지 그네뛰기에서 읽어낸다. 소설 속 춘향이 처한 현실의 문제의식과 밀착된, 상당히 형이상학적인 독해다. 보통의 사람들은 속세의 시선으로 그냥 주어진 자유를 만끽하려는 몸짓, 그리고 하나 더, 이성을 향한 몸짓이라 읽어도 충분하지 않을까.

유혹의 점증법, 그네뛰고 목욕하고

　그네를 뛰고 난 후 춘향은 장림숲 아래에 있는 요천수로 내려가 목욕을 한다. 이 장면은 이 책의 주대본인 「열녀춘향수절가」가 아닌 고려대 도서관 소장본일명 「고대본 춘향전」에서 가져왔다. 오늘날의 춘향가에서는 전혀 나타나지 않고, 춘향전 이본들 중에서도 보기 쉽지 않은 목욕 장면이 아주 희화적으로 묘사되어 있다. 춘향전의 전통에서 목욕하는 장면이 처음에는 있다가 나중엔 사라지는 것인지, 아니면 후대에 돌발적으로 첨가된 것인지는 확실하게 말할 수 없다. 하지만 그네뛰기 행위에서 엿보이는 춘향의 유혹에 찬 움직임을 일관되게 관철하고자 했다면, 목욕하는 장면을 처음부터 취했을 가능성이 높다.

후대에 양반층이 판소리의 좌상객으로 소리판에 참여하면서 선정적 사설의 높낮이 조절이 있었다면, 목욕하는 장면은 후대에 자연스럽게 도태되는 과정을 거쳤을 수 있다. 춘향이 옷을 벗고 냇가에서 목욕을 한다는 설정은 양반층에게는 지나치게 선정적일 수 있지만, 단옷날에 여인들이 그네를 뛰고 창포에 머리 감는 일은 당시의 실제 풍습이었다. 시냇물에 머리를 감는 행위에서 좀더 나아가 옷을 벗고 몸을 씻는 행위로 이어지는 것은 전혀 어색하지 않다.

춘향이 그네를 뛴 장림숲은 요천이 흐르는 강가 바로 옆이다. 그러니 무더위에 그네를 뛰고 나서 요천수에서 몸을 씻는 것은 자연스러운 행동 전개다. 문제는 춘향이 보여주는 대범 무쌍한 일종의 시위다. 아무런 거리낌 없이(하기야 "사면을 살펴보고"라고 하고 있으나 옷을 다 벗은 다음에 살펴본다고 하였으니 무슨 소용이 있으랴!) 옷을 다 벗고 물에 뛰어들어 양치질도 하고, 귀 밑도 씻고, 젖가슴도 씻고, 모가지도 씻고, 온갖 물장난을 한다. 그런 모습을 판소리 본래의 해학이 진하게 배어나게끔 희화적으로 묘사하고 있다. 온갖 참신한 비유와 의성어, 의태어들이 적재적소에 배치되어 빛을 발한다. 우리 고유어의 향연이다.

그네 타는 춘향의 치맛자락이 펄렁펄렁

여기서 춘향의 목욕 행위를 이성을 향한 유혹의 몸짓으로 읽는다 해도 전혀 무리는 아니다. 그것은 그네뛰기와 같은 이성을 향한 은근한 몸짓을 넘어서 있다. 그것은 농염 짙은 교태에 가깝다. 그러므로 춘향이 그네를 뛰고 나서 목욕을 하는 행위는 유혹의 점증법이라 할 만하다. 그 유혹에 이도령이 걸려든다. 이도령은 그걸 보고 심사가 산란하여 떨면서 방자를 겨우 부르고 있다.

단옷날 세태를 그려낸 〈단오풍정〉

춘향의 이러한 행동거지와 유사함을 보여주는 풍속화가 있다. 우리에게 매우 친숙한 혜원 신윤복의 〈단오풍정〉이다.

그림에서 여인네들은 그네를 뛰기도 하고, 쉬면서 여장을 꾸미기도 한다. 그리고 그 맞은편에는 시냇물에 세수도 하고, 머리도 감고, 목욕도 하는 일군의 여인네들이 있다. 저고리는 다 벗었고, 속곳까지 벗은 이도 있다. 춘향전에서는 혼자 그네도 뛰고 목욕도 하며 춘향이 일인다역을 소화하지만, 그림에서는 여러 여인네들이 배역을 나누어 맡는다.

이 봄놀이 장소에 접근하고 있는 또 한 명의 여인은 행색으로 보아 들병장수임이 분명하다 그림 오른쪽 하단. 커다란 소쿠리에 떡과 안줏거리, 그리고 술병을 담아 머리에 이고 다니면서 술을 파는 들병이 여인네다. 보자기 위로 불쑥 튀어 나온 것은 술병 주둥이로 보이며, 손은 올라가고 짧은 저고리 탓에 젖가슴이 노출되어 있다. 그리고 그 맞은편 높은 바위 틈 사이로 두 명의 동자승이 이러한 여인 천국을 몰래 훔쳐보는 모습이 익살맞게 그려진다.

이처럼 혜원의 〈단오풍정〉은 단옷날 여인들이 그네 뛰고 창포에 머리를 감는 그 시절 풍속을 포착한 그림이다. 단옷날 풍속의 여러 모습을 한자리에 모아 재현해낸 풍속화는 이처럼 당시 세태 풍습을 담아내는 것을 즐겨 했다.

춘향전에서 춘향이 그네 뛰고 목욕하는 장면을 그린 것도 당시 세태 풍습을 재현하는 데 따른 것이다. 그런 점에서 춘향전은 일종의 세태소설이다. 풍속화가 그러하듯이 춘향전 같은 세태소설 또한 당시의 단옷날 세태를 사실적으로 재현한다. 당대의 두 재현 예술양식이 세태 풍습을 매개로 하여 접점을 이룬 것이다.

그것은 상상력의 교류가 빚어낸 결과다. 어떤 대상에 대한 표현적 상상력은 공기와 같아서 당시의 모든 사람들이 함께 호흡하는 것이다. 동기만 주어진다면 그것은 얼마든지 유사하게 표현되기 마련이다. 그럼에도 〈단오풍정〉과 춘향전이 보이는 표현상의 유사함은 각별하다. 특히 바위틈에 숨어 금남의 공간을 훔쳐보는 두 동자승의 모습은 춘향전에서 그네 뛰고 목욕하는 춘향을 향해 시선을 주고 있는 이도령과 방자의 모습과 흡사하다.

그네 타는 춘향의 치맛자락이 펄렁펄렁

〈단오풍정(端午風情)〉

그네 뛰고 목욕하는 여인네들의 단옷날 세태를 그려낸 혜원의 풍속화이다. 그네 타면서 머리치장
도 하는 여인들(오른쪽 위), 웃통을 벗고 머리 감고 목욕하는 여인들(왼쪽 아래), 술 팔러 오는 들병
이(오른쪽 아래), 이들을 훔쳐보는 두 동자승(왼쪽 위). 이 그림에는 움푹 패인 나무 등걸, 무성한 잔
솔가지, 불끈 솟은 바위 형상 등 성적 메타포도 여럿 보인다.
신윤복, 종이에 담채, 28.2×35.6cm, 간송미술문화재단 제공.

누구의 욕망인가?

춘향전은 여느 고전소설들처럼 전체적으로 전지적 서술자의
담화 형식으로 되어 있다. 그러나 부분적으로는 다른 성격의 시
점이 섞여 있다. "어떠한 일미인 나오는데 해도 같고 별도 같다"
라고 진술하는 목소리의 주체는 누구인가? 전지적 서술자라면
당연히 춘향이라고 밝혔을 것이다. "저와 같은 계집종"도 마찬가
지다. 전지적 서술자라면 당연히 향단이라고 밝혔을 것이기 때
문이다.

그렇다면 시점의 주체를 좀 떨어진 장소에서 춘향의 모습을
호기심 있게 바라다보는 이도령과 방자로 상정하는 편이 어떨
까. 그네 뛰고 목욕하는 춘향의 모습을 묘사하는 진술 내용을 보
면 아무래도 거리상으로는 좀 떨어진 바깥 위치가 알맞고, 정서
적으로는 조금 흥분된 상태의 심리를 보여주기 때문이다.

혜원의 〈단오풍정〉에서도 그네 뛰고 목욕하는 여인네들의 모
습이 바위틈에 숨어서 보는 두 동자승의 시선에서 그려진다. 두
동자승이 화면에 그려진 대상 인물임에는 틀림없지만 그들은 여
인들을 멀리서 훔쳐보는 시선의 주체다. 회화의 속성상 엿보는
시선을 화면 안에 표현해야만 하는 관습 때문에 그들도 관람의
대상인 것처럼 보일 뿐이다.

그네 타는 춘향의 치맛자락이 펄렁펄렁

〈단오풍정〉에서 인물들 간의 시선 관계

동자승은 화면 속 인물들에게 시선을 주기도 하지만(작은 화살표) 화면 밖 관람자들에게도 더 가까운 곳에서 볼 수 있다는 유혹의 시선을 보낸다. 관람자들도 동자승에게 관음의 시선을 위탁하고 싶어진다(쌍방향의 큰 화살표).

여인들의 관능적 모습은 동자승의 욕망이다. 동자승의 욕망이 불러낸 화상적 이미지이지 화가의 욕망대로 그린 게 아니다. 그런 점에서 음란한 여속의 현장을 그린 데서 오는 화가의 윤리적 책임은 상당 부분 경감된다. 화가는 윤리적 책임을 두 동자승에게 전가하고 자기는 윤리적 책임에서 벗어난다. 누가 책임을 묻는 것은 아니지만 윤리적 검열체계가 자체적으로 실행된다.

바로 이 그림에서 두 동자승의 존재는 그러한 윤리적 자체 검열의 산물이다. 화가만 시선을 동자승에게 전가하는 것이 아니다. 그림을 감상하는 관람자들도 여인네들을 지척에서 바라보기 위해 동자승에게 시선을 위탁하고자 한다. 동자승의 눈이 되길 욕망한다. 동자승의 시선을 빌리면 관음이라는 사회윤리적 책임의식에서 약간은 벗어날 수 있다. 동자승이라는 엿보는 존재가 화가한테나 관람자한테나 윤리적 완화제가 되는 셈이다.

춘향전 작가는 〈단오풍정〉을 보았을까?

문학과 회화는 상상력 차원에서 상호간에 교섭한다. 특히나 춘향전 시대의 대표적 회화 양식인 풍속화는 각별한 데가 있다. 풍속화가가 그림을 그릴 때 당대의 세태소설들이 주는 소설적 상상력에 직간접적으로 영향을 받지 않을 수 없듯이, 춘향전 작

그네 타는 춘향의 치맛자락이 펄렁펄렁

가들도 〈단오풍정〉과 같은 당대의 풍속화들이 주는 회화적 상상력에 직간접적으로 영향을 받지 않을 수 없었을 것이다. 문화예술에서 작용하는 상상력은 자신도 모르는 사이에 습득되는 분위기 또는 취향이기 때문에 직접적인 증거를 찾는 것은 부질없는 일이다. 다만 여기서는 춘향전을 쓸 때 어떤 풍속화적 상상력이 동원되었을지 추론해보기로 한다.

작가가 춘향전에서 그네를 뛰거나 목욕하는 장면을 구성할 때 자신의 견문을 토대로 할 것이라는 점은 불문가지다. 물론 이본들의 흐름 속에서 작업을 하는 것이니 다른 이본들을 참고하는 것은 말할 것도 없다. 다른 이본을 참고하면서도 자신의 독창적 목소리를 내고 싶을 때 자신이 견문한 풍속화들에 의지하는 것은 좋은 방법이 된다.

풍속화는 대개 상황에 적합한 구도를 설정하는 경향이 있어서 그 구도에 의지하여 서술을 풀어 가면 훨씬 용이하다. 또 풍속화의 강렬한 색감을 색채어로 환원해 사용하면 표현감이 증대될 수 있다. 또 풍속화는 사회에서 의미 있는 역동적 장면들을 포착하고 있어서 그 움직임의 전후를 상상하여 순차적으로 재현해 놓으면 서술의 전후맥락이 쉽게 열릴 수 있다.

춘향전 작가가 〈단오풍정〉과 같은 풍속화를 견문한 경험이 있다고 할 때, 춘향전 작가는 치장을 하고 그네를 뛴다는 것, 그네를 뛰고 나서는 계곡물에서 머리도 감고 목욕도 한다는 것, 여인 천국을 몰래 훔쳐보는 남정네들이 있다는 것 등의 사실을 염두에 두고 표현에 임할 수 있다. 그리고 풍속화에 보이는 의상, 몸동작, 주변 환경, 색상 처리, 사물과 인물의 배치 및 위치의 각도 등도 장면 표현에 영향을 미칠 수 있다. 〈단오풍정〉 그림의 오른쪽 상단에서 그네에 막 오르는 여인과 뒤에서 머리치장을 하며 바라다보는 여인들을 보면 제시문의 다음과 같은 표현으로 이끌릴 수도 있지 않을까.

저와 같은 계집종과 함께 그네를 뛰려 하고 난초 같이 푸른 머리 두 귀 눌러 고이 땋고, 금채를 정제하고 나군에 두른 허리 아리땁고 고운 태도 아장거리고 흐늘거려 가만가만 나오더니, 장림숲 속에 들어가서 장장채승 그네줄을 휘늘어진 벽도 가지 휘휘칭칭 감아 매고, 섬섬옥수를 번듯 들어서 양 그네줄을 갈라 잡고 선뜻 올라 밀어갈 제.

그네 타는 춘향의 치맛자락이 펄렁펄렁

장면 3

오만방자와 욕쟁이,
한판 붙다

방자 분부 듣고 춘향 부르러 건너간다. 맵시 있는 저
방자, 태도 좋은 저 방자, 서왕모 요지연에 편지 전턴 청
조처럼, 한출첨배 헐떡거리고 덜렁거려 건너갈 제, 저
방자 치레 보소. 산수털 벙거지 뒤로 번듯 젖혀 쓰고, 외
올망건 대모관자 당팔사 당줄 달아 맵시 있게 졸라 매
고, 제비행전에 육날신 꼭 걸어 들메 신고, 청삼청낭 전
대띠 뒤로 비쓱 잡아매고, 어깨를 늘이고 죽통을 빼뜨
리고, 꼭두 부채질로 호늘충충 걸어 빈들거리며 건너가
며, 송림 간에 우뚝 서서 호들갑스럽게 부르는데, "아나
엿다, 이 애 춘향아." 불러 놓으니 춘향이 깜짝 놀라 그
네 아래 뚝 떨어지며, "애고 호들갑스럽게 생긴 자식, 너
의 선산에 불이 났느냐? 눈깔이 생긴 것이 얼음에 미끄
러져 죽은 검은 소 눈깔처럼 생긴 자식, 하마터면 낙상
할 뻔 보았다." 방자 기가 막혀, "허허, 다 들어보소. 사서
삼경 다 다녀도 쯧쯧이 문자 처음 듣고, 하루 저물도록
길을 가도 소 거꾸로 탄 놈 처음 보고, 암캐가 서답 차고,

병풍에 도토리 방귀를 딱 그려 붙였다는 말은 들었으되 십육 세 된 계집아이가 낙태하였다네." "이 자식아, 낙상 이라 하였지, 낙태라 하더냐?" "이 애가 둘러 붙일 속은 오뉴월 피마 똥구녁이로구나. 그러나 일이 났다." "일이 라니? 무슨 일이 났더란 말이냐?" "사또 자제 도련님이 광한루 나오셨다 너 노는 거동을 보시고 급히 불러오라 하였으니 어서 바삐 건너가자." "어따, 그 자식 미친 자식 일세. 도련님이 나를 어찌 알아 부른단 말이냐? 네가 도 련님 턱 밑에 앉아 춘향이니 난향이니, 기생이니 비생이 니, 네 어머니 네 할머니, 종지리새 열씨 까듯 조랑조랑 외어 바치라더냐. 이 개○으로 나서 소젖 먹고 돼지 등 에 업히어 자라난 이 두더지 잡년의 자식아." 방자 허허 웃고, "전환 있단 말은 들었으되 욕환전 보는 에미를 하 겠다. 이 애, 네가 글공부 한다더니 욕공부 하였구나."

(「장자백 창본 춘향가」)

1
정감 있고 유머러스한 욕설의 향연

　춘향전에서 춘향의 욕설은 그 강도가 상당히 세서 많은 춘향
전 주석본이나 역주본 책들은 욕의 자리에 '○○○' 또는 '×××'
로 복자 처리를 하고 있다. 춘향전은 욕설만이 아니라 성적 행위
에 대한 묘사도 그 수위가 아주 높아 그것을 그대로 옮기는 것이
쉽지 않다. 점잖은 국문학자 입장에서 그것들을 그대로 옮기는
것은 자기 체면에 손상이 가기도 하거니와 교육적 차원에서 염
려가 되었을 것이다. 그래서 비교적 국문학 초창기에 나온 춘향
전 책들에서 춘향의 욕이나 성교 장면은 원천적으로 만남이 봉
쇄되었다. 그리고 요즘 나오는 책들도 그 부분을 생략하거나 다
른 장면으로 은근 슬쩍 우회하기 십상이다.

욕쟁이 처자의 극심한 욕설, 그러나 친근감이

이 책도 그 점에서는 완전히 자유로울 수 없지만 그래도 용기를 내어 춘향의 욕설 한 토막을 비교적 있는 그대로 제시해 보았다. 그에 따르면 춘향은 '욕쟁이 처자'라고 할 만하다. 자신의 어머니 월매도 욕에 관해서라면 누구에게도 뒤질 위인이 아니지만 그 피를 이은 춘향 또한 그에 못지않다.

춘향의 욕설에 상대방을 비하하는 공격적인 태도가 들어가 있는 점은 분명하다. 오늘날에도 많이 사용되는, 동물의 모습이나 생식기에 비유하는 형태로 춘향의 욕이 구성되어 있다는 것이 그걸 말해준다. 심지어 개, 소, 돼지, 두더지, 이 네 가지 동물들과의 복잡한 관계 속에서 태어나고 자랐다는 춘향의 욕설은 방자를 처참하게 욕보이는 것처럼 들린다.

그러나 겉보기와는 다르게 이 욕설의 속살을 들여다보면 방자를 대하는 춘향의 친근감이 느껴진다. 만약 방자가 타자라는 인식이 춘향에게 조금이라도 있었다면 그런 욕설은 애당초 발설이 불가능했을 것이기 때문이다. 그것은 춘향이 그만큼 방자를 같은 울타리 안의 사람이라고 보고 있다는 뜻이 된다. 동아리 의식이 작용하기에 춘향은 맘 놓고 욕 한 사발을 방자에게 먹인다. 방자에 대한 경계의식이 해제된 상태에서 나올 법한 욕이다.

오만방자와 욕쟁이, 한판 붙다

춘향의 욕설은 오히려 자기에게 맞는 옷

춘향의 욕설에는 춘향의 신분이며 생육 환경 같은 것이 적재
되어 있다. 춘향은 천민 중에서도 천민인 퇴기의 딸로서 사대부
가의 가정에서 실행되는 제대로 된 교양교육을 받았을 리 없다.
일반 서민 처녀들과 마찬가지로 그들 나름의 순박하고 투박한
언어 환경 속에서 자랐을 것이다. 그렇지만 방자도 알고 있듯이
그 지역에서 춘향은 글공부하는 춘향으로 알려져 있다. 각종 여
공에도 힘쓰고 『소학』, 『예기』 등의 동양 고전을 공부한다고 되어
있다. 이렇게 독학으로 수학하는 춘향의 입에서 나온 욕설은 의
외일 수 있다.

그러나 춘향의 글공부는 자신의 신분적·환경적 한계 상황을
극복하기 위해 노력하는 과정에서 나온 것일 뿐이다. 글공부를
통한 체계적 교양의 습득은 춘향에게 자기 옷처럼 딱 맞는 옷이
아니다. 그것은 본래적이고 생득적인 것이 아니기 때문이다. 오
히려 욕설이 춘향에게는 훨씬 더 자연스럽다. 어떤 잡놈이 갑자
기 나타나서 사람을 놀라게 하는 상황에서는 더욱 그렇다.

〈전모를 쓴 여인〉

만약 춘향이 퇴기의 딸로서 관기가 되는 삶을 수용하고 교방의 교육을 받으며 성장했다면, 이 그림과 비슷한 차림새이지 않았을까. 나들이에 나선 기녀의 치장과 장신구가 화려하면서도 단아하다. 전모 아래 가리마를 쓰고 짧은 저고리와 풍성한 치마가 조화를 이루며, 외씨 버선코가 날렵하다. 제발에는 "옛 사람들이 찾아내지 못했으나 기이하다고 할 수 있다(前人未發可謂奇)"라고 씌어 있다.

신윤복, 비단에 채색, 29.7×24.5cm, 국립중앙박물관 소장.

상대방에게 다가가기 위한 욕

춘향의 욕은 민초들이 상대방에게 친근하게 다가가는 몸짓의 일환이다. 사람들은 서로 욕하면서 친해진다고 하지 않는가. 춘향이 방자에게 하는 욕은 사람 사이의 벽을 쌓지 않고 스스럼없이 대하려는 태도의 소산이다. 춘향의 욕에는 정감이 있고 유머가 있다. 눈깔이 생긴 것이 소 눈깔처럼 생겼는데, 그 소가 얼음에 미끄러져 죽은 검은 소 같다는 표현은 상대를 사납게 공격하려는 측면보다는 과장되고 재미있게 익살을 부리는 측면이 보다더 강하다.

"개○으로 나서 소젖 먹고 돼지 등에 업히어 자라난 이 두더지 잡년의 자식"이라는 무지막지한 이 욕설도 여러 잡스러운 동물들과 관계가 있다는 사실을 재미있고 과장되게 엮어 풀어낸 재치가 엿보인다. 아마 좀더 사납게 공격적 태도를 취하고자 했다면, 춘향은 하나의 동물만 가지고도 단답 형식의, 그러나 효과 만점의 욕설을 퍼붓고 말았을 것이다.

방자가 아닌 사회를 향해, 새로운 긍정을 위해

춘향의 욕이 방자를 향해 있는 것은 사실이지만 궁극적으로는 그 당시의 세상을 겨누고 있었을 가능성이 높다. 그것은 양반들의 위선적인 허례허식의 상투나 빈 강정 같은 허사에 대해 제대로 한 방 먹인 꼴이다. 그것은 양반들이 만든, 기생 제도를 포함한 각종 제도들의 모순과, 사회 전반에 만연한 비리와 부정부패에 대해 신랄한 육담으로 역습을 가한 것이다.

지금 춘향의 눈앞에 나타난 방자가 양반의 하수인으로 보일 수 있다는 점도 그 개연성을 높여주는 근거가 된다. 여기서 춘향의 욕은 양반과 양반이 지배하는 세상에 대한 대거리로 해석할 수 있는 타당성을 얻는다.

욕은 그 본성이 파괴적이다. 대상에 반란을 꾀하고 대상을 전복하고자 한다. 대상을 난장판으로 만들어버린다. 욕은 그러나 대상을 파괴하는 데서 그치지 않는다. 욕은 새로운 질서를 모색하는 정신을 심어놓는다. 그것은 생산적인 역동성을 부여하는 역할도 한다. 대상이 부서지는 아픔 속에서 새로운 관계를 모색하고자 하는 시도들이 움튼다. 욕은 육체를 긍정한다. 그것도 생식기를 포함한 육체의 하부를 긍정함으로써 생명성을 고양하는 측면이 있다. 파괴에만 그치지 않고 생산성을 일부 담당한다.

오만방자와 욕쟁이, 한판 붙다

욕설의 재발견, 문학어 체계로의 편입

욕설이 판소리 문면에 나타나는 현상은 단순히 '그럴 수도 있지'라고 넘겨버릴 일이 아니다. 그것은 욕설을 포함한 서민의 일상어 체계가 문학어 체계로 편입되고 있음을 뜻하기 때문이다. 그것은 가벼운 서민적 감정과 호흡이 무거운 문학 앞에서 벌이는 편입 신고나 다름없다. 판소리에서 양반의 관념어 체계가 먼저 자리 잡고 있었던 상황에 비추어볼 때 서민의 감정과 호흡이 끼어든 것은 대단히 의미 있는 출현이 아닐 수 없다. 양반의 관념어 체계를 비집고 들어가 큰 소리로 자기 헌신을 외친 것이다.

사회문화적으로 볼 때 그 출현은 서민적 일상어와 욕설의 재발견이라 할 수 있다. 있었던 것을 새롭게 발견한 것이기 때문에 그것은 재발견이다. 그것이 문학어 체계 속에서 전혀 어색하지 않게 자신을 당당히 드러냈고 자연스럽게 거기 녹아들어 갔다는 것은 충격적이고 획기적인 사건이다. 그것은 그동안 유지되어왔던 장르 관습의 재편성을 요구하는 데로 나아갈 수밖에 없기 때문이다. 그래서 우리는 그것을 서민의 힘이요, 광대의 힘이라고 말할 수 있다.

춘향전의 인문학

2
진경문화의
호사장식 취향과 색채 감각

춘향전에서는 춘향을 부르러 가는 방자를 향해 "저 방자 치레
보소"라고 말을 내면서 그의 옷치레를 장황하게 묘사하고 있다.
그러나 그 묘사 분량은 그렇게 많다고 할 수 없다. 장황함에 있어
서는 이 정도를 넘어서는 게 판소리에서는 흔하다. 어쨌든 판소
리에서는 인물들이 입은 옷차림새에 대해 무척 높은 관심을 드
러낸다. 옷의 색깔은 물론이고 조그만 장신구 하나하나까지 세
밀하게 뜯어본다. 그것은 옷의 차림새나 맵시에 대해 상당한 관
심과 흥미가 없으면 불가능한 묘사 방식이다.

'거동 보소'는 누구의 목소리인가?

작자는 독자나 창을 듣는 청중도 함께 방자의 치레에 대해 관심과 흥미를 가져주기를 정중하게 요청하고 있다. 그것은 "치레 보소"나 "거동 보소" 같은 표현구가 갖고 있는, 상대방에게 같이 보자고 권유하는 듯한 어감에서 비롯한다. 이러한 표현구가 발화되면, 그 말의 주체는 그 자리에 같이 있는 다른 사람이거나, 아니면 소설의 관습상 상위 내레이터인 서술자, 그것도 아니라면 소설 외적 내레이터인 판소리 창을 하는 창자, 이 셋 중에 하나가 될 것이다. 창자와 청관중이 연행 현장에서 맞대면하는 판소리 공연의 특성상 판소리 창자가 청관중에게 하대하기 어려워 이와 같은 상대 높임의 존대형 어투를 발화할 가능성이 없지 않은 것이다. 그것이 판소리에 "거동 보소"류의 표현구가 흔한 배경일 수 있다.

그러나 소설 내적 관점에서 보자면, "저 방자 치레 보소"에 내재된 시각적 주체는 지금 방자와 함께 있는 존재, 그러니까 방자를 춘향 부르러 보내고 있는 이도령이거나, 소설 전반의 서술을 책임지고 있는 서술자이거나 둘 중에 하나라고 보는 것이 현실적이다. 그러나 이 표현구의 주체를 어느 하나로 판정 내리는 것은 매우 어렵다. 춘향을 부르러 '저'쪽으로 가고 있는 방자가 기

특하고 예뻐서, 방자의 옷차림새를 두고 칭찬하고자 하는 이도
령의 시선이 여기 없다고는 할 수 없으며, 모든 등장인물의 행위
와 상태에 대한 보고를 책임지고 있는 서술자의 시선이 여기 없
다고도 할 수 없기 때문이다. 우리는 당분간 여기엔 이도령의 시
선과 서술자의 시선이 혼용되어 있고 서로 공존하고 있다고 보
는 것이 좋을 듯하다.

방자의 옷 차림새가 너무 호사스러워

맨 처음 언급되는 방자의 옷차림새는 "산수털 벙거지"다. 벙
거지는 주로 무관이나 병사들이 쓰는 전투모를 지칭한다. 운두
가 높고 둘레가 평평하며 둥근 모양이다. 모자에 달린 끈이나 장
신구, 그리고 모자 안쪽에 덧대는 옷감 등이 품계에 따라 다르다.
벙거지는 산짐승의 털을 검게 염색하여 아교 같은 접착제와 함
께 짓이기어 만들었기 때문에 산수털 벙거지라고 하는 것이다.
원래 병사들이 쓰는 것이지만 관아의 하인들도 그걸 즐겨 썼다.

방자의 차림새에 나오는 "외올망건 대모관자 당팔사 당줄"은
아주 값비싼 물건들이다. 망건은 성인 남자가 상투를 틀 때 머리
를 위로 묶기 위해 이마에 두르는 건인데, 양반은 망건을 한 다음
그 위에 갓을 쓰고, 무관이나 하인은 벙거지를 쓴다. 외올망건은

오만방자와 욕쟁이, 한판 붙다

외가닥으로 짠 아주 품질 좋은 망건이다. 관자는 망건에 달아 당줄을 꿰는 작은 고리로서 금, 은, 대모, 호박, 동물 뼈 등을 사용한다. 대모는 거북 등뼈로 만든 고급품으로 사치를 추구했던 사대부나 부유한 중인층이 선호했던 물건이다. 당팔사는 중국에서 만든, 여덟 가락으로 꼰 매우 가는 노끈으로 그걸로 만든 당줄을 방자가 착용하고 있다는 것이다.

현실적으로 이런 고급 장신구를 방자가 착용할 수 없다고 보면, 판소리 사설에서 망건을 얘기할 때면 언제 어디서나 사용되는 관용적인 표현일 가능성이 없지 않다. 그러나 하급관리라고 이런 호사장식을 하지 말라는 법도 없다. 조선 후기 사회는 사치 풍조가 꽤 만연해 있었다는 사실을 염두에 둬야 한다. 생선장수 아낙네도 기생들이 처음 시작한 그 비싼 가발을 머리 위에 올리고 다니던 사회라는 것을 유념해야 한다. 그러니 방자라고 해서 호사로운 장신구를 몸에 차지 말란 법은 없다.

혜원 풍속화에 방자가 보인다

방자가 착용한 "청삼청낭 전대띠"도 무관의 복식이다. 청삼은 남빛 웃옷으로서 무관 계급이 많이 입던 복색이고, 청낭은 남색 주머니인 것으로 보인다. 도장 같은 작은 물건들을 수납하던, 허리에 차고 다니는 주머니다. 그리고 전대띠는 무관들이 허리에 감던 남빛의 띠로서 그것이 남색이라 '남전대띠'라고 불렀던 그 것이다. 이처럼 방자의 복색은 주로 남색 계통으로 되어 있다. 혜원 신윤복의 〈월야밀회〉에 이런 복색의 무관이 보인다.

한밤중에 남녀의 은밀한 밀회 광경을 그린 이 그림에서 "청삼 청낭 전대띠"를 한 사내를 발견할 수 있다. 중간급 무관인 듯한 이 사내는 남빛 웃옷에 남전대띠를 두르고, 한 손에는 지휘봉인 듯한 물건을 손에 쥐고, 다른 한 손으로는 여인을 껴안고 있다. 산수털 벙거지도 쓰고 있는 것이 방자의 차림새와 비슷하다. 방자와 다른 점은 이 사내는 연한 하늘색 속저고리를 껴입고 있다는 점이고, 청색 주머니는 보이지 않는다는 점이며, 가죽신을 신고 있다는 점이고, 지휘봉을 들고 있다는 점이다. 방자는 지휘봉 대신 담뱃대를 쥐고 있다. "죽통을 빼뜨리고" 가죽신 대신에 육날 미투리, 지휘봉 대신에 담뱃대를 들리면 이 남자는 방자와 아주 흡사해진다.

진경문화의 화려한 색채 감각

하급관리인 방자조차도 호사 취향의 화려한 장신구들을 착용하던 시대, 혜원 신윤복이 다채색의 감각적 필치로 화려한 의복

오만방자와 욕쟁이, 한판 붙다

〈월야밀회(月夜密會)〉

달 아래 남녀의 은밀한 만남을 포착한 혜원의 이 그림에서 산수털 벙거지를
쓰고 청삼청낭 남전대띠를 한 무관 사내를 발견할 수 있다. 무관의 차림새는
춘향전에 나오는 방자의 모습과 비슷하다.
신윤복, 종이에 담채, 28.2×35.6cm, 간송미술문화재단 제공.

과 호사장식을 그려내던 시대, 이 시대는 우리 문화가 문화적 자부심을 바탕으로 사치스러우면서도 원색의 화려함을 추구하던 때였다. 담채색의 고상한 문화에서 원색적이고 다채색의 감각 문화로 바뀌는 때였다.

우리의 문화 융성기를 뜻하는 숙영정 시기와도 맞물리는 때이고, 순조-헌종 시대까지도 아우르는 때였다. 진경문화 시대라고도 부르는 바로 그때였다. 향락적인 유흥문화를 촉발하기도 했지만 그 시대는 조선이 중화中華라고 자부하는 기운이 용솟으면서 대범하게 화려함을 추구했다. 이런 진경문화의 영향으로 판소리와 진경산수화, 풍속화와 민화가 호사장식 취향을 반영하고 있으며, 화려한 색채 감각을 보여주고 있다.

위에 소개한 방자의 복식 묘사보다 훨씬 더 화려한 복식 묘사가 판소리에는 많다. 방자가 저러할진대 이도령은 어떠할 것인가? 너무 장황하니 광한루 행차할 때 이도령의 복식 가운데 주요 어휘만 추려보자. '궁초댕기' '성천수주 겹저고리' '세백저 상침바지' '극상세목 겹버선' '남갑사 대님' '육초단 겹배자' '밀화단추' '영초단 허리띠' '모초단 도리낭' '당팔사 갖은 매듭' '육분당혜' 등 당시의 최고 호사품으로만 도배를 했다. 이런 호사장식 취향을 혜원도 모른 척할 리 없다.

진경문화의 호사장식 취향은 혜원에게 물어봐야

혜원의 〈야금모행〉 그림에서 기생을 대동한 어떤 양반이 의복을 잘 차려 입고 빨간 옷 별감의 배웅을 받고 있는 것처럼 보인다. 그것은 당시 별감이 장안 기생들의 영업을 좌지우지하는 위치에 있었기에 가능한 해석이다. 별감의 안내에 따라 이 양반은 기생을 대동하고 어느 유흥 장소로 이동하는 중이다. 길 안내는 어린 사동이 맡고 있다. 이 그림을 보면 추운 겨울철이라 의복 장신구들이 잘 드러나지는 않지만 언뜻언뜻 보이는 것으로도 화려함과 고급스러움의 극치라 할 수 있다.

이도령의 복식 묘사에 보이는 상당수의 장신구들이 그림 속 남자들한테서도 발견된다. 이도령의 복식 묘사에 색채적 표현은 잘 드러나지 않지만 그것들이 실제 지녔을 색감을 상상해본다면 이 그림처럼 다채색의 화려한 모습이지 않을까.

판소리와 풍속화 등에서 보이는 옷맵시나 옷색상에 대한 관심의 증폭은 당시의 문화적 취향이 상당히 감각적이고 실생활적으로 변모했음을 알 수 있게 해준다. 〈야금모행〉을 보아도 제작 목적이 어떤 사건적 배경이나 풍속적 배경에 있다기보다는 복식 형태 그 자체를 보여주는 것에 비중이 놓여 있었다.

화려한 의복과 장신구를 선호하는 풍조는 어떻게 보면 사치와

〈야금모행(夜禁冒行)〉

진경문화 시대의 호사장식 취향과 화려한 색채 감각을 보여주는 작품이다.

신윤복, 종이에 담채, 28.2×35.6cm, 간송미술문화재단 제공.

향락에 빠진 사회를 보여주기도 하지만 우리 것에 대한 자부심과 문화적 자긍심을 드러내는 것은 아닐까? 우리 민족의 심성이 감각적이고 감성적인 정서 구조로 변화한 것이 아닐까? 이러한 심성의 변화가 당대의 풍속화나 민화와 같은 시각예술로 형상화되고 있으며 동시에 판소리 문학에도 나타나고 있는 것이다. 또 이 감각적인 정서 구조로의 변모 과정에서 고도의 감각화된 강렬한 색채도 나타나게 되었는데, 〈야금모행〉의 별감과 기생의 복식에서 우리는 그것을 볼 수 있다.

춘향전의 인문학

3

우리말의 율동과 때깔을
비벼내는 솜씨

언어의 리듬

우리말은 귀와 눈을 자극하는 언어다. 소리로 형상화하는 능력도 뛰어나고, 시각화하는 능력도 뛰어나다. 우리말의 수많은 양식들 가운데서도 판소리의 언어가 그런 능력에서는 으뜸이지 않을까. 판소리는 우리말의 다채로움을 보여주는 보고이며, 그 다채로움을 엮어내는 솜씨도 대단하다.

판소리 문학의 음악적 율동은 주된 음수율인 3·4조 혹은 4·4조에서도 나오지만 그보다는 오히려 자수율을 넘어서는 음가의 배열 방식에 더 많이 의존한다. 제시문의 첫대목을 가지고

오만방자와 욕쟁이, 한판 붙다

살펴보자.

　방자 분부 듣고/ 춘향 부르러 건너간다/ 맵시 있는 저 방자/ 태도
좋은 저 방자/ 서왕모 요지연에/ 편지 전턴 청조처럼/ 한출첨배 헐떡
거리고/ 딜렁거려 건너갈 제/ 저 방자 치레보소/ 산수털 벙거지/ 뒤
로 번듯 젖혀 쓰고/

　구분한 칸들 안에서 자수율은 4 · 4조를 중심으로 한 자쯤 넘
나듦이 있을 뿐 일정하게 율격을 지키는 모습을 볼 수 있다(첫 구
절 '방자'는 두 자로 예외인데 첫 음을 약간 길게 빼는 것으로 음가는 네
자와 동일하다). 그런데 동일 음가에 따라 구절로 나누면 6자에서
9자까지로 편차가 커진다. 편차가 커진다는 것은 그만큼 독서할
때나 소리할 때 음악적 율동이 더 생긴다는 것을 의미한다. 편차
가 너무 커져도 율동에서 문제가 있지만 이 정도의 편차는 율동
감을 느끼기에 적합하다.
　이처럼 판소리는 3 · 4조 혹은 4 · 4조의 음수율을 위주로 하지
만 그걸 아주 정격적으로 운용하지는 않는다. 자수율을 신축성 있
게 탄력적으로 운용한다. 율격을 천편일률적으로 고정시키지 않
고 자수별로 음가를 조정하면서 율동감을 자유자재로 발휘한다.

춘향전의 인문학

언어의 색채

판소리는 또 시각적 형상력이 뛰어난 어휘들을 채용하는 경향이 있다. 어휘들에 색채소가 풍부하다. 색채를 직접 지시하는 색채소뿐 아니라 유사 색채어들도 상당히 많이 쓰인다. 유사 색채어는 색채를 직접 지시하지는 않지만 어휘를 접하면 대상물의 색깔이 바로 연상되는 그런 어휘들이다. 예컨대 '나귀 솔질 솰솰' 하면 나귀가 흔히 갖고 있는 칙칙한 갈색이나 흑색이 연상되는 것이다. 거기에다가 모양을 환기하는 형상소라든지 동작을 형상화하는 동작소들도 빈번하게 채용된다. '나귀'가 색채소를 환기했다면, '솔질'은 형상소이고, '솰솰'은 동작소가 된다.

판소리에 풍부한 비유적 표현들까지 포함한다면 판소리는 회화성이 아주 뛰어난 언어집합물이라고 할 수 있다. 춘향전을 소재로 한 판소리 영화들이 유독 많이 제작되고, 거기에서 풍경적 요소들을 회화적으로 표현하는 데 관심이 많은 이유는 춘향전의 언어 자체에 회화성이 풍부하게 내재되어 있기 때문이다.

의성어와 의태어로 비벼내기

판소리는 의성어, 의태어와 같은 어휘 자질을 확대 활성화시키고, 언어유희적인 관점을 적절하게 작동시킴으로써 눈과 귀뿐만 아니라 오감을 두루 자극한다. 어떤 솜씨 좋은 숙주가 비빔밥을 만들 때, 밥에 각종 나물을 얹고 고추장과 참기름으로 맛과 색을 돋우듯이 의성어와 어태어는 판소리의 리듬과 때깔을 최고조에 이르게 한다.

의성어와 의태어는 소리나 모양을 흉내 낸 말로서 대상의 소리와 모습을 형상화한다. 그것들은 동음이나 유음을 반복하거나 모음과 자음을 교체하면서 음성조화를 꾀하기 때문에 음악적 운율감을 생동하게 만든다. 그리고 마치 그 소리나 모양의 캐리커처를 잡아다가 눈앞에 제시하듯이 한다. 소리는 비가시적이지만 소리가 가진 모양까지 상상하게 만든다. 판소리에 의성어와 의태어가 많이 쓰이게 된 까닭은 음악적 운율과 밀접한 관계가 있기 때문이지만, 시각적 환기력도 뛰어나기 때문이다.

의성어와 의태어는 어떤 제한 없이 복제되는 특징이 있다. 앞서 인용한 대목에서 '헐떡'은 '헐떡거리다'라는 동사형 단어에서 나온 것이지만 독립되어 의태어로도 많이 사용된다. 이것은 음성모음은 음성모음끼리, 양성모음은 양성모음끼리 어울린다는 음성조화에 의해 '할딱'으로도 사용 가능하고, 한 번 더 반복하여 '헐떡헐떡'과 '할딱할딱'으로도 사용 가능하다. 그리고 여기에 약간의 음성적 변주를 하면 '헐레벌떡'도 나온다. 이런 식으로 하나의 의성어와 의태어는 비슷한 형태의 파생어들을 다량으로 복제 생산한다. 제시문에는 두 자로 된 의성어와 의태어가 많지만 이 것을 한 번 더 반복하면 우리가 흔하게 쓰는 네 자짜리 의성어와 의태어가 된다.

제시문에 나타나는 의성어와 의태어만 꼽아 봐도 이렇게 다양하다. '헐떡, 덜렁, 번듯, 비쓱, 흐늘충충, 빈들, 우뚝, 깜짝, 뚝, 딱, 조랑조랑.' 우리말에는 의성어와 의태어의 쓰임이 아주 빈번하다. 사물의 모양과 소리를 적절하게 전달하기 위해서는 모양과 소리를 인상 깊게 각인시키는 수단이 필요한데, 그 생동감을 배가하는 수단으로서 의성어와 의태어가 빈번하게 채용되는 것이다.

사물의 모양이나 소리가 의성어나 의태어와 함께 제시될 때, 그것을 느끼는 양감과 질감을 포함하는 입체감 자체가 달라진다. 의성어와 의태어는 마치 무엇을 설명할 때 동작과 더불어 발언하는 것과 같은 효과를 낸다. 손이나 몸의 동작이 설명하는 대상을 생동감 있게 만들듯이 의성어와 의태어도 똑같은 역할을 한다. 그래서 의성어와 의태어는 동작을 수반하는 경우도 많다.

꼭두 부채질로 흐늘충충 걸어 빈들거리며 건너가며

제시문의 이 대목은 방자가 거들먹거리면서 걷는 모습을 형상

오만방자와 욕쟁이, 한판 붙다

화한 표현이다. 뒤통수 쪽에서 부치는 부채질이니까 몸이 뒤쪽으로 눕고 배는 앞으로 나온 상태에서 방자가 거들먹거리고 걸어가는 모습이다. 그런 행동거지를 흐늘충충이라고 했다. 흐늘은 몸이 흐드러지게 늘어졌음을 의미하고 충충은 발걸음을 급하게 서두르는 모양새다. 그러므로 흐늘충충은 몸은 뒤로 넘어지고 발걸음은 급히 앞으로 가고자 하는, 서로 모순되는 태도를 절묘하게 포착한 의태어다.

그러고 나서 몸을 이리 흔들 저리 흔들 하면서 빈들거리는 행동을 묘사하고 있는데, 이는 거들먹거리는 걸음걸이를 다시 한 번 상세화해주고 있다. 이 구절은 방자가 부채질하면서 걸어가는 모습에다가 방자의 건방짐과 조급함, 장난기 등을 모두 담아 그 상황에 딱 맞게 표현한 것이라 할 수 있다. 여기서 의태어들은 방자의 그런 심리 상태를 적확하게 전달하는 수단이 된다.

어희적 표현으로 비벼내기

판소리를 맛깔나게 만드는 언어 자질로서 우리는 언어를 가지고 노는 놀이 정신이 번득이는, 어희적 표현을 빼놓을 수 없다. 사실 이는 말을 가지고 맛깔나게 버무려내는 광대의 말솜씨 덕이라고 할 수 있다. 같은 말을 하더라도 이렇게 유머러스하게 표현할 수 있었던 것은 판소리 광대들이 우리말에 대한 감수성과 이해력이 그만큼 뛰어났다는 증거다. 그들이 유머러스한 말솜씨를 부릴 때 독자나 청중은 우리말의 재미에 푹 빠지게 된다. 거기엔 기발한 비유와 질박한 일상어, 욕설 등이 결합하여 우리의 귀와 눈을 즐겁게 한다.

먼저 언어를 가지고 뒤틀기도 하고 물구나무를 서게 하는 등 말장난이 기발하다. 특히 유음이나 동음을 활용한 말장난이 뛰어나다. 낙상과 낙태, 춘향과 난향, 기생과 비생, 어미와 할미, 전환과 환전, 글공부와 욕공부 등. 또 속담을 활용한 말장난도 기발하다. 춘향은 방자가 이도령에게 자기 얘기를 한 것을 "종지리새 열씨 까듯 조랑조랑 외어 바치는" 행위로 다그치고, 방자는 춘향이 변명하는 것을 "둘러 붙일 속은 오뉴월 피마 똥구녁성장한 암말이 궁둥이를 좌우로 내두르는 것처럼 임기응변으로 이리저리 잘 둘러댄다는 뜻이다"이라고 몰아붙인다. 갑작스럽게 나타난 방자에게 "눈깔이 생긴 것이 얼음에 미끄러져 죽은 검은 소 눈깔처럼 생긴 자식"이라고 말장난하면서 욕한다.

사서삼경 다 다녀도 쫄쫄이 문자 처음 듣고, 하루 저물도록 길을 가도 소 거꾸로 탄 놈 처음 보고, 암캐가 서답 차고, 병풍에 도토리 방귀를 딱 그려 붙였다는 말은 들었으되 십육 세 된 계집아이가 낙

오만방자와 욕쟁이, 한판 붙다

〈소나무에 기댄 노인〉

한 선비가 술에 취해 어디서 엎드러졌는지 망건은 찌그러지고 소나무에 소피를 보고 나서 고의 띠를 매고 있다. 판소리가 유머러스한 말솜씨로 놀이를 할 때, 풍속화는 풍자적 놀이 정신으로 대상을 희화적으로 그려낸다.

오명현, 18세기, 종이에 담채, 20×27cm, 선문대학교 박물관.

태하였다네.

　방자가 호들갑스럽게 큰 소리를 지르는 바람에 놀라 그네에서 낙상할 뻔 했다는 춘향의 말을 듣고 방자는 일부러 "낙상"을 "낙태"로 바꿔 말장난으로 몰아붙인다. 십육 세 된 계집아이가 낙태했다는 말은 평생 처음 들어본다는 주지로 말을 하면서 처음 듣고 본 얘기를 한 것이다. 사서삼경에는 엄정하고 품위 있는 문자만 있지 쫄쫄이 문자 같은 볼품없는 문자는 처음 듣는 것이다. 그것을 사서삼경 공부하는 춘향이라니까 비꼬아서 말한 것이다. 소를 거꾸로 타고 가는 사람도 처음 보는 것이고, 십육 세 된 계집아이가 낙태했다는 말도 물론 처음 듣는다는 것이다. 그런데 십육 세 된 계집아이가 낙태했다는 말은 암캐가 서답_{개짐이라고도 하는 여자 생리대}을 차고, 그림에 방귀를 그리는 것보다 더 말이 안 된다고 하고 있다. 이처럼 방자는 말이 안 되는 소리를 한다고 춘향을 궁지로 몰아넣는다.

　말이 안 되는 사례를 동원하는 과장 섞인 언어의 재치가 뛰어날 뿐만 아니라 비유적인 어희가 듣는 이로 하여금 함박웃음을 터뜨리게 한다. 말을 갖고 재주를 노는 이러한 솜씨는 판소리에서 무궁무진하게 발휘되며 때와 장소를 가리지 않고 시시때때로 행해진다.

장면 4

사또 자제가 야밤에 기생집 출입이 될 말이오?

삼문 밖 썩 나서서 협로지간에 월색이 영롱하고 화관
푸른 버들 몇 번이나 꺾었으며 투기 소년 아이들은 야입
청루 하였으니 지체 말고 어서 가자. 그렁저렁 당도하니
가련금야 요적한데 가기물색 이 아니냐. 가소롭다 어주
사는 도원길을 모르던가. 춘향 문전 당도하니 인적 야심
한데 월색은 삼경이라. 어약은 출몰하고 대접 같은 금붕
어는 님을 보고 반기는 듯, 월하의 두루미는 흥을 겨워
짝 부른다.

(「열녀춘향수절가」 18장 뒤, 19장 앞)

　(……) 대문 중문 다 지내어 후원을 돌아가니 연구한 별
초당에 등롱을 밝혔는데 버들가지 늘어져 불빛을 가린
모양 구슬발이 갈궁이에 걸린 듯하고, 우편의 벽오동은
맑은 이슬이 뚝뚝 떨어져 학의 꿈을 놀래는 듯, 좌편에
섰는 반송 청풍이 건듯 불면 노룡이 굼닐은 듯, 창전에
심은 파초 일란초 봉미장은 속잎이 빼어나고, 수심여주

어린 연꽃 물 밖에 겨우 떠서 옥로를 받쳐 있고, 대접 같은 금붕어는 어변성룡 하랴 하고 때때마다 물결쳐서 출렁텀벙 굼실 놀 때마다 조롱하고, 새로 나는 연잎은 받을 듯이 벌어지고, 금연삼봉 석가산은 충충이 쌓였는데, 계하의 학두루미 사람을 보고 놀래어 두 쭉지를 떡 벌리고 긴 다리로 징검징검 끨룩 뚜루룩 소리하며, 계화 밑에 삽살개 짖는구나. 그중에 반가울사 못 가운데 쌍오리는 손님 보시노라 둥덩실 떠서 기다리는 모양이오.

(「열녀춘향수절가」 20장 앞뒤)

(……) 벽상을 둘러보니 온갖 그림 다 붙였다. 어떠한 그림 붙였는고. 부춘산 엄자릉은 관의대부 마다하고 백구로 벗을 삼고 원학으로 이웃 삼아 양구를 떨쳐 입고 추동강 칠리탄에 낚시줄 던진 경을 역력히 그려 있고, 진처사 도연명은 팽택령을 마다 하고 오류촌 북창하에 국화주를 취케 먹고 백학을 희롱하고 무현금 무릎에 빗

겨 놓고 소리없이 깊은 경을 역력히 그려 있고, 또 저편 바라보니 남양초당 풍설 중에 한종실 유황숙이 와룡선생 보랴 하고 걸음 좋은 적토마를 뚜덕 꾸벅 바삐 몰아 지성으로 가는 경을 역력히 그려 있고, 또 저편을 바라보니 상산사호 네 노인이 바둑판 앞에 놓고 어떠한 노인은 백기를 들고, 또 어떠한 노인은 흑기를 들고, 또 한 노인은 구절죽장에 호로병 매어 에후리쳐 질끈 집고 요마만큼 하여 있고, 또 한 노인은 훈수를 하다가 무렴을 보고 암상에 홀로 앉아 조는 양을 역력히 그려 있고, 또 저편 바라보니 채석강 명월야에 시중천자 이태백은 포도주 취케 먹고 낚싯배 빗겨 앉아 지는 달 견지려고 물 밑에 손 넣는 양을 역력히 그려 있고, 백이 숙제 채미경과 만고성인 공자 그림, 오강의 항우 그림, 광충다리 춘화 그림을 역력히 그렸는데.

(「완판 29장본 별춘향전」 7장 뒤, 8장 앞)

1
혜원 풍속화의
유흥 향기가 나다

이도령이 춘향의 집에 가는데 좁은 길 위에 달빛이 교교하게
비치고 있다. 어찌나 설레고 초조한지 애꿎은 버드나무 가지만
자꾸 잡아 뜯는다. 아까 광한루에서 잠깐 불러다 본 춘향은 그야
말로 천하절색이었다. 얼굴만 예쁜 게 아니라 행동거지 하나하
나가 얌전하고 수줍어하는 게 대갓집 규수 같았다. 그런 그녀를
만나러 가는 초행길이 흥분되지 않을 수 없다. 지금 이 시각까지
기다리느라고 정말 죽을 뻔했다. 방자한테 해가 얼마만큼 갔냐
고 수십 번도 더 물어본 것 같고, 시간 때우느라 죄다 꺼내어 읽
은 사서삼경은 기억도 나지 않는다. 아버지가 본청에서 퇴근한
다는 퇴령 소리가 얼마나 반가웠는지 모른다. 그런데 방자 놈은

131

사또 자제가 야밤에 기생집 출입이 될 말이오?

지금 춘향 집으로 곧장 안내하지 않고 같은 길로 빙빙 나를 돌리는 것 같다. 수상하다. 아까부터 사또 자제가 야밤에 기생집 출입을 한다는 둥 흰소리가 요란하더니 이놈한테 아부 좀 해야 하려나 보다. 내 오늘밤 행사가 이놈한테 달려 있으니 "방자 형님!" 하고 매달려 볼까나.

왈짜 패거리의 유흥 풍습을 화폭에 담아내다

야음을 틈타 관아를 몰래 빠져 나온 이도령은 방자를 대동하고 춘향의 집에 가고 있는 중이다. 남원 여항 집들 사이의 좁은 골목길을 빠져 나오는데 그 안에 있는 기생집으로 젊은 패거리가 요란하게 떠들면서 들어가는 게 보인다. 그걸 보니 이도령도 덩달아 마음이 싱숭생숭해지고 홍글항글해진다. 그 젊은 축들은 권세 꽤나 있고 돈 좀 있는 아버지를 둔 한량 머슴아들이다. 그들은 하는 일 없이 매일같이 노름하고 술 먹고 기생들과 어울려 야외로 놀러 다니는 것이 일이다. 대부분이 물려받은 유산이나 부모 재산을 흥청망청 유흥 놀이에 써대는 젊은 왈짜들이다. 이들이 무리지어 기생들과 어울려 노는 조선 후기 당시의 유흥 풍습을 혜원 신윤복은 즐겨 그렸다.

혜원의 〈연소답청〉 그림에서 나귀를 탄 여자들은 기생임에 틀

〈연소답청(年少踏靑)〉

한 무리의 왈짜들과 기생들이 답청 놀이 가는 광경을 그린 혜원의 작품이다.
이도령도 춘향 집에 가면서 이 그림에서 느껴지는 유흥 놀이에 대한 기대와
흥분 이상을 느끼고 있을 터.
신윤복, 종이에 담채, 28.2×35.6cm, 간송미술문화재단 제공.

림없다. 양반집 규수들이 민낯으로 밖에 나와 남자들과 어울려 놀러가는 것은 당시로는 상상할 수 없는 일이다. 또 장죽을 입에 물고 피우면서 머리에 진달래꽃을 꽂고 한껏 치장을 한 행태 또한 양반집 규수와는 거리가 멀다. 양반집 규수가 아니라면 그들은 기생일 수밖에 없다. 당시 사회에서 그러한 행동 양식을 보여줄 수 있는 집단은 기생 외에는 생각할 수 없다. 기생들과 함께 놀러가는 남자들은 당시 유흥 향락 문화에 흠뻑 빠져 돈을 물 쓰듯 쓰고 다니던 부유한 집안의 자제들이다. 바로 서울 왈짜패로서 속된 말로 하면 서울의 오렌지족이다.

그들은 기생의 환심을 사기 위해 마부를 자임하기도 하고, 장죽에 불을 붙여 기생에게 대령하기도 한다. 약속 시간에 늦은 일행은 지름길로 헐레벌떡 달려오고 있다. 봄이지만 찬바람이 불어 나귀 위의 기생은 장옷을 뒤집어썼고, 한량은 갓이 뒤로 벗겨진 채 달리고 있다. 그들은 지금 교외로 답청 놀이를 간다. 기생도 있으니 현장에서 춤과 노래도 빠질 수 없을 것이다. 모르긴 해도 풍악을 울리는 악공들도 그 자리에 합류하지 않을까. 그렇게 된다면 이 유흥 놀이에 들어가는 비용은 상당하리라. 이것이 바로 서울의 왈짜들이 돈을 물 쓰듯 하는 배경이다.

춘향전의 인문학

이도령은 권력으로 춘향을 산 것인가?

춘향전에서 이도령은 춘향 집을 가면서 이러한 왈짜패들이 청루青樓에 출입하는 걸 본 것이다. 그래서 마음이 급해져 "지체 말고 어서 가자"는, 이도령의 목소리라고 볼 수 있는 발언이 나온다. 왈짜들이 돈으로 기생들과의 유착 관계를 형성했다면, 춘향전에서 이도령은 권력의 힘을 빌려 강압적으로 춘향과의 관계를 성립시키려고 했다.

이도령이 겉으로 내세우진 않았지만 방자가 춘향을 부르러 가서 '사또 자제'의 명령임을 밝혔을 때 이미 권력의 힘은 작동하고 있었다. 그러나 권력으로 춘향을 샀느냐 하면 그것도 사실이 아니다. 이도령은 춘향을 기생으로 보고 한 행위가 아니라는 점을 만나서 사과도 하고, 잊지 않겠다는 약속도 하고 있으며, 춘향 또한 자신을 노리개로 알고 저러하나 의심하고 켕기기는 했어도 이도령을 보고 첫눈에 반한 것은 분명한 사실이기 때문이다.

둘 사이의 관계에 권력의 힘이 개입된 것처럼 보이지만 그런 오해는 둘이 만나는 순간 눈 녹듯이 바로 사라진다. 춘향과 이도령의 사랑은 그러니까 청춘남녀의 순수한 사랑이라고 보아도 전혀 낯설지 않다.

사또 자제가 야밤에 기생집 출입이 될 말이오?

유흥 문화의 빛과 그림자 그리고 중인 계층

조선 후기는 우리 사회에 유흥 문화가 활짝 꽃핀 시기였다. 곡식의 생산량 증대, 상공업의 활성화, 국제무역의 증가 등에 힘입어 국가 전반의 자본이 증대되고 축적되면서 조선왕조의 경제적 기반이 튼실해지고 그에 따라 문화예술적 역량도 함께 신장된 시기였다. 나라에 돈이 많아지면 그 나라의 문화적 역량도 커지는 것이 보통이다. 특히 숙영정 시대에 군주들의 통치 능력이 발휘되면서 조선왕조의 문예도 창성의 기운을 맞이했던 것이다.

그런데 문예 창달이라는 것이 모두 다 좋은 방향으로만 흐르지 않는다는 점이 문제다. 유흥 놀이 문화가 발달하는 가운데 그중에는 극도의 사치스러움과 과도한 방탕으로 향락을 추구하는 경향도 생기게 되었다. 문화에는 선과 악이 없다고 하지만 향락의 극단적인 추구는 사회적 문제가 되어 그대로 방치하면 그 사회를 병들게 하는 문화 현상인 것이다.

이렇듯 조선 후기에 등장한 극단적인 향락 문화는 조선왕조의 특수 사정이 반영된 측면이 있다. 조선왕조의 양반 사대부들은 공공연하게 여러 처첩을 두는 행태를 보여왔는데 조선 중기에 이르자 그 서자들의 등용과 처우 문제가 불거지게 된다. 양반 서자들의 수가 급격하게 늘어나면서 그들은 자신들의 권익을 보장해줄 것을 국가에 요구한다.

양반 사대부들처럼 자신들도 과거시험을 볼 수 있게 해줄 것과, 일정 품계 이상의 관직에 오르는 것을 제한하는 법을 철폐해 달라는 것이었다. 말하자면 서얼허통庶孼許通, 양반의 서자와 얼자에 대해 부과되는 걸림돌을 다 걷어내어 그야말로 시원하게 통하게 해달라는 것이다.

그러나 국가는 수가 한정되어 있는 관직수를 늘릴 수도 없고, 더 정확하게는 재정이 없고 의지가 없어 그러한 요구를 들어줄 수가 없었다. 신분제를 허물고 완전 탕평책을 쓴다면 가능하겠지만 기득권을 버릴 양반들이 아니었던 것이다.

양반 사대부 서얼 출신들은 사회 다방면에서 많은 활약을 보였다. 양반 사대부들이 고루한 관념적 틀에 얽매여 사상의 문제에 매몰되어 있는 사이, 서얼들은 의학, 통역, 천문, 지리, 율학, 산학 등 실용 분야의 전문직과 미술, 음악 등 예술 방면의 기술직으로 일하면서 경험과 실력을 쌓아갔다. 비록 하급 관리직이지만 관청의 서리도 모두 서얼 출신들이 맡아서 관청의 실질적인 업무는 그들 손에서 이루어졌다. 그들은 문학적인 능력도 뛰어나서 사대부들 못지않게 한시를 짓고 풍류를 즐겼으며 한문학의 풍요로움에 기여하기도 했다.

그들 중인 계급은 전문 직책을 수행하면서 상당한 부를 축적하기도 했으나, 궁극적으로는 사대부 적자들처럼 높은 관직이나 품계에 이를 수 없고 차별 대우를 받는 것에 대해 울분을 토로하지 않을 수 없었다. 자신들도 청요직에 오를 수 있게 해달라고 통청운동 등을 벌였으나 좌절되자 중인들은 적극적인 삶의 실천 동력을 상실하고 실의에 빠져든다.

이것이 중인들이 향락 문화에 탐닉하게 되는 중요한 계기가 된다. 그들 중 일부는 전문적 실무 역량을 통하거나 부모의 유산을 받아 쌓은 많은 재산을 화려한 유흥 놀이와 밤의 향락 문화를 즐기는 데 탕진하기에 이른다. 당시의 향락 문화를 즐긴 계층이 이들 중인만이 아니라 일부 사대부와 신흥 부민층도 포함하게 되지만 어디까지나 그 핵심은 중인 계급이었다.

기생이기에 호출 당하는 그들

〈연소답청〉에 보이는 한량들도 향락 문화에 빠진 부류였을 가능성이 아주 높다. 낮에는 투기와 노름을 하느라고 시간을 보내고, 밤에는 청루에서 기생들과 음주가무를 탐닉하는 그들이었다. 조선 후기의 세태소설인 「이춘풍전」과 「왈짜타령」에는 이처럼 향락 문화에 탐닉하다가 전 재산을 탕진하고 중노미 신세로 전락한 이춘풍과 김무숙이라는 거부巨富 중인 남성의 이야기가 생생하게 묘파되어 있다. 이춘풍과 김무숙은 절세 미모의 기생에게 혹해서 재산을 탕진한다는 공통점을 갖고 있다. 이처럼 조선 후기 향락 문화의 중심에는 언제나 기생이라는 존재가 개입된다.

춘향전에서 이도령이 춘향에게 접근하는 것도 춘향이 기생이기 때문이었다. 나중에 만나고 나서는 처음의 불순한 의도가 사라지지만 둘이 조우하게 된 직접적인 동기는 춘향이 기생이라는 방자의 보고를 받으면서다. 조선 후기의 기생은 관에 예속된 천인으로서 양반 사대부들이 종처럼 다룰 수 있는 존재였다.

당시는 기생의 지위가 많이 추락했을 때다. 이전의 기생들은 그렇지 않았다. 교방教坊이라는 관청에 속해 있었음에도, 탄금 가무로 훈육을 받았음에도, 기생들은 양반 사대부들과 어울려 시조도 짓고 한시로 응대할 줄도 아는 예술인에 가까웠다. 그래서 기생과의 절묘한 관계를 갖고 싶었던 것이 사대부의 로망이던 시절이 있었다.

기생과의 로맨스를 꿈꾸는 선비들

이 그림은 혜원의 유명한 〈월하정인〉이다. 두 사람은 정분이 난 사이임이 분명하다. 그것은 제발題跋이 아니어도 한눈에 알 수

139

사또 자제가 야밤에 기생집 출입이 될 말이오?

〈월하정인(月下情人)〉

어느 한량과 기생인 듯한 여인의 한밤중의 만남을 그린 작품이다. 옛날 선비
들은 남아 풍류의 하나로서 기생과 로맨스를 갈망했다. 이도령도 마찬가지다.
신윤복, 종이에 담채, 28.2×35.6cm, 간송미술문화재단 제공.

있지만 제발문을 읽으면 더욱 분명해진다. "달은 침침한데 야밤 삼경이라, 두 사람 마음속은 두 사람만이 알 뿐月沉沉夜三更 兩人心事兩 人知." 다소 애매하게 표현해 놓아 그림 속 사정을 속속들이 알 수는 없으나, 초승달로 보아 초저녁 골목길에서 만난 두 남녀가 어디론가 이동하는 모습을 그린 것이거나, 아니면 밤새 정분을 나눈 두 사람이 새벽녘에 헤어지는 모습을 그린 게 아닌가 싶다. 그림의 남자는 젊은 유생인 듯 단정한 차림새를 하고 있다.

그러나 옷차림새만 가지고 그가 양반집 자제인지 중인 신분인지 가늠하기는 곤란하다. 아무튼 바람기 있는 돈 많은 한량임은 분명하다. 그림의 여자도 양반집 규수인지 아니면 기생인지 판단하기 어렵다. 당시에는 기생들도 양반 사대부가녀처럼 삼회장 저고리에 화려한 색감의 치마를 당당히 입는 시대였으며, 양반집 규수들도 기생의 화려한 치장을 따르던 시대였다.

그러나 혜원 그림의 경향상 여자는 기녀일 가능성이 농후하다. 그런 기생과 바람피우는 양반집 자제나 중인 계급 자제는 당시에 너무나도 흔했으니까. 이 그림의 정황으로 볼 때 두 사람은 매우 애틋한 관계로 맺어져 있다. 남자의 호감 짙은 눈빛이나 여자의 쓰개치마 밑에서 다소곳이 내리깐 눈빛은 서로 애타게 호응한다. 여자가 기생이라 하더라도 남자는 난잡스럽지 않은 건강하고 낭만적인 기생과의 로맨스를 꿈꾸고 있는 듯하다. 옛날

141

양반 사대부들이 남아 풍류의 하나로서 갈망했던 기생과의 로맨스 바로 그것이다.

〈연소답청〉과 〈월하정인〉의 사이

춘향전에서 이도령은 어느 경우인가? 기생과의 관계 맺기를 〈연소답청〉처럼 호협남아의 호탕한 일로 생각하는가? 아니면 〈월하정인〉처럼 기생과의 낭만적인 로맨스를 꿈꾸고 있는가? 이도령의 경우는 둘을 적당하게 섞어놓은 듯하다. 적어도 광한루에서 춘향을 불러다 보고 관아에 돌아와 초조하게 시간을 보낸 후 밤에 춘향 집을 가서 첫날밤을 보낼 때까지는 호협남 내지는 탕아로서의 성격을 다분히 띠고 있었다. 그러나 춘향과의 첫날밤을 지내고서는 날이 갈수록 점점 사랑에 대해 성숙해지고 원숙해지는 면모를 드러낸다.

춘향전의 후반부에서 이도령이 보여주는 행태는 진정한 사랑의 멋을 아는, 풋사랑 때의 언약을 지키기 위해 만사를 무릅쓰고 천리만리 찾아오는 멋진 의리남의 그것이다. 그것은 〈월하정인〉의 두 사람이 보여주는 심오하고 애틋한 로맨스와 흡사하지 않은가?

2
민화적 상상력으로 가득 찬
춘향 집 후원 묘사

이도령이 춘향 집을 찾아갔을 때, 춘향 집 후원의 모습이 이도령의 눈에 흥미진진하게 펼쳐진다. 이도령이 천천히 걸어 들어가면서 눈에 포착되는 정원 구석구석의 사물들 하나하나가 자세하게 묘사된다. 이도령의 걸음 속도와 눈 움직임이 그대로 느껴진다. 시간의 이동 속도와 공간의 설정이 함께 이루어지는 것이 마치 영화의 촬영기법을 연상케 한다. 카메라는 일인칭 주관적 시점으로 클로즈업하면서 후원의 사물들을 돌아가며 비춘다. 그리하여 이도령의 눈을 통해 관객으로 하여금 사물을 직접 경험하게 만든다. 이도령의 눈은 그대로 카메라의 샷이 되고 앵글이 된다.

사또 자제가 야밤에 기생집 출입이 될 말이오?

후원은 정원이 아니라 요지경 세계

춘향 집 후원을 들어서며 이도령이 맨 처음 마주친 것이 초당 草堂이다. 정원에 있는 초당이니까 이는 집의 형태가 아니라 짚으로 지붕을 올린 정자 형태일 것이다. 그 정자에 등롱을 달아 운치 있게 꾸며 놓았다. 정자 앞쪽으로 버들가지가 죽 늘어져 마치 구슬로 짠 발이 밑으로 드리운 것 같다. 그 오른쪽에는 이슬방울 머금은 짙푸른 벽오동이, 왼쪽으로는 거북 등처럼 갈라진 껍질이 마치 늙은 용 같은 소나무가 하늘로 솟아 있다.

창가 쪽에는 속잎이 솟아 오른 커다란 파초가 서 있고, 연못 안에는 연꽃을 막 피운 넓은 연잎이 벌어져 있는 가운데 그 사이로 대접만 한 금붕어들이 첨벙첨벙 장난을 치며 유영하고 있다. 그 모습을 보니 물고기가 곧 용이 되어 승천한다는 등용문 고사가 생각난다. 연못 가운데에는 돌로 쌓아 올린 석가산石假山이 섬처럼 서 있는데, 세 봉우리가 솟아 오른 것이 봉래 · 방장 · 영주의 삼신섬을 형상화해 놓은 듯하다.

돌계단 밑의 학두루미가 사람을 보고 놀란 듯 날개를 펴고 징검징검 걸어가며 뚜루루 낄룩 울음을 울고, 화단 아래 삽살개도 덩달아 짖는다. 연못 가운데 한 쌍의 오리가 사이좋게 붙어서 손님을 맞이하는 듯하다.

춘향 집 후원의 재구성

춘향 집 후원의 연못 주변을 민화 화조도(花鳥圖)의 테마로 구성해보면 이들 그림과 같지 않을까.
연꽃을 향해 뛰어오르는 잉어들, 학두루미가 연못가를 징검징검 걸어가며 뚜루루 끼룩 울고, 오리
가족이 사이좋게 오순도순 노닐며, 연못가 괴석과 모란화 사이로 정겨운 새들의 울음소리 들린다.

가장 화려하게, 가장 비싸게

춘향 집 후원이 이러할진대 어느 대갓집 정원에 뒤지지 않을 것 같다. 운치 있고 단아하며, 화사하고 사치스러운 꾸밈새다. 마치 환상 속의 꿈동산을 재현해놓은 듯하다. 한낱 퇴기의 집 후원이 실제로 이럴 리는 없다.

이것은 소망하는 후원의 모습을 상상 속에서 재현해 보인 것일 뿐이다. 판소리에서 사설이 직조되는 방식을 보면 재현되는 사물들을 과장하여 나열하는 특징이 있다. 의복이면 가장 화려하고 사치스러운 옷들을 입고, 가구면 가장 진귀하고 비싼 것들이 놓이며, 음식이면 온갖 산해진미가 동원되는 식으로 과장해서 열거하는 것이다.

이는 잘 입고 잘 쓰고 잘 먹는다는 말을 좀 구체적으로 상세화한 것이다. 여기에는 판소리가 지닌 지식 과시의 측면도 있고, 그렇게 되기를 소망하는 기원의 측면도 있다. 또 사물 나열이 일정한 율격 아래에서 진행되기에 판소리의 음악적 필요에 의해 채용된 측면도 있다. 이와 같이 여러 배경적 원인들이 있지만 어쨌든 그렇게 사물들을 재현한 결과 사실과 어긋나게 되었고, 매우 화려한 요지경 세계가 펼쳐지는 것이다.

화사하면서도 힘찬 새로운 미적 감각의 민화

그러한 환상 세계의 모습은 민화의 세계와 흡사하다. 춘향 집 정원은 대상을 원색적이고 화려하게, 그리고 물상들을 전경화하여 역동적으로 묘사하는 민화적 상상력으로 꾸며낸 정원이다. 춘향 집 정원을 이루는 화재畫材들을 보면 민화적 상상력이 대거 동원되었음을 알 수 있다. 연꽃과 연잎 아래 붕어와 잉어, 그리고 오리·원앙 등이 노니는 모습이라든지, 연못가의 학이나 두루미의 모습이라든지 하는 것들은 화조도류의 민화에 거의 빠지지 않고 등장하는 제재다.

춘향 집 정원을 묘사할 때 그와 같은 화조도에서 상상력을 상당 부분 차용하고 있는 것이다. 연못의 물고기와 새뿐만 아니라 주변의 나무와 환경에 대한 화려한 채색의 묘사라든가, 절제와 여백, 간소함보다는 충만과 잉여, 복잡함을 택하고 있는 물상들의 배치는 민화로부터의 상상력이 강하게 작동한다는 증거가 된다.

이러한 조선 후기의 민화는 서민들의 새로운 문예 취향의 등장을 선언하는 장이다. 그것은 양반 사대부 문화 내지는 선비 문화에서 선호했던, 청렴결백을 다짐하는 듯한 심미적 취향들, 즉 물상의 절제된 선택, 화려한 색감의 배제, 극도의 질박함 추구 등에 대해 반발하고 있다. 양반들의 문인화나 산수화에 잘 나타나는 그러한 심미 취향이 세련미라고 옹호되는 데 대해 민화는 그 것을 비웃듯이 온통 화사하게 그림의 전면을 도배한다.

문인화와 산수화에서는 물상들의 유기적 관계와 표현의 묘가 구조미로 칭송되는 데 반해 민화는 우선 물상들의 풍성함과 꾸밈없음을 대범하게 내세운다. 그것이 민화의 새로운 문예 취향이고, 새로운 미적 감각이다. 민화는 서민들의 자유분방하고 발랄한 기세의 표현이고, 자신감의 표현이다. 화려하면서도 힘찬 미적 감각에 대한 드높아진 자부심이 아니고서는 그렇게 담대하게 표현할 수 없다.

화조도뿐 아니라 민화의 주된 테마들인 책거리도, 문자도, 화훼도, 어해도, 호랑이까치 그림 등의 발달은 그 시대의 경제력 상승에 따른 호사 취향이 전 국민적으로 확산된 데 따른 것이었다. 원색의 화려함과 화사한 꾸밈새는 궁중 문화의 전유물처럼 인식되어왔으나 그것이 서민들의 문화에서 활짝 개화한 것이었다.

이제 좀 산다는 서민들은 집안 곳곳에 민화를 장식품처럼 거는 것이 자랑이 되는 시대가 되었다. 실제로 정원이나 집안 장식품을 만드는 것을 대신하여 정원도 벽에 걸고 책거리도 걸고 모란도 걸어서 집안이 정원이 되고 물속이 되고 꽃밭이 되는 것이었다.

여기 춘향의 집 후원이 실제로 그와 같이 있었다기보다는 민화적 상상력을 최대로 동원해 묘사한 것이다.

3

고사인물도와 춘화가
함께 걸린 까닭

이도령의 시선은 춘향 방에 들어서서도 계속된다. 춘향 방에서 이도령의 눈에 먼저 들어온 것은 벽에 붙은 그림들이다. 일명 사벽도四壁圖라고 하는 이 그림들은 거의 다 고사인물도류다. 고사인물도故事人物圖는 중국의 유명한 인물의 행적 중에서 가장 특징적인 일을 하나로 집약한 그림이다.

춘향 방에 걸린 고사인물도는 엄자릉이 벼슬 마다하고 칠리탄에서 낚시하는 그림, 도연명이 벼슬 마다하고 술과 학과 거문고를 벗 삼아 살아가는 그림, 촉나라 유현덕이 제갈공명 선생을 군사로 모시려고 삼고초려 하는 그림, 상산에 은둔한 호호백발 네 노인네가 바둑을 두는 그림, 이태백이 채석강에서 술에 취해 강

〈상산사호도(商山四皓圖)〉

이 그림은 앞의 제시문 내용과 흡사하다. "저편을 바라보니 상산사호 네 노인이 바둑판 앞에 놓고 어떠한 노인은 백기를 들고, 또 어떠한 노 인은 흑기를 들고, 또 한 노인은 구절죽장에 호로병 매어 에후리쳐 질 끈 집고 요마만큼 하여 있고, 또 한 노인은 훈수를 하다가 무렴을 보고 암상에 홀로 앉아 조는 양을 역력히 그려 있고"

물에 비친 달을 손으로 뜨려고 하는 그림, 백이숙제가 수양산에 숨어 살며 고사리를 캐먹는 그림, 만고성인 공자 그림, 유방 군대에게 쫓겨 오강변에 도착한 항우를 그린 그림 등이다.

그림 속의 인물들은 대개 세파에 휘둘리지 않고 독야청청 고결함을 지키는 생을 살았다. 부귀공명을 탐하지 않고 지조와 절개를 지키며 안빈낙도를 추구하는 유형인 것이다. 그런 인물들을 본받고자 해서 붙이는 게 고사인물도라면, 춘향은 지금 세류의 부침에서 벗어나 살고 싶은 소망을 가지고 있는 셈이다. 그림의 인물들은 세상 풍파 다 떠안고 살아가야만 하는 기생 신분의 춘향으로서는 지극히 바라마지 않는 동경의 대상이 됨직하다.

춘화는 어찌된 일인가?

그런데 고사인물도가 춘향 방 네 벽에 잔뜩 붙어 있는 가운데 거기 어울리지 않는 그림이 있다. 바로 춘화春畵다. 춘향은 지금 대비정속까지 하고 여공에 힘쓰며 예절서도 읽으면서 현숙한 여염 처자가 되려고 노력하고 있는데, 생뚱맞게 무슨 춘화란 말인가?

조선 후기에 춘화는 한양의 광통교"광충다리" 근처에서 은밀히 거래되던 물건이었다. 이처럼 당시 우리 사회에도 춘화 바람이 불었다. 중국 명나라 춘화첩이나 일본 우끼요에 춘화첩 같은 이

옷나라 상황의 영향도 있었겠지만 우리 사회의 성적 담론이 엄격한 유교적 금기의 빗장을 풀고 어느 정도 개방되는 시대적 추세에 따른 것이었다.

이를 반영하듯 사설시조와 판소리, 그리고 탈춤과 같은 연행 장르들에서 성적 표현의 수위가 특히 높았다. 이들 장르에서의 성적 담론은 서민들의 주도하에 이루어지고 있는데, 유교 지배체제의 구조적 모순에 대한 서민들의 저항의식과 맥락을 같이하는 측면이 있다. 유교적 엄숙주의로 무장한 지배체제가 보여주는 위선에 대해 서민들은 역겨워하는 측면이 있었고, 그래서 인간의 자연스러운 본능을 인정하자는 목소리를 냈던 것이었으며, 그런 목소리의 하나가 춘화로 표출되었던 것이다.

춘화는 위선의 껍데기를 벗고 인간의 본능적 욕망을 느끼고 싶은 그 시대 서민들의 희구가 서려 있다. 그걸 무조건 불순하고 건강하지 못한 잡스러운 표현 욕구라고 치부하는 것은 현상의 깊이를 외면하는 것이다.

갈등하는 춘향을 대변하는 하나의 상징

서로 상충하는 내용의 그림이 춘향 방에 붙어 있는 것은 하나의 상징이기도 하다. 그것은 춘향의 갈등하는 내면의 모습이다.

춘향은 기생이라는 태를 벗고 정숙한 규수가 되기 위한 도정에 있으나, 한편으로는 퇴기의 딸로서 태생적 한계를 절감하고 있기도 하다. 퇴기 딸이라는 한계는 자기 자신의 뜻이 아니라 외부 환경이 짐 지운 까칠한 시선이다. 춘향의 고뇌는 여기에서 비롯한다.

춘향 자신은 지식과 교양을 쌓고 여염집 규수처럼 여공도 배우고 정숙하게 행동하고자 부단히 노력하지만, 자신도 모르는 새 기생 딸이라는 무의식이 자기 마음속 깊숙한 곳에 웅크리고 있음을 목도하고 깜짝깜짝 놀란다. 방자가 자신을 막 대했을 때는 반발심이 불타올랐지만, 이도령이 자기 집을 방문해 혼약 얘기를 꺼내자 스스로를 '천기'니 '천첩'이니 낮추어 부르면서 자신이 버림받았을 경우를 가정하여 제안에 선뜻 응하지 못한다. 어머니 월매는 춘향보다 더하다. 천기 소생의 자기 딸이 장래를 보장받지 못할까봐 불망기不忘記를 요구한다. 한낱 종잇조각에 불과할지언정 언술적 다짐이라도 받아두자는 심사에서다.

이렇게 춘향은 의식 저 너머에 자신의 정체성에 대한 의구심을 완전하게 거두어들이지 못하고 있다. 춘향 방에 붙어 있는 고사인물도류의 그림과 춘화 그림은 이렇게 하여 같은 공간에 놓이게 되었다.

사또 자제가 야밤에 기생집 출입이 될 말이오?

금슬 좋은 가정을 꾸리고 싶은 여자의 본능

춘향 방에 걸린 이질적인 성격의 그림은 춘향의 의식과 무의식 사이의 갈등에 대한 상징이기도 하지만 이상과 현실 사이의 괴리를 의미하기도 한다. 춘향의 이상은 고사인물도 그림들이 보여주듯이 학식 있고 용기 있고 지조 있는 고결한 삶을 사는 것이다. 그것은 여자로서 지나친 욕심이고 지향일 수는 있지만 천자수모법_{천한 어미의 신분과 직책을 자식이 따라야 한다는 관습법}이 현행 관습인 당시에 기생의 삶을 종결하겠다는 과감한 결단이었다.

그것은 그저 집안 처자의 한철 다짐이 아니라 투쟁에 가까운 한생의 도전이었다. 사회와의 절연도 사양치 않는 의지의 행위였다. 그런 점에서 춘향의 관장官長에 대한 처절한 반항의 행위는 어느 정도 예정된 것이다. 이처럼 춘향의 이상은 세상을 초탈할 정도로 높게 설정되어 있었다.

그러나 현실은 춘향의 높은 이상이 실현될 수 있도록 그냥 놓아두지 않는다. 현실은 몸이 따라갈 수 있는 가까운 곳에 있다. 몸은 간사한지라 쉽게 달콤한 것을 좇는다. 이상은 이상일 뿐 춘향의 현실은 적당한 배우자를 만나 금슬 좋은 가정을 꾸리는 것이다. 그래서 여염집 규수처럼 예절서도 읽고 여공도 배우며 현모양처의 수련을 하고 있다. 배우자와의 성적 관계도 수련의 한

항목이다. 그것은 본능적 욕망에 몸을 맡기고 자연스럽게 따라가면 되는 것이지 특별한 과외수업은 필요치 않다. 그런 현실적 욕구에서 춘향 방의 춘화가 자리하고 있다.

아래의 작품은 이러한 사회 분위기를 반영하는 것으로 춘화를 보는 두 여인을 그렸다. 이처럼 당시는 여염집 여자들도 춘화를 은밀하게 감상했던 것으로 보인다.

촛불과 호롱불 아래 춘화첩을 감상하는 걸 보니 한밤중이다. 여자들이 한낮에 춘화를 본다는 것은 그래도 망측하다는 생각이 들어서 은밀하게 밤에 보는 것이다. 다담상과 화로가 있는 걸 봐서는 화로 곁에서 다과를 하다가 마침 누군가 제안을 해서 보게 된 춘화첩이다. 춘화는 대개 낱장으로 나뉘어 유통되지 않고 책으로 묶여 책장을 넘기며 여러 장면을 감상하게 되어 있다.

누가 춘화를 그렇게 많이 그렸는가?

누가 춘화를 그리기 시작했는지는 알 수 없다. 아마도 처음에는 전문 화공이 그렸겠지만 그 이후에는 수많은 모사꾼들이 모방하지 않았을까 생각된다. 춘화의 폭발적 수요를 감안했을 때 한정된 수의 화공들로는 공급이 따라갈 수 없었을 것이기 때문이다.

사또 자제가 야밤에 기생집 출입이 될 말이오?

〈춘화 보는 두 여인〉

여인들이 춘화를 감상하는 것은 성적 본능의 발현이지만 춘화가 여인들의 손에 들어간 그 자체는 춘화가 상당히 널리 보급되었다는 증표가 된다. 이 그림은 춘화 속에 춘화가 들어 있는 형식이다. 부분 확대 그림을 보면 남녀가 알몸으로 뒤엉켜 있는 모습이다. 『건곤일회첩(乾坤一會帖)』에 실려 있다.

작자 미상, 23.3×27.5cm, 개인 소장.

위 그림의 낙관에 흥미롭게도 '혜원'이라 쓰여 있는데, 그걸 믿어야 할지 믿지 말아야 할지 정말 알 수 없다. 혜원 신윤복이라면 국가 소속 도화서의 전문 화원으로서 당대 풍속화의 고수인데, 그런 사람이 춘화를 그렸을 리 없다는 것이 이것을 혜원 그림으로 인정할 수 없다는 사람들의 주장이다. 그러나 여인들의 옷에 접힌 선들의 묘사나 배경이 되는 방안의 직선적 구도를 보면 혜원 신윤복의 사생법寫生法이 맞는 것도 같다.

사실 이 그림 자체를 혜원이 그리지 않았다 하더라도 전문적인 모사꾼이라면 거의 비슷하게 혜원 그림을 모방해낼 수 있었을 것이다. 그런 점에서 이 그림은 혜원 그림이냐 아니냐의 경계에 선 그림일 수 있다. 혜원의 낙관을 하고 있는 진한 정사 장면의 다른 춘화들은 그림 수법으로 보나 풍속 재현의 지향점으로 보나 혜원의 진품이 아닌 것이 대부분이다. 혜원은 춘의가 표현된 풍속화의 대가이므로 많은 춘화 모사꾼들의 모방 대상이 되었을 뿐이다.

사또 자제가 야밤에 기생집 출입이 될 말이오?

장면 5

열여섯 살 먹은 것들이
해괴망측하게시리

춘향과 도련님과 마주 앉아 놓았으니 그 일이 어찌 되
겠느냐. 사양을 받으면서 삼각산 제일봉 봉학 앉아 춤추
는 듯 두 활개를 에구붓이 들고 춘향의 섬섬옥수 바드듯
이 겹쳐잡고 의복을 공교하게 벗기는데 두 손길 썩 놓더
니 춘향 가는 허리를 담쑥 안고, "나상을 벗어라." 춘향이
가 처음 일일 뿐 아니라 부끄러워 고개를 숙여 몸을 틀
제, 이리 곰슬 저리 곰슬 녹수에 홍련화 미풍 만나 굼일
는 듯, 도련님 치마 벗겨 젖혀놓고 바지 속곳 벗길 적에

무한히 실난된다. 이리 굼실 저리 굼실 동해 청룡이 굽
이를 치는 듯, "아이고 놓아요, 좀 놓아요." "에라 안될 말
이로다." 실난 중 옷끈 끌러 발가락에 딱 걸고서 껴안고
진득이 누르며 기지개 쓰니 발길 아래 떨어진다. 옷이
홀딱 벗어지니 형산의 백옥덩이 이 위에 더할쏘냐. 옷이
훨씬 벗어지니 도련님 거동을 보려 하고 슬금이 놓으면
서, "아차차 손 빠졌다." 춘향이가 침금 속으로 달려든다.
도련님 왈칵 쫓아 드러누워 저고리를 벗겨내어 도련님
옷과 모두 한데다 둘둘 뭉쳐 한편 구석에 던져두고 둘이

안고 마주 누웠으니 그대로 잘 리가 있나.

「열녀춘향수절가」 26장 뒤, 27장 앞)

(……) 하루이틀 지나가니 어린 것들이 신맛이
새로워 부끄럼은 차차 멀어지고 그제는 기롱도 하고
우스운 말도 있어 자연 사랑가가 되었구나. 사랑으
로 노는데 똑 이 모양으로 놀던 것이었다. "사랑 사
랑 내 사랑이야, 동정칠백월하초에 무산같이 높은
사랑, 목단무변수여천에 창해같이 깊은 사랑 (……)
명사십리 해당화같이 연연이 고운 사랑, 네가 모두
사랑이로구나. 어화 둥둥 내 사랑아, 어화 내
내 사랑이로구나. 여봐라 춘향아, 저리 가거라 가는
태를 보자. 이만큼 오너라 오는 태를 보자. 빵긋 웃
고 아장아장 걸어라 걷는 태도 보자."

「열녀춘향수절가」 27장 뒤, 28장 앞뒤)

(……) "네가 그러면 무엇이냐. 날 홀려 먹는 불여우냐.

네 어머니 너를 낳아 곱도곱게 길러내어 나만 홀려 먹으
려고 생겼느냐. 사랑 사랑 사랑이야 내 간관 내 사랑이
야. 네가 무엇을 먹으려느냐. 생율 숙율을 먹으려느냐.
둥글둥글 수박 웃봉지 대보장도 드는 칼로 뚝 떼고 강릉
백청을 두루 부어 은수저 반간지로 붉은 점 한 점을 먹
으려느냐." "아니, 그것도 내사 싫소." "그러면 무엇을 먹
으려느냐. 시금털털 개살구를 먹으려느냐." "아니, 그것
도 내사 싫소." "그러면 무엇을 먹으려느냐. 돝 잡아주랴,
개 잡아주랴, 내 몸 통째 먹으려느냐." "여보 도련님, 내
가 사람 잡아 먹는 것 보았소." "에라 요것, 안될 말이로
다. 어화 둥둥 내 사랑이지. 이 애, 그만 내리려무나. 백
사만사가 다 품앗이가 있느니라. 내가 너를 업었으니 너
도 나를 업어야지." "애고, 도련님은 기운이 세서 나를 업
었거니와 나는 기운이 없어 못 업겠소." "업는 수가 있느
니라. 나를 돌워 업을라 말고 발이 땅에 자운자운하게
뒤로 잦은 듯하게 업어다고."

(「열녀춘향수절가」 33장 뒤, 34장 앞)

1
본능적 욕망을
발견하다

이도령과 춘향의 첫날밤 정사 장면은 영락없는 19금 에로 영화다. 별 희한한 놀이와 음담을 나누는 것이 마치 성경험 많은 한량 오입쟁이와 기생 사이의 낯 뜨거운 영화 장면으로 보이는 것이다. 둘은 자라온 환경과 정황으로 볼 때는 이성 경험이 없었을 것으로 판단되는데도 실제 상황을 보면 이성을 잘 알 뿐 아니라 성을 가지고 능수능란하게 노는 솜씨까지 갖추었다. 나이만 열여섯이지 풍류방에서 기생과 더불어 풍류 꽤나 찾던 쾌남의 모습과 방불한 것이 이도령이고, 나이만 열여섯이지 풍류방에서 꽤 놀아본 듯 능수능란하게 성적 대처를 잘하는 것이 춘향이다. 왜 열여섯 아이들이 만난 지 얼마 되지 않은 상황에서 갑자기 성

열여섯 살 먹은 것들이 해괴망측하게시리

인 남녀로 돌변해 낯 뜨거운 성행위 장면을 펼치고 있는가?

열여섯 살의 욕정을 예술로 표현하기 어려운 까닭

춘향과 이도령의 첫날밤 정사는 문제적이다. 이성에 대한 육체적 욕망에 눈뜨는 것은 모든 남녀가 거치는 과정이지만 나이가 열여섯 살이라는 데 이르면 말이 달라지기 마련이다. 열여섯 살의 욕정 내지는 정욕의 발현은 때 이른 것임에 틀림없다. 오늘날에도 그러하거늘 유교적 금욕주의가 팽배하던 시절에, 남녀칠세부동석이라는 고루한 관념이 그래도 위세를 떨치던 그 시절에, 어린 것들이 욕정을 그렇게 과도하게 분출시키는 행위는 파격을 넘어 충격을 주기에 충분하다.

나이보다 더 파격인 것은 농탕질의 수준이다. 춘향과 이도령의 사랑은 오탁과 순수 사이에서 왔다 갔다 하는 것이 사실이지만 첫날밤의 정사는 오탁에 아주 가깝기 때문이다. 그래서 이 장면은 끊임없이 윤리적 논란이 되어왔고, 늘 선정성 시비가 있어왔다. 단적인 예로, 영화에서 원작에 충실한 농도 짙은 정사 신을 올린다면 춘향전이 무슨 에로 영화냐는 항의에 직면하게 될 것이고, 원작을 충실히 따라 나이 어린 소년 소녀를 캐스팅하여 이도령과 춘향의 사랑 장면을 어떠한 식으로 재현한다 하더라도

어른들이 애들 갖고 못된 짓 한다고 윤리도덕적인 비난을 받을
수밖에 없을 것이다.

문학도 마찬가지다. 둘의 사랑 행위를 적나라하게 묘사하고
있는 장면을 문자 그대로 옮기려고 하는 순간, 원문 역자들은 윤
리도덕적인 문제로 주저하지 않을 수 없게 된다. 문자화가 주는
압박은 독자를 향한 부정적 영향력을 의식하는 데서 오기도 하
지만, 작자 자신이 내리는 윤리적 평가를 스스로 감내하는 것의
어려움에서도 온다. 자기 자신의 표현 윤리가 그걸 허락하지 않
는 것이다. 이러한 이유로 많은 춘향전 역주본이나 교주본에서
농도 짙은 애정 장면은 문자화되지 않았다. 원문에 있는 것조차
드러내지 못하는 아이러니가 여기 있다. 자신이 창작한 소설이
아님에도 불구하고.

풍류방 탕남 왈짜와 탕녀 기생의 행태가 끼어들다

춘향과 이도령의 첫날밤 농탕질의 배후에는 풍류방 기생 문화
에 흠뻑 빠진 왈짜들 내지는 오입쟁이 한량들의 시선이 짙게 깔
려 있다. 그들의 눈에는 기생들이란 누구나 꺾을 수 있는 길가의
버들가지나 담장 밖 꽃路柳墻花人皆可折으로 비유되는 존재였다. 그
들이 기생들과 벌이는 난잡한 성적 행위들에 대한 통념이 여기

165

〈청금상련(聽琴賞蓮)〉

어느 대갓집 후원에서 벌어진 유흥 현장을 그린 작품이다. 이 그림은 기생의 세 유형 혹은 세 단계, 한량의 세 유형 혹은 세 단계를 그린 것 같아 흥미롭다. 기생은 술과 담배를 대작하며 말벗을 하거나, 거문고를 타거나, 성애의 대상이 되기도 한다. 한량은 악기 연주를 감상하거나, 점점 성애에 관심을 갖거나, 성애에 몰두한다. 여기서 말하는 탕남탕녀와 유사한 것은 물론 그림 왼쪽의 남녀이다.

신윤복, 종이에 담채, 28.2×35.6cm, 간송미술문화재단 제공.

반영되어 있다.

그것은 이도령과 같이 싫어도 책방에 갇혀 살아야 하는, 밖으로 나돈 적이 별로 없어 성적 경험도 없는 양반집 골방 서생의 시선이 아니다. 주로 중인 계층인 풍류방 왈짜들은 돈이 많아서 기생과 악공을 비롯한 각종 창의 고수들을 불러다 놀기를 즐겼는데, 판소리 광대 또한 빠지지 않는 단골 공연자였다. 판소리 사설 속에 들어 있는 농탕질에 대한 과도한 행위 묘사는 판소리 광대 자신의 시선이라기보다는 공연의 후원자인 왈짜들의 시선이 더 많이 적재되어 있을 가능성이 높다.

여기에 남정네에게 욕정을 불러일으키는 존재로 전락한 기생의 자의식이 개입한 것은 말할 것도 없다. 풍류방 기생들의 적극적 호응도 방탕의 정사가 성립되는 데 필수 요소라고 할 수 있기 때문이다. 춘향전에서 춘향이 보여주는 색기 어린 행위들과 대화들도 그것이 본래의 춘향에게서 나왔다기보다는 풍류방 기생들의 행태를 반영한 측면이 많은 것이다.

그런 점에서 볼 때 이도령과 춘향은 억울한 데가 있다. 성의 화신이라는 누명을 뒤집어썼기 때문이다. 그것은 소설 속에서 실제 성행위를 하고 있는 사람이 춘향과 이도령이기에 어쩔 수 없는 측면이다. 이것이 바로 사실성의 함정이다. 춘향전이 그 당시의 사회적 상황을 많이 반영하고 있는 사실주의 성향의 소설인 것은 맞지만 주인공들의 역할 모델에 이르기까지 모두 사실성을 담보하는 것은 아니다. 이도령과 춘향은 대역으로 출연했을 뿐이고, 원래 대본상으로는 그 장면에 풍류방의 단골손님인 탕남 왈짜와 탕녀 기생이 출연해야 맞는 것이었다.

성적 욕망의 발견에 따른 환희를 표현하다

남녀의 농탕치는 모습을 있는 그대로 그리고자 하는 관점에는 근본적으로 인간의 본능적 욕망에 대한 긍정이 내재되어 있다. 만약 그것이 부정적이었다면 주인공 남녀의 성에 대한 태도가 그렇게 환희에 찬 모습일 수가 없었을 것이다. 둘은 처음부터 성이 맞았고 그리고 성을 즐겼던 것이다. 그동안 유교 사회의 엄숙주의와 금욕주의는 성적 개방에 대해서는 물론, 성이라는 말 자체를 끄집어내는 것도 꺼리는 분위기를 조성하고 있었다. 그런 분위기 속에서 이런 과감한 성적 묘사는 그 자체로 커다란 도전일 수밖에 없었다. 따라서 작품에는 반발과 저항이 자동적으로 적재되기 마련이었다.

극 속에서 이도령과 춘향은 성적 본능을 발견한 데 대한 환희를 몸소 보여준다. 인간의 성적 본능은 원래 있는 것이었지만 그동안 보이지 않았기에 새로운 '발견'이라 할 수 있다. 그동안 보자기에 겹겹이 둘러싸여 숨겨져왔던 보물을 발견한 것이었다. 숨겨졌다기보다는 처박히고 억눌려서 발견할 수가 없었던 것이었다. 억눌린 것은 언젠가는 귀환하기 마련이다. 무의식 속에 억눌린 것들은 꿈으로 스멀스멀 피어오르기도 하고, 찰나의 말과 행위로 스쳐 지나가듯이 나타나기도 한다.

그러나 성적 욕망의 발견은 무의식이 귀환하는 방식과는 다르다. 그것은 사회적 제도와 관념에 의해 은폐된 존재였기에 그 발견에 따른 환희의 강도가 엄청 센 것이었다. 사회적 제도와 관념의 철옹성을 뚫고 발견한 것이기 때문이다. 그것은 망각된 존재를 우리의 의식과 기억이 되살렸을 때의 그 기쁨이다. 우리가 보통 '그동안 왜 몰랐지' 하며 감격하듯이 벅찬 감동이 환희와 함께 밀려드는 것이다. 춘향전에서 이도령과 춘향이 벌이는 방사 장면의 묘사에는 성적 욕망의 발견에 따른 환희와 더불어 벅찬 감동이 진하게 묻어 나온다.

인간 해방의 주제와도 맞닿아

당시 폐쇄적 조선 사회에서 인간의 본능 중 가장 저열하다고 생각되던 성 본능을 끄집어내어 개방적으로 그리고 긍정적으로 표현한 것은 춘향전이 나름의 역사적 의의를 갖는 측면이다. 그

희열의 강도가 높았던 만큼 작품의 표현 수위는 가히 폭발적이다. 그것은 점잖게 성에 대해 농을 거는 수준이 아니다. 거기 완전히 빠져 열광적으로 즐기는 수준인 것이다. 이는 성 본능의 희열 그 자체에만 국한되지 않는 의의가 있다. 그것은 이 발견의 희열이 인간 해방에 대한 갈망으로까지 치닫고 있기 때문이다.

조선 후기에는 신분 제도가 주는 억압 구조의 모순이 점점 커가고 있었다. 주변 환경은 개방적이고 탄력적인 활력을 요구하는 상황인데도 강고한 신분 의식은 거기에 따르지 못하고 있었던 것이다. 중인 계급에서부터 천민에 이르기까지의 사회 계층은 양반 계층에 속박된 하위 계급이라는 인식을 기본적으로 갖고 있었다. 불평등한 계급 사회에 대한 불만이 고조될수록 사회 분위기는 암울해진다. 장래에 대한 희망이 보이지 않기 때문이다. 계급적 불평등에 의해 불공정한 대우를 받는 사람들은 그러한 굴레에서 벗어나고자 한다. 인간으로서 최소한의 주권을 돌려받고 싶은 것이다.

육체적 사랑은 인간 해방에 대한 처절한 외침이다. 육체적 사랑이란 그 가치가 하찮다는 사회적 통념에 도전함으로써 인간 해방을 선언한다. 미사여구를 동원한 진지한 논리 화법으로 인간 해방을 주창해봤자 상대가 설득당할 리도 없고, 그러한 정교한 화법을 구사할 형편도 아니다. 그저 서민적 호흡으로 몸을 통해 있는 그대로 투박하게나마 보여주자고 한 것이다. 옷을 벗고 몸으로 보여준 것은 가식과 위선을 벗어던진 행위다. 그것은 솔직하고 진지하게 보여주고자 한 것이지 단순히 재미있게 장난치고자 한 것이 아니다.

춘향전에서 인간 해방이라는 주제적 의미가 가장 강력하게 나오는 곳은 춘향이 변학도의 수청 요구에 당당하게 맞서면서 인간답게 살고 죽기를 애원하는 대목이다. 신분계급 사회에서 상관자가 하급자에게 내린 명령을 죽음으로써 답하는 행위는 인간적 자유와 해방을 요구하는 명백한 도전이고 항거이다. 그것은 문면에 나온 대로 명징한 주제의식이 된다. 그러나 춘향과 이도령의 난잡한 성행위 또한 이면적으로는 춘향전의 심각하고 진지한 주제와 연결된다. 가식과 위선의 옷을 훌훌 벗어버리고 몸끼리 부딪치는 동작들은 그 자체가 가식과 위선의 사회를 향해 던지는 메시지가 되기 때문이다. 농탕질의 정도가 좀더 심해질수록 도전과 저항의 강도가 좀더 세지는 것은 물론이다.

성 본능을 이야기하는 것도 새로운 발견

춘향전에 나타나는 성행위에 대한 대담하고 자세한 묘사는 조선 후기 문학사상 유례가 없는 파격적인 사건이다. 사설시조 같은 데서 성에 대한 대담한 시선이 나타나기도 하지만 춘향전에 비하면 그것은 단편적이고 국지적일 뿐이다. 변강쇠가 같은 데서도 성 담론이 나타나지만 성에 대한 그로테스크한 관점을 주로 드러낼 뿐이다. 춘향전은 성 묘사에 정점을 찍고 있다.

이렇게 춘향전에서 성의 향연이 벌어진 것은 하나의 커다란 사건이고 대단한 발견이다. 세상이 모르는 것을 찾아내는 것만이 발견이 아니다. 모든 사람들이 알고 있지만 무슨 이유에서건 겉으로 표현하지 못하는 것을 눈치 볼 것 없이 대담하게 드러내는 것도 하나의 도전이면서 하나의 새로운 발견이다. 그것은 인식상의 패러다임을 전환시킬 수 있는 힘을 지닌다는 점에서 하나의 위대한 발견일 수 있다. 춘향전은 시대가 용납하지 못하는 인간의 자연스러운 본능적 욕망을 자유롭게 이야기하는 '발견'을 한 것이다.

2
몸에 기억을 새기는 노래,
사랑가

춘향가는 한때 음란 교과서라는 누명을 쓴 적이 있는데, 그 배경의 칠팔 할은 바로 '사랑가' 때문이다. "이리 오너라, 업고 놀자"는 가사로 유명한 노래가 바로 사랑가다. 그러나 사랑가 대목이 청춘 남녀가 발가벗고 난잡한 성교를 즐기는 음란한 모습만 보여주는 건 아니다. 연애를 하는 남녀가 말도 사근사근하게 하고, 입술 가에는 웃음기를 띠고, 눈웃음도 치며, 몸짓을 예쁘게 지어 보려는 것은 예나 지금이나 다름이 없다. 이도령과 춘향도 처음에는 말하고 웃으면서 서로 상대방을 눈으로 더듬는 행위를 하고 있다.

열여섯 살 먹은 것들이 해괴망측하게시리

상대 몸을 익히고 자기 몸에 남기고

"저리 가거라 가는 태를 보자, 이리 오너라 오는 태를 보자, 방긋 웃어라 웃는 태를 보자"와 같이 '태'를 보자고 한다. 말하는 모습이나 웃는 표정뿐만 아니라 옷을 입은 자태라든지 발걸음 떼는 모습을 보고자 한다. 상대방의 몸을 익히고자 하는 것이다. 이성의 웃는 모습은 몸의 가장 매력적인 부분이다. 그것은 이성과의 사귐에서 서로에게 오래도록 환기되고 기억되는 활력 충전소로서 기능한다.

이성의 걷는 모습도 몸의 건강과 맵시를 간결하게 보여주는 행위이다. 걷는 모습을 통해 옷매무새를 함께 볼 수 있다. 여성이 걸을 때 옷의 빛깔과 선의 율동, 몸의 움직임과 출렁거림을 반영하는 옷의 미세한 물결침이 드러난다. 비록 옷감으로 덮였지만 몸은 옷감 위에 그 모습을 그때그때 표현한다.

이처럼 웃는 행동, 가는 행동, 오는 행동을 본다는 것은 몸을 익히는 행위이다. 연애 감정의 가장 자연스러운 발로이다. '태'를 보는 것은 남녀의 연애에서 가장 기본이 되는 상대방의 몸을 익히고 더듬고 새기고 기억하는 행위이다. 이도령과 춘향은 지금 연애의 기본기에 충실한 모습을 보여주고 있다. 그들은 지금 몸의 기억을 위한 의식을 치르고 있는 중이다.

"네 무엇을 먹으려느냐 …… 아니 그것도 내사 싫소"라고 하면서 각종 먹을 것을 권하고 겸사하는 이도령과 춘향의 밀고 당김도 일종의 몸의 기억을 위한 의식 행위라고 할 수 있다. 그것은 사랑하는 행위에 가장 잘 맞는 맛을 찾아가는 여정이기 때문이다. 사랑에 비견될 만한 달콤한 맛을 입에 각인시키기 위해 둘은 이런저런 음식들을 맞춰 보는 것이다.

맛을 맞추는 것이 몸의 기억을 위한 것임은 사람의 몸을 먹는 음식으로 둔갑시키는 이도령의 재치에 의해서도 증명된다_{돝 잡아 주랴, 개 잡아주랴, 내 몸 통째 먹으려느냐}. 두 사람의 맛을 찾는 여정은 남녀의 사랑과 결부되어 있기 때문에 임신과 연결되지 않을 수 없는데, 그래서 임신부가 찾는다는 시디신 개살구도 등장한다.

출산은 불사를 추구하는 인간 정신의 발로

남녀 관계에서 임신과 출산은 사랑의 결과물이면서 그 사랑이 영원히 지속된다는 상징적 징표이기도 하다. 인간이 불사를 추구하는 존재임을 현시하는 것이기 때문이다. 인간이란 늙으면 죽기 마련이지만 자식과 그 자식을 통해 자신의 영원불멸을 기도하는 존재라고 할 수 있다.

플라톤은 『향연』에서 다음과 같이 말한다.

열여섯 살 먹은 것들이 해괴망측하게시리

인간은 선한 것을 사랑하고, 가능한 한 영원히 소유하려고 하는데, 인간은 아름다운 것을 출산하는 방식을 택한다. 그러므로 사랑은 맹목적으로 아름다운 것을 지향하는 것이 아니라 아름다운 것을 낳으려는 노력이다. 이런 출산은 불사적인 것을 추구한다. 이런 출산은 낡고 늙은 것을 넘어 새롭고 젊은 것을 남겨서 자신의 동일성을 초시간적으로 유지하려는 방식이다.

우리가 잘 알다시피, 플라톤이 정신적 사랑platonic love을 강조한 철인임을 감안한다면 위에서 말하는 출산은 '정신적 출산'을 의미한다고 봐야 할 것이다. 그러나 플라톤도 육체적 출산을 완전히 도외시하지는 않았다. 정신의 자식이 육체의 자식들보다 아름답고 불사적이라 말하고는 있지만 '낳음'과 '출산'의 제일차적인 의미가 몸으로 낳은 자식에 있다는 사실은 부정하지 못한다.

세속화된 후대의 시점에서 볼 때 정신적 출산은 아무래도 너무 고상하고 낭만적이기 때문에 우리에게는 낯선 개념과의 대면이 된다. 남녀의 사랑은 아름다움을 추구하게 되고, 육체적 성애에 의해 아름다운 자식을 낳게 되며, 거기에는 인간의 불사적인 것을 추구하는 정신이 깔려 있다고 이해한다면 충분하지 않을까?

〈운낭자 이십칠세상〉

운낭자(雲娘子)는 관기로서 관장의 시신을 거두는 등 의리를 보여 의열사에 제향되었다고 전하는 최연홍(崔蓮紅, 1785~1846)이다. 아기를 안고 있는 특이한 미인도로서 아기의 출산을 여성적 아름다움의 요소로 보고 있음을 말해준다.

채용신, 종이에 채색, 120.5×62.0cm, 국립중앙박물관 소장.

사후 기약 타령도 몸의 기억을 위한 의식

춘향과 이도령이 사랑의 영원함과 불사불멸을 추구하고 있다는 것은 그들이 사후를 기약하는 행위에서도 엿볼 수 있다. 춘향은 죽어 계집 녀女 자가 되고 이도령은 아들 자子 자가 되어 좋고好, 춘향은 죽어 물이 되고 이도령은 죽어 물 위에 뜬 원앙이되어 좋고, 춘향은 죽어 종로 인경이 되고 이도령은 죽어 인경마치가 되어 좋고, 춘향은 죽어 방아확이 되고 이도령은 죽어 방아고가 되어 좋고, 춘향은 죽어 꽃이 되고 이도령은 죽어 나비가 되어 좋고.

이렇게 그들은 생전의 환희가 사후에도 이어지기를 희구한다. 사랑이 영원히 지속되고 불멸하기를 간절히 바란다. 여기에도 상대방에 대한 느낌을 몸에 담아 그 기억을 영원히 반추하자는 의지가 내재되어 있다. 죽어 다른 사물이 되어서도 생전의 몸의 기억을 간직하고 있기 때문에 촉각으로 서로를 알아볼 수 있다는 것이다.

사후 기약 행위는 춘향전의 이야기 기능 면에서도 의미가 있다. 결연한 사후 약속에 힘입어 춘향은 변사또의 수청 요구에 저항하는 용기를 얻을 수 있었고, 극심한 형벌을 받고 옥에 갇히면서도 고통과 죽음이라는 극한 두려움을 떨쳐낼 수 있었다. 물론

사후 기약 타령은 남녀 사랑 놀음의 일환으로 행해진 단순한 것일지도 모른다. 그러나 사후 기약이 지고지순한 사랑의 환희에 대한 몸의 영원한 기억을 바탕으로 행해진 것이므로 몸의 학대에 따른 고통을 상쇄하고 이겨낼 수 있는 힘의 원천이 될 수 있는 것이다.

자진 사랑가, 사랑은 직접 몸으로 느껴야

사랑가는 긴 사랑가_{혹은 느린 사랑가}와 자진 사랑가로 구성되어 있다. 긴 사랑가는 상대방의 태를 보고자 하고, 자신들의 사랑을 다른 아름다운 것들에 빗대며, 사후 기약을 하는 내용으로 되어 있다. 긴 사랑가는 사설이 길어서가 아니라 장단이 늦은 진양조로 호흡이 길게 이어지는 형식이기 때문에 붙은 이름이다. 진양조의 '진'도 원래 길다는 '긴'의 의미일 가능성이 높다. 내용과 형식을 보건대, 긴 사랑가는 말과 눈으로 사랑을 나누고 익히는 과정을 노래한다.

반면 자진 사랑가는 몸으로 직접 사랑을 느끼고 몸으로 익히는 과정을 노래한다. 처음에는 눈으로 몸을 익혔다면 나중에는 몸으로 직접 실연實演을 통해 느끼려는 것이다. 곧 사랑의 점층법이다. 자진 사랑가에는 상대방이 사람이 아닌 것 같아 금이냐 옥이냐 하면서 정체를 확인하는 '금옥' 사설, 상대방이 무엇을 먹고 싶은지를 확인하는 '강릉백청' 사설, 업음질 사설, 말농질 사설 등이 있는데, 벗고 업고 타고 기는 사랑의 행위를 하면서 대화를 나누는 장면들로 구성되어 있다.

자진 사랑가는 긴 사랑가에 비해 사랑의 강도가 훨씬 더하다. 긴 사랑가가 늦은 진양조로 불리면서 호흡도 완만하고 정태적 관조의 정서가 우세했음에 비해 자진 사랑가는 최소한 중중모리장단 이상의 빠른 장단으로 불리면서 호흡도 빨라지고 감각적 정서도 급하게 흘러간다.

그것은 사랑 행위의 완급 과정을 그대로 닮아 있다. 자진 사랑가에서는 대화 내용도 성희의 농도가 점점 세진다. "시금털털 개살구 작은 이도령 서는 데 먹으려느냐"와 같은 대사도 서슴지 않고 행해진다. 거기에다가 두 사람이 몸으로 감촉하기까지 하니 그 얼마나 육체적으로 흥분되겠는가? 사랑가는 길게는 10여 개 장이 할애될 정도로 농도 짙은 정사를 점층적으로 그려낸다.

몸의 기억은 저항하는 힘으로 나타나

사랑가는 언표상으로만 보면 음란하다. 그러나 그것이 갖는 시대적인 의미는 위에서 살펴보았듯이 음란함을 상쇄하고도 남

춘향전의 인문학

는다. 그 시대에 태부족한 사랑의 감성을 백성들에게 널리 알린 공로도 **빼놓을** 수 없다. 이러한 시대적인 의미 말고도 사랑가는 그 자체가 사랑을 각자의 몸에 기억시키는 제의적 행위로서 그 플롯적 의미가 상당하다.

사랑의 환희가 일단 몸에 기억되면 이제 몸은 상황에 따라 저절로 반응하게 된다. 신관사또의 수청 요구에는 거절로 나타나고, 각종 감언이설과 신체적 위협에는 저항으로 나타나며, 극심한 태장에는 거뜬히 버텨내는 힘으로 나타난다. 춘향의 몸은 기억하고 있다. 이도령과 극도로 나눈 환희의 기억을, 그리고 진정한 사랑을.

3

춘향전은
성희의 국민 교과서

조선 후기는 각종 지식이 수입되고 유통되고 확산되면서 지식의 홍수를 이루던 시대였다. 그동안 몰랐거나 등한시한 각종 지식들이 대중의 눈앞에 펼쳐진 시대였다. 그것들은 주로 중국을 통해 들어왔다. 그 시대의 지식인들은 서양의 과학이나 종교에 자극을 받고 그동안의 사유 방식에 전환을 시도하기도 했으며, 중국의 실용적 지식과 도구 및 물산을 배우자고 주장하기도 했다. 서학의 수용이나 북학, 실학의 연구에는 성리학적 지식에 대한 약간의 시선 조정이나 전면적인 반성이 깃들어 있었다. 다양한 지식들이 수용·확산되면서 사유 방식도 혼류했던 시대가 우리 조선 후기 사회였다.

봇물 터진 성 담론

각종 지식들이 어지러울 정도로 눈앞에 풍성하게 현시되고 있었지만 단 한 가지 방면의 지식은 예외였다. 그것은 성에 대한 지식이었다. 성 지식은 어떤 계층에나 태부족했다. 유교적 이념에 투철한 조선 사회의 분위기상 성 지식이 박약한 것은 충분히 이해될 만하다. 조선 사회에서 성 관념은 철저하게 은폐되어야만 했으니까.

그나마 사대부들은 음담패설류의 소화笑話들을 통해 나름대로 성 경험담을 제한적으로 향유해왔다. 그러나 그것은 성에 대한 지식이라기보다는 성 경험 자체의 현시에 목적을 둔 우스갯소리에 불과한 측면이 있었다. 그것은 성 지식을 보급하는 차원의 것이라기보다는 파적거리의 차원이었다. 그렇지만 일반 백성들은 그런 차원의 것조차 접하기 어려운 게 현실이었다. 일반 백성들의 성 지식은 빈약하기 이를 데 없었다.

그런 와중에 계급사회의 완강한 벽에 금이 가면서 신분제에 좌절한 중인 계층을 중심으로 향락 풍조가 일어나고 성적 개방화의 바람이 불면서 성에 대한 지식이 일반에게 노출되기 시작한다. 성 담론이 사회적으로 공유되는 현상이 벌어진 것이다. 한번 둑이 무너지니까 봇물이 터지듯이 사회 전체에, 여러 문예 장르에 파급되었다.

그것은 일종의 지식의 확산 현상이었다. 풍속화에서는 여러 춘의도春意圖들과 나아가 춘화들이 제작되어 일반에게 퍼져 나가게 되었고, 사설시조와 같은 가창 장르로도 성 의식이 표출되었다. 가장 대표적으로는 판소리와 세태소설의 출현이다. 그것들은 성 담론이 오밀조밀하게 표현되어 있고 성행위의 과정이 비교적 소상하고 길게 서술되어 있어 여느 지식들보다 쉽게 전파될 수 있었으며, 사회적 파급력도 강했다.

아무리 사회 체제가 혼란스럽다 하더라도 조선 후기에 성에 관한 지식은 드러내놓고 말할 수는 없는 성질의 것이었다. 사람들의 심리 속에서는 표현의 윤리가 여전히 완강하게 작동되고 있었기 때문에 성 지식은 일종의 비전祕傳처럼 비밀스럽게 전해지는 성격을 띠었다.

성교 장면을 그린 춘화 그림들은 책자로 엮인 춘화첩으로 여항간에 은밀하게 유통되었다. 춘화첩은 소장 가치나 거래 가치를 염두에 둔 개인에게 소유되기보다는 성적 호기심이 발동하여 견문하기 위한 목적으로 소장되었다. 그래서 자기를 은근하게 과시하기 위해 다른 사람들에게 춘화첩을 보여주는 걸 자랑으로 삼았다. 그것은 잘 알려지지 않은 비밀스러운 지식을 알고 있는 사람이 그것을 발설하면서 그 지식 자체를 자신의 자랑거리로

춘향전의 인문학

삼는 경우와 비슷하다. 이렇게 남들에게 보여주기도 하고 빌려주기도 하면서 춘화첩에 실린 성 지식들은 점조직으로 사람들에게 퍼져 나갔던 것이다.

우리 춘화의 자연스러움

우리 춘화첩에 실린 성행위 장면들은 자연스럽고 사실적이다. 일본이나 중국의 춘화들과 비교해보면 그 점은 확연히 드러난다. 일본과 중국의 춘화들이 과장되고 기괴스럽게 성행위를 재현하고 있음에 비해 우리 춘화들은 사실성에 기반을 두고 그것을 자연스럽게 표현하고 있다. 일본과 중국의 춘화들은 또 근거리 화법으로 성행위를 포착하고 있어 그 괴기함과 과장됨이 더한 측면도 있다.

그에 비해 우리 춘화들은 멀리서 성행위를 포착해서인지 매우 자연스럽다. 방안의 광경 못지않게 야외에서 벌어지는 성교 장면이 많이 그려진 것도 자연스러움을 더해주는 요소다. 그리고 성인 남녀의 성교 장면을 훔쳐보고 놀라움과 신기함의 표정을 짓고 있는 동자를 그림 속에 삽입해 넣고 있는 경향은 한편으로는 한국적 해학 정신이 물씬 녹아나는 장면이면서 다른 한편으로는 성 지식의 전수를 극적으로 표현한 장면이기도 하다. 여기

열여섯 살 먹은 것들이 해괴망측하게시리

에 그림을 그리는 측이 성이라는 금기적 표현에 따른 윤리적 책임을 그림 속 동자와 나눠 갖거나 그에게 전가하려는 심리 작용도 볼 수 있다.

그리지 않고 그리기

우리 춘화들은 또 점잖다. 중국이나 일본 춘화들에 비해 야릇한 곳의 장면 확대나 이상한 체위 등을 좋아하지 않는다. 그래서 야하지 않다. 그리고 그냥 독자들에게 연상하게끔 하고 자세한 내용을 그리지도 않는다. 어디 별채인 듯한 섬돌에 남녀의 신발 두 켤레만 놓여 있는 그림을 보라.

화가는 남녀 신발만 클로즈업해서 독자로 하여금 구분할 수 있게만 해놓고 빠져 나갔다. 그 방 안에서 벌어지는 상황은 뻔한데, 그 나머지 상황은 독자가 알아서 상상하라고 남겨두었다. 남녀의 육체를 조금도 드러냄이 없이 성적인 접촉을 극대화한다. 이것이 바로 말하지 않고 말한 것이고, 그리지 않고 그린 것이다. 관음증적 상상력이 고도로 작동하는 사람들만이 누릴 수 있는 호사 취향이 아닌가? 천박함에 떨어지지 않을 만큼의 절제랄까. 그런 것을 우리 화가들은 춘화에서도 추구했다.

〈사시장춘(四時長春)〉

혜원의 작품으로 전하는 춘화도이다. 계곡물과 무성한 소나무 가지, 활짝 핀 도화꽃이 성행위를 상징하는 가운데 흐트러진 남자 신발은 성급한 마음까지 담고 있다. 술을 대령하는 여자 시종은 엉덩이를 뒤로 빼고 망설이지 않을 수 없다. 화가는 성행위를 그리지 않고 다 그렸고, 여자 시종은 보지 않고 다 본 것이다.

전 신윤복, 종이에 담채, 27.2x15cm, 국립중앙박물관 소장.

춘향전은 성 지식의 대중 보급판

춘화가 성 지식을 자극하는 충격 요법과 같은 것이라면, 조선 후기의 판소리 소설이나 세태소설들은 성 지식을 전 계층에 전파하는 보급판 같은 역할을 담당했다고 보인다. 춘화는 그래도 알게 모르게 은밀하게 전파하는 속성이라서 보급 속도가 그리 빠르지 않았다. 그러나 성 지식을 담고 있는 소설류들은 방각본으로 찍어서 대량 보급을 할 수 있었다. 더구나 판소리 같이 소리를 통해 공기로 전파되는 방식은 순식간에 대중 전파를 완료할 수 있는 것이었다.

춘향전은 판소리 중에서도 성 지식을 가장 체계적으로 간직하고 있는 작품으로서 우리 민족의 성 지식 함양에 가장 큰 기여를 했다고 봐도 무방하다. 남녀가 만나는 방식에서부터 이성을 다루는 방식, 성적 교합을 하는 방식에 이르기까지 과정 하나하나가 정밀하게 묘사되고 있는 것이다. 좀 과장해서 말한다면 춘향전은 성희의 국민 교과서라고 할 수 있다. 유교 사회에서는 음란 교과서라는 낙인을 찍고 있지만 그건 사회윤리적 효능만을 두고 얘기한 것이고, 성 지식의 보급 차원에서 보자면 성에 대한 국민 교과서라고 할 만한 것이다.

춘향이 명기라는 소문이 어떻게 한양까지?

신연하인 현신할 제, "사령 등 현신이요. 이방이요. 감
상이요. 수배요." "이방 부르라." "이방이요." "그 새 너의
골에 일이나 없느냐?" "예 아직 무고하옵네다." "네 골 관
노가 삼남의 제일이라지?" "예, 부림직하옵네다." "또 네
골의 춘향이란 계집이 매우 색이라지?" "예." "잘 있냐?"
"무고하옵네다." "남원이 예서 몇 리인고?" "육백 삼십 리
로소이다." 마음이 급한지라, "빨리 치행하라." 신연하인
물러나와, "우리 골에 일이 났다." 이때 신관사또 출행날
을 급히 받아 도임차로 내려올 제 위의도 장할씨고.

(「열녀춘향수절가」 47장 뒤, 48장 앞)

(……) 남대문 밖 썩 나서서 서리 중방 역졸 등을 거나
리고 청파 역말 잡아 타고 칠패 팔패 배다리 얼른 넘어
밥전거리 지내 동작이를 얼풋 건너 남태령을 넘어 과천
읍에 중화하고 사근내 미륵당이 수원 숙소하고 대황교
떡전거리 진개울 중미 진위읍에 중화하고 칠원 소사 애
고다리 성환역에 숙소하고 상유천 하유천 새술막 천안

읍에 중화하고 삼거리 도리터 진계 역말 갈아 타고 신구
덕평을 얼른 지내 원터에 숙소하고 팔풍정 화란 광정 모
란 공주 금강을 건너 금영에 중화하고 높은 행길 소개
문어미 널티 정천에 숙소하고 뇌성 풋개 사다리 은진 간
치당이 황화정 지애미고개 여산읍에 숙소하고.

(「열녀춘향수절가」 68장 뒤, 69장 앞)

(……) 전주에 득달하여 경기전 객사 연명하고 영문에
잠깐 다녀 조분목 썩 내달아 만마관 노구바위 넘어 임실
얼른 지내어 오수 들러 중화하고 즉일 도임할새 오리정
으로 들어갈 제, 천총이 영솔하고 육방하인 청로도로 들
어올 제, 청도 한 쌍 홍문 한 쌍 주작 남동각 남서각 홍
초 남문 한 쌍 청룡 동남각 서남각 남초 한 쌍 현무 북동
각 북서각 흑초 홍문 한 쌍 등사 순시 한 쌍 영기 한 쌍
집사 한 쌍 기패관 한 쌍 군로 열두 쌍 좌우가 요란하다.
행군 취타 풍악소리 성동에 진동하고 삼현육각 권마성
은 원근에 낭자하다. 광한루에 보전하야 개복하고 객사

에 연명차로 남여 타고 들어갈 새 백성소시에 엄숙하게 보이려고 눈을 별양 궁글궁글 객사에 연명하고 동헌에 좌기하고 도임상을 잡순 후, "행수 문안이요." 행수 군관 집례 받고 육방관속 현신 받고 사또 분부하되, "수노 불러 기생 점고하라." 호장이 분부 듣고 기생안책 들여 놓고 호명을 차례로 부르는데 낱낱이 글귀로 부르던 것이었다.

(「열녀춘향수절가」 48장 뒤, 49장 앞)

1

춘향을 그린
미인도가 있었을까?

신관사또는 이전부터 자신이 남원부사가 되는 게 꿈이었다고 한다. 남원골 기생 춘향의 소문이 어찌나 서울에까지 자자했던지 그는 남원부사가 되어 춘향의 수청을 받는 것을 학수고대했다고 한다. 그러나 남원에서 춘향은 애당초 기생 구실 마다하고 대비 정속하고 여염집 처자처럼 집안에서 수신하고 있었는데, 어떻게 해서 경향 간에 뛰어난 기생으로 이름이 났을까? 그것은 춘향이 아직도 기생직첩에 이름이 올라 있었기 때문에 가능했으리라고 생각된다. 그리고 더 중요한 것은 그녀가 천하일색이기 때문이었으리라. 기생 소임을 맡은 적이 없었는데도 유명한 것은 누가 봐도 그녀는 절색이기 때문이었다. 그리고 대비정속을 한 터라 설

춘향이 명기라는 소문이 어떻게 한양까지?

혹 기생직첩에서는 이름이 빠져 있었다 하더라도 퇴기의 딸이라는 사실은 부정할 수가 없었다. 그로 인해 아름다운 기생이라는 소문은 천리만리 퍼졌을 것이다.

혜원의 미인도 같이

그럼에도 춘향의 이런저런 사정을 신관사또가 어떻게 다 알 수 있었는지는 여전히 의문이다. 좀 단순하게 생각해서 혹시 신관사또가 춘향을 그림으로 먼저 본 것은 아니었을까? 조선 후기 풍류문화의 꽃으로 기생들이 중심에 서면서 유행했던 미인도의 모델로 기녀 춘향이 선택되었다고 해도 무리는 아니기 때문이다. 춘향은 이미 화폭에 담긴 이력이 있는 인물이 아닌가. 물론 그것은 20세기에 들어서 춘향 사당에 거는 초상화로 상상 속에서 제작한 미인도지만, 춘향의 시대에도 미인도에 대한 유혹이 없지 않았을 것이다. 여기에서 잠시 상상력을 좀 발휘해보자. 만약 춘향을 그린 미인도가 있었다면 다음과 같은 형식의 미인도가 아니었을까?

조선시대 미인도 중 백미에 속하는 혜원 신윤복의 그림이다. 조선의 미인도는 거의 기녀를 그린 것으로 판단된다. 물론 그림 속 미인이 기녀인지 사가녀(양반 사대부 집 여성)인지 겉모양으로 구분

〈미인도〉

전통 미인도 가운데 백미인 신윤복
의 미인도. 앳된 둥근 얼굴에 초승달
같은 눈썹, 그윽한 눈빛, 작지만 도
톰한 입술이 고전 미인의 전형을 보
여준다. 단이 짧고 소매통이 좁은 연
분홍 저고리와, 항아리처럼 부풀어
오른 쪽물 들인 회청색 치마가 절묘
하게 조화를 이루고 있다. 수줍은 듯
몸을 살짝 비틀고 노리개와 옷고름
을 만지작거리는 모습이 대장부를
뇌쇄시킬 만하다.
신윤복, 비단에 채색, 114×45.5cm,
간송미술문화재단 제공.

해내는 것은 어렵다. 기녀들이 사가녀들의 복식을 모방했고, 사가녀들은 또 기녀의 복식과 의장을 좋다고 따라 했기 때문이다.

기녀들은 나아가 의상과 장신구 등을 좀더 장식적으로 꾸몄다. 궁중과 여염을 가리지 않고 기녀의 복식을 따라 하느라고 사회적 비용이 많이 소용되었다. 머리에 올리는 가체만 하더라도 기생들이 당대의 패션을 선도하는지라 다들 점점 기생 머리처럼 화려해지고 풍성해지는 경향을 보여주었다. 하다못해 생선 장수 아낙네도 가체 머리를 틀어 올리는 게 현실이었다.

이 그림 속의 여자는 기녀로 보아도 거의 틀림이 없다. 이 여자가 사가녀가 아닌 까닭은 기생들을 그토록 선호했던 선비들도 막상 자신의 아내나 딸이 미인도로 그려지는 걸 쉽게 허락하지 않았을 것이기 때문이다. 미인도라는 장르 자체를 저평가하는 사회적 관습에 따르는 측면도 있었겠지만, 미인도가 갖는 기본적 속성, 즉 남자들의 관음적 시선 속에 둘 수밖에 없는 그림에 자기 여자를 내어놓을 수는 없었을 것이다. 한옥집의 배치도 그렇지 아니한가? 집의 밖에서부터 행랑채, 사랑채를 배열하고 가장 안쪽에 여성들이 기거하는 안채를 배치하듯이 자기 집 여자들은 숨기고 싶은 존재였던 것이다.

풍만함이 당시의 미적 기준

그림 속의 여인은 뺨이 통통하니 전체적인 몸집이 풍만하다. 조선시대의 여러 다른 미인도들도 풍만한 여인을 그렸다는 점에서는 동일하다. 아마도 풍만함은 그 시대에 선호하는 여성의 체형이었으리라고 생각된다. 아름다움의 기준은 시대마다 달라지는데 오늘날과는 사뭇 다른 기준이었던 것이다.

이 여인은 의복에서도 이미 기생임을 내비치고 있다. 저고리 길이가 매우 짧아서 여밈 사이로 가슴이 드러날 정도다. 또한 저고리 품이 몸에 딱 맞고 소매통이 좁아서 상체의 곡선이 그대로 드러난다. 깃과 섶, 고대, 진동 등이 작고 짧아서 여성스러운 아기자기함을 더한다. 고름은 위로 바짝 올라가 목이 노출되는 것을 최대한 막아주고 있다. 가슴이 드러나게 되니까 허리띠가 가슴 위에 매어졌다. 저고리에 비해 치마는 길고 넓다. 마치 항아리처럼 봉긋하게 펑퍼졌다. 아마도 이런 모양을 내려면 속옷을 겹겹이 입어야 될 듯하다. 날렵한 저고리와 둥그런 치마의 조화. 오늘날의 감각으로 볼 때도 볼륨감이 있으며 섹시하다. 연분홍인 듯한 저고리 색감과 남색 치마의 배합도 상당히 세련된 멋이 있다.

선비들은 이런 기녀의 의상을 보고 요사스럽다고 한마디씩 했을 것이다. 그러나 그건 진심이 아니었을 터. 이런 기녀의 모습에 흠뻑 취해 풍류방을 열심히 드나들던 당시 선비들이었다.

기녀들의 의상이 이처럼 멋스럽게 세련됨을 뽐내자 규방의 여인들이 하나둘 이를 흉내 내기 시작했다. 기녀는 당대의 진정한 패셔니스타였다. 저고리와 치마뿐만 아니라 가체 머리, 백분 화장, 연지, 눈썹 화장 등 모든 치장 방법이 뒤바뀔 정도로 당시의 여성 문화는 기녀로 해서 한바탕 요동을 쳤다. 신분에 따른 의복 착용 규범 같은 것은 그 시대에는 완전히 무용지물이 되었다. 기녀는 양반 부녀들만 착용할 수 있다는 겹치마와 삼회장저고리도 마음대로 변용해서 입었고, 규중 여인네들은 그걸 다시 모방했다.

춘향 초상은 미인도와는 사뭇 달라

춘향의 미인도 얘기가 나왔으니 춘향 사당에 걸린 춘향의 초상화 얘기도 좀 해야겠다. 남원 광한루 바로 옆 춘향 사당에 춘향 그림이 걸려 있다. 전형적인 미인도는 아니다. 미인도라면 모사 대상이 된 실제 모델이 존재하면서 당대 상황을 반영하는 그림이어야 하는데, 춘향은 소설 속의 허구적 인물일 뿐만 아니라 몇 세대 전의 인물이기 때문이다. 그러므로 춘향 사당의 그림을 굳

〈춘향〉

이당 김은호 화백이 그린 춘향의
초상화. 앞의 혜원의 미인도와는
사뭇 다르다. 마른 체형과 갸름한
얼굴선, 작은 아래턱은 현대 미인
형에 가깝다. 진하고 두꺼운 눈
썹, 정면을 응시하는 눈초리, 우
뚝한 코와 꽉 다문 입술에서 결기
가 느껴진다. 기생이 아닌 열녀를
그리고자 했기 때문이다.

이 분류하자면 초상화라고 해야 할 것이다. 이 그림을 그린 이당 김은호 화백은 조선왕조의 마지막 어진화가로서 수많은 인물화를 그렸다. 이충무공, 논개, 신사임당 등의 초상화를 제작한 경험이 있는 사람이다. 친일 논란이 있는 인물이지만 여기에서는 그림 자체에 국한해서만 얘기하려고 한다.

춘향의 그림은 혜원의 미인도와는 사뭇 다르다. 저고리와 치마 등 의상은 우리네 전형적인 한복 스타일 그대로다. 저고리가 풍영해졌고 옷고름이 길고 넓게 처리되었으며 치마는 주름을 일정하게 접어 쭉 늘어뜨렸다. 옥색 저고리와 붉은 치마가 결코 가볍지 않은 중압감을 주며 권위를 지니고 다가온다. 고름과 깃, 소매 끝동 등이 검은색으로 된 점도 그림에 무게감을 주는 데 일조한다.

춘향의 몸매 또한 풍만함과는 거리가 있다. 좀 마른 체형에 갸름한 얼굴선과 작은 아래턱은 현대적 미인형에 가깝다. 이 초상이 그려진 것이 20세기 초이니 당대의 미인관이 작용했으리라. 다소곳하고 아담한 얼굴형과 작은 입술 모양 등은 옛 미인도 전통을 따르고 있지만 진한 눈썹과 커다란 눈, 그리고 뭉뚝한 코와 길쭉하게 치켜 올라간 귀 등은 미인도 제작 관습에서 비켜나 있다.

미인도의 전형에서 벗어난 이 춘향 그림은 소설 속 춘향의 성격과 무관치 않다. 춘향을 생산하고 소비했던 문예 향유자들이 춘향을 어떻게 보고 있느냐와 관계가 있다는 말이다. 춘향의 그림을 그린 사람도, 춘향이 그림 속에서 어떻게 보여야 한다고 주장하는 사람들도 춘향이 기생이어서는 안 된다는 견해를 가졌던 것은 아닐까. 적어도 춘향을 기생처럼 보이게 해서는 안 된다는 암묵적 합의가 당시의 모든 사람들한테 있었던 것이 아닐까. 여기서 우리는 춘향을 사랑한 민족적 심성이 소설 속 인물의 성격뿐 아니라 그림 속 인물의 성격도 규정하고 있음을 볼 수 있다.

춘향이 열녀인 한, 춘향을 기생처럼 그렇게 풍만하게 그려서는 안 되었다. 혜원의 미인도처럼 가느다란 눈썹의 경쾌함과 웃음기 띤 눈과 입의 조화, 몸에 딱 달라붙는 저고리와 볼륨감 있는 항아리치마의 패션 감각은 기생이 아닌 춘향에게는 전혀 어울리지 않는다. 진하고 두꺼운 눈썹과 정면을 응시하는 눈초리, 우뚝하면서도 뭉뚝한 코와 꽉 다문 입술 같은 데서는 결기마저 느껴진다. 이런 얼굴 모습이 반듯하게 쪽진 머리와 저고리 · 치마 등 의상과 한데 어우러져 어떤 묵직하고 독한 기운을 빚어낸다. 춘향은 지금 주장한다. 자신이 한낱 기생이 아니라 열녀라고.

춘향이 명기라는 소문이 어떻게 한양까지?

2

점심 먹고 자고,
점심 먹고 잔다는 노정기

춘향전에서는 한양에서 남원까지 가는 노정이 두 번 나온다.
그것은 신관사또가 부임할 때 먼저 나오고, 나중에 이도령이 암
행어사가 되어 내려올 때 나온다. 두 번의 노정기 사설은 완전히
똑같지는 않지만 어구상 약간의 넘나듦만 제외하면 서로 비슷하
게 짜여 있다. 이로 미루어보건대, 표현 단위의 어떤 공식이 작동
하고 있음을 알 수 있다. 비슷한 상황에서는 언제라도 가져다 쓸
수 있도록 표현 단위를 정형화함으로써 매번 창작하는 수고를
덜기 위한 것이다. 고전소설이 현대소설의 그것과는 사뭇 다른
창작 문법으로 쓰인다는 것을 알 수 있는 대목이다.

김정호의 지도 길 그대로를 가다

한양에서 남원까지 가는 노정은 어림잡아 짧게는 7박8일에서 길게는 9박10일쯤 걸렸다. 전주 지방의 명승지를 여기저기 탐방하는 데 걸린 시간이 약간 모호하고, 또 거기에서 남원까지 가는 여정의 경과 시간이 분명하게 표현되지 못한 탓이다. 그런데 전라도 초입까지 가는 노정기 사설은 시종 점심 먹고 자고, 점심 먹고 자고를 반복하는 패턴으로 이루어진다. 어디서 중화中火하고 어디서 숙소宿所하는지를 매번 꼼꼼하게 고지하고 있는 것이다.

그것은 하루의 노정을 두 번으로 끊어서 한나절에 어느 정도 가는지를 쉽게 계산하기 위함이 아니었을까. 하루 낮 동안에 가는 거리는 점심을 기점으로 양분할 수 있기 때문이다. 낮이 긴 여름에는 한나절이 6시간쯤 되고 짧으면 5시간이나 4시간이 될 수도 있다.

한양에서 남원까지 가는 노정은 오늘날의 지명으로 하면 대충 다음과 같은 동선이 그려진다. 서울에서부터 수원-오산-평택-천안-공주-논산-익산-완주-삼례-전주-임실-오수-남원까지다. 이들 각 지역 사이에 지나는 주요한 읍과 주막, 고개, 다리, 나루, 역, 장시 등이 빼곡하게 사설 속에 들어선다. 이 노정을 고증한 결과에 의하면 조선의 대표적 관도인 삼남대로三南大路와 아주 유

춘향이 명기라는 소문이 어떻게 한양까지?

사하다.

〈대동여지도〉를 만든 김정호는 『대동지지』에서 조선의 10대로를 들고 있다. 남원에 이르는 춘향전의 노정은 여기에서 두 개의 대로로 구성된다. 한양에서 삼례역까지는 남지해남팔대로南至海南八大路를 따라가는 길이고, 전주에서 남원까지는 남지통영별로십대로南至統營別路十大路를 가는 길이다. 남쪽으로 해남에 이르는 길이 김정호가 말한 여덟 번째 길이고, 남쪽으로 통영에 이르는 길이 열 번째 길이다.

조선시대의 삼남대로는 대부분 현재의 국도가 되었다. 이 남원 가는 노정을 현재 국도와 겹쳐 보면 다소 벗어나는 노정들이 있긴 하지만 전체적으로는 거의 일치한다고 말할 수 있다. 그러나 아무래도 국도를 만들 때는 굽은 길을 펴기도 하고, 궂은 땅이라도 개발하고 포장하면 통행이 괜찮으므로 조금씩 옛길로부터 이탈하는 경우도 생겼다. 그걸 감안하더라도 춘향전의 남원 가는 노정은 전반적으로 국도를 따라가는 노정이라고 해도 무방하다. 물론 현재의 국도는 초창기의 국도와는 또 많이 달라졌으므로 그 정확한 차이를 가늠하기는 쉽지 않다.

한양에서 남원까지의 노정

김정호가 〈대동여지도〉를 완성한 후 저술한 전국 지리지인 『대동지지(大東地志)』에는 한양에서 팔 도로 가는 10개 대로가 조사되어 있다. 신관의 노정은 한양에서부터 삼례(전주 근처)까지는 팔대로 (한양-해남)를 따라 내려가고, 삼례부터 남원까지는 십대로(삼례-통영)를 따라 내려간다.

노들나루보다 동작나루를 더 많이 이용해

　신관사또의 여정은 남대문에서 시작된다. 공식 명칭인 숭례문이라 하지 않고 남대문이라는 속칭을 사용한 것은 춘향전 노정기의 성격이 공식적이고 규범적이라기보다는 일상적이고 서민적인 감각을 지향하고 있기 때문이다. 이런 지향은 노정기 내내 지속된다. 청파역과 칠패 팔패는 노정으로 보면 순서가 뒤바뀌어야 하지만 노정이 시작되는 남대문에 청파 역말을 대령하여 바로 말에 올라탔다고 이해하면 될 것 같다.

　청파역은 현재 갈월동 쌍굴다리 근처로 추정되는데 조선시대 관원들이 타는 말을 관리하던 역참이 있던 곳이다. 칠패 팔패는 조선시대 삼군문에서 성 내외의 순라 지역을 여덟 개로 나누어 순찰을 도는 체제에서 비롯된 말이다. 제7구역과 제8구역에 해당하는 이곳은 남대문 밖 바로 왼편에 있는 지금의 염천교 근처로 추정된다. 칠패 팔패 구역은 당시 마포나루 등을 통해 올라오는 어물의 집산지로 널리 알려져 있다.

　그리고 이곳 기생들도 성 내외의 다른 기생들보다 약간 격이 떨어진다고 인식된 듯하다. 칠패 팔패 기생이라면 기생을 가장 하대하여 부르는 대표적 명칭이다. 이는 이곳의 기생을 부르는 명칭이지 기생의 등급을 여덟 가지로 나눴다는 것이 아니다. 조선시대 기생은 대체로 어전에서 가무를 하는 1패, 사대부 집에 출입하는 은근짜라고 하는 2패, 술집에서 노는 3패로 구분되는 것이 통상적이다. 칠패 팔패 기생은 공식적 구분으로는 3패 정도에 해당하리라고 본다.

남대문에서 현재의 동자동과 남영동 쪽으로 난 한강대로는 최근세에 새로 난 길이고, 당시에는 칠패 팔패 쪽으로 약간 내려와서 서울역 뒤 청파로를 따라 길을 갔으리라고 추정된다. 남영동 쪽으로 더 내려가면 징검다리가 하나 나오는데 그것이 배다리다. 배다리는 정조가 화성능행을 할 때 한강에 배들을 쭉 연이어 도열시키고 그 위에 길을 낸 것이 대표적 사례인데, 작은 시냇가에도 배다리를 낸 듯하다. 이 배다리가 후대에는 돌다리로 바뀌어 돌모루로 불렸다 한다. 지금의 동자동과 남영동 사이 어딘가다. 특히 이 지역은 나중에 철로 개설로 천지개벽이 되어 흔적을 상고할 길이 없다.

밥전거리는 삼각지 근처로 여겨지며 길을 떠나는 길손들에게 든든한 먹을거리를 제공하는 주막거리다. 아침을 먹고 출발하는 사람들한테는 그냥 지나치는 주막촌이었다. 서울로 들어가는 사람들한테는 마지막 허기를 채울 수 있는 장소가 된다. 여기에서 동작나루로 가는 길과 노들나루로 가는 길로 나누어진다. 신관 일행은 동작강을 건너는 삼남대로를 택한다.

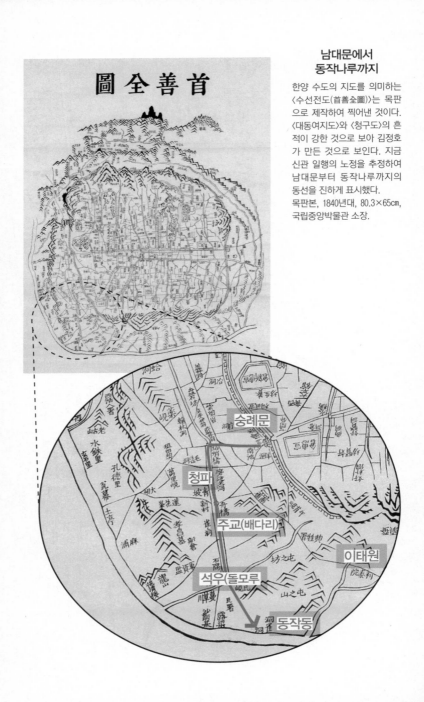

남대문에서 동작나루까지

한양 수도의 지도를 의미하는 〈수선전도(首善全圖)〉는 목판으로 제작하여 찍어낸 것이다. 〈대동여지도〉와 〈청구도〉의 흔적이 강한 것으로 보아 김정호가 만든 것으로 보인다. 지금 신관 일행의 노정을 추정하여 남대문부터 동작나루까지의 동선을 진하게 표시했다.
목판본, 1840년대, 80.3×65㎝, 국립중앙박물관 소장.

圖全善首

숭례문
청파
주교(배다리)
석우(돌모루)
이태원
동작동

동작나루는 흔히 동자기 또는 동재기나루로 불렸다. 이 나루를 관할하는 관원들의 횡포가 날로 심해졌다고 한다. 처음에는 관선이 운행하면서 정해진 뱃삯을 받다가 나중에는 사선 제도로 바뀌면서 뱃삯 외의 급행료를 요구하는 등 횡포를 일삼은 것이다. 동작강을 건너면 승방평이라 불렸던 지금의 이수와 사당역 부근을 지나 남태령을 넘어 과천읍에 들어선다. 남태령은 옛날 여우가 많이 살아 여우고개라 했다. 그런데 후대의 남태령에는 통행인들의 금품을 빼앗는 도적패들이 종종 출현했다고 하니 여우가 사람으로 변한 것이 아닌가.

남태령을 넘으면 바로 과천읍이다. 신관 일행은 여기서 점심을 먹었다고 했다. 과천은 예부터 텃세가 좀 셌다. 길손들에게 문세라고 하는 통행세를 받는 관행도 있었다 한다. 뭣도 없으면서 자기를 과시하는 사람을 가리켜 '지가 뭐 과천현감이라도 되나?'라는 속담이 있을 정도면 과천의 관원들이 좀 뻐겼던 것 같다. 속된 말로 군기를 잡는 관행이 이곳 과천에는 있었다. 이 때문인지 시흥–영등포–노들나루를 지나는 시흥별로를 이용하는 사람들이 점점 많아졌다고 한다.

지나는 곳 이름을 쭉 읽어내면 한 편의 노정기

과천읍에서 중화를 한 신관 일행은 남행 노정을 이어가는데 사근내와 미륵당이를 거쳐 수원읍에 들어가 숙박한다고 했다. 사근내는 지명이 한자로 바뀐 것_{사은내→고천}古川이라 추론하면 현재의 의왕시 고천동이 된다. 미륵당은 현재 수원시 파장동에 있는 효행공원 주변의 유적터다. 조선 중기에 세워진 법화당이라는 당호를 지닌 건물 속에 미륵 석불입상이 모셔져 마을 주민들의 예불 대상이 되어왔다. 우리나라에는 땅이나 마을 이름에 접미사 격의 '~이'가 붙은 지명이 많다. 이러한 관습으로 볼 때, 미륵당이는 꼭 이 법화당만을 지목하는 것이 아니라 이 마을 전체를 부르는 이름이었다고 생각된다.

수원에서 일박을 한 일행은 화성 안에 있는 돌다리 대황교를 건넌다. 대황大皇교는 현재 수원시 대황교동이 있을 정도로 지역의 대표성을 지닌 건축물이다. 정조 임금이 건너다니던 다리라고 한다.

성환역에 숙소하고 나서 거쳤다고 하는 상류천 하류천은 지금의 수원시 세류동에 있는 지역 이름이 아닌가 한다. 사실 다른 이본에서는 상류천과 하류천이 수원 여정을 말할 때 등장하기도 한다. 이처럼 여정을 순서에 어긋나게 말하는 경우가 종종 발견되는데 이는 사설의 와전이나 광대의 착오에서 비롯하는 것이다. 여정을 왕복한다든지 여정 체험을 여러 번 겪은 사람들도 오르내릴 때가 똑같은 길이므로 상행이냐 하행이냐를 명확하게 지각하지 않는다면 여정의 순서가 뒤섞이는 일이 종종 일어날 법도 하다.

떡전거리와 진개울은 모두 화성시 태안읍 병점리에 위치한 지역명이다. 떡전거리에서 지금의 지명 '병점餠店'이 나온 것은 주지의 사실이다. 떡전거리는 떡가게도 있었을 테고 '떡전'의 전廛은 가게를 뜻한다 떡장수들도 행길에 나와 떡을 판 데서 유래했다. 진개울은 마을 앞으로 긴 냇물이 흘러서 진개울긴개울 또는 진계울이라 불렀다 한다.

이처럼 춘향전 노정기 사설의 지명들은 관의 공식 지명보다는 당시 관습적으로 부르던 지명을 선호하는 경향이 있다. 그래서 이름들이 더 친근하고 정겹게 다가온다. 지역의 사투리와 특유의 호흡까지도 지명이 담아내는 측면이 있다. 당시 이 노정을 수없이 반복해서 걸었던 판소리 광대들의 시선과 정서가 이 이름들에 내재되어 있다. 지명들을 쭉 얽어내어 음악적인 율격을 만들어내는 솜씨에서도 그 광대들의 빛나는 재치를 우리는 감득해낼 수 있다.

중미는 고개 이름으로 오산 내삼미동에 위치해 있다. 중미현

峴이라고도 하고 '중메' 또는 '중뫼'라고도 한다. 노정에 나오는 고개길들은 옛 정취를 그대로 간직하고 있는 경우가 많다. 신작로에 주도권을 뺏기고 방치되어 있지만 가끔 지나는 길손들에게 낭만을 간직한 풍경을 선사하는 것이다.

진위는 당시 군아軍衙가 있던 읍치邑治로서 여기서 신관 일행은 점심을 먹는다. 그러고 나서 지금의 평택시에 속하는 칠원 소사 애고다리를 거쳐 성환역에서 숙박을 하게 된다. 칠원은 지금의 평택시 칠원동으로서 갈원이라고도 했다. 소사는 지금의 평택시 소사동 원소사이고, 애고다리는 안성천 변에 있던 아교 또는 애교라고도 불렸던 다리이다. 성환역은 역말이 있었던 지금의 천안시 성환읍 성월리 지역이다.

이와 같이 한양에서 출발한 여정은 점심 먹고 자고, 점심 먹고 자고를 반복하면서 점점 남원을 향해 내려간다. 하루에 걸을 수 있는 최대 거리를 쉬지 않고 갔던 것이다. 이러한 여정은 춘향을 빨리 보고 싶은 신관사또의 조급한 마음을 보여주는 데도 제격이다.

3
신임부사는
시끌벅적하게 부임해야

지방 수령의 부임 행렬

조선시대 수령 방백들이 각 고을에 부임할 때는 온 고을이 흥분과 긴장의 분위기로 고조되었을 것이다. 지방민만 그런 게 아니라 부임하는 당사자로서도 긴장되기는 마찬가지일 터다. 그러한 긴장을 해소하는 방법 중 하나로서 본부에 부임하는 행차를 한껏 치장하고 과장하는 걸 선호하지 않았을까. 긴장을 감추고 위엄을 드러내는 식이다. 춘향전 다른 이본에서는 신관사또가 백성들에게 일부러 무섭게 보이기 위하여 가마에 앉아 눈을 부릅뜨고 행차한다고 했다. 처음부터 얕잡아 보이지 않으려고 부임 행렬을 지나치게 부풀리려는 심경도 이해 못할 것은 아니다.

지방의 수령 방백이 부임하는 광경을 잘 보여주는 그림이 있다. 단원 김홍도가 그린 것으로 알려진 〈안릉신영도〉다.

〈안릉신영도〉는 황해도 안릉의 신임 현감 부임 광경을 담은 행렬도이다. 일개 지방 현감의 부임 행차가 이렇게 화려하고 풍성했다. 청도기를 비롯한 번기를 든 기수 48명이 앞에 서고 군뢰, 악대, 집사, 아전, 세요수, 기생, 배행, 책실, 좌수 등이 긴 행렬을 이루어 장관을 연출하고 있다. 현감의 부임 행차가 이러할진대 모르긴 해도 남원부사의 부임 행차는 이보다 더 했으리라. 그리고 과시욕이 강한 변사또의 경우 행렬의 위세를 최대로 갖추고자 독려했을 것이 뻔하다.

행렬의 시작은 기치로부터

신관사또 행렬이 남원에 입성할 때의 광경이 아주 자세하게 묘사되어 있는 것은 모든 춘향전 이본의 공통점이다. 신관의 행렬도 〈안릉신영도〉처럼 맨 먼저 깃발들이 선도한다. 형형색색의 큰 깃발들이 행렬의 맨 앞에서 선도하는 것은 뒤따르는 후대들이 멀리서도 깃발들의 움직임을 보고 정해진 대로 행동을 취할 수 있게 하기 위함이다. 이는 모든 병법의 기본이 된다.

춘향전의 인문학

남색 바탕에 가장자리는 붉은색 천을 댄 청도기가 맨 앞에 서는데, 그것은 청도기가 노상의 행인을 금지하고 길을 치우는 역할을 하기 때문이다. 기치들은 대개 쌍으로 구성된다. 그것은 행렬이 길을 갈 때는 좌우로 편성된 편대가 같이 나아가기 때문이다. 또한 기치들은 오방색을 기준으로 오군편제_{선봉, 좌군, 중군, 우군, 후군}를 나타낸다.

정조대의 대표적 병법서인 『병학지남』에 깃발과 악대의 편성과 운용에 대한 사항이 자세하게 기술되어 있다. 이는 정조의 〈화성능행도〉에 그려진 군대 편성뿐 아니라 〈안릉신영도〉의 편성에도 반영되어 있다. 그리고 춘향전의 신관사또 부임 행렬 묘사도 이들과 같다. 『병학지남』에 의하면, 누런 기는 중군이고, 붉은 기는 선봉군이며, 파란 기는 좌군이고, 흰 기는 우군이며, 검은 기는 후군이다.

신관사또 부임 행렬에 동원된 기치만 하더라도 20여 종류에 이른다. 행군이 길지 않을 경우에는 〈안릉신영도〉처럼 기치들이 앞쪽에 몰려 있을 수도 있지만, 행오가 길면 멀리서는 보이지 않으므로 정조의 화성능행처럼 중간중간 기치부대를 편성하는 것이 보통이다. 신관사또 부임 행렬에는 안릉현감 부임 행렬처럼 기치부대를 앞에 몰아 편성했던 것으로 보인다. 실제 군사의 행군 대열이 아닌 의전 행사 목적이므로 맨 앞에 웅장하게 포진시

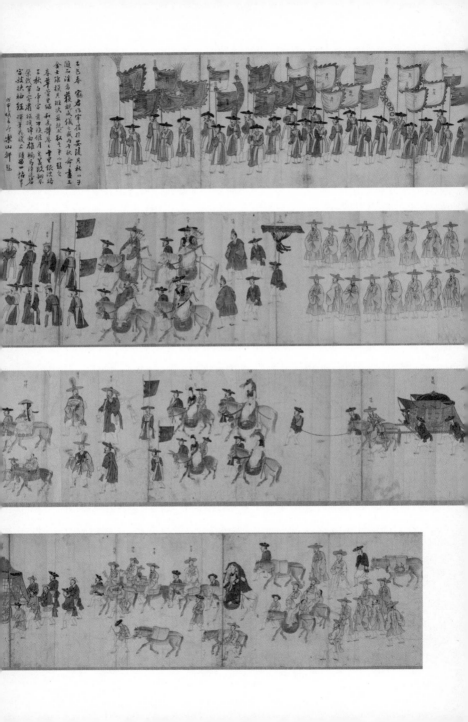

〈안릉신영도(安陵新迎圖)〉

이 그림의 제작에는 김홍도가 참여한 것으로 알려져 있다. 행렬도는 각종 행사도와 함께 두루마리로 제작하여 보관하기도 했지만 임금에게 자기 고을의 상황을 보고하는 용도로도 쓰였다. 안릉현감의 부임 행렬은 장대한 기치부대가 앞장서고 군뢰사령, 악대, 중군, 아전과 수노, 또 다른 악대와 기생, 내행 등의 순서로 배열되어 있다. 춘향전에 묘사된 행렬의 규모나 순차와 크게 다르지 않다.

전 김홍도 외, 종이에 채색, 25.3×633.0cm, 국립중앙박물관 소장.

킨 것으로 이해하면 된다.

기치부대를 뒤따르는 웅장한 소리의 취타대

오방기와 고초기들은 세우고 흔들고 눕히는 등의 움직임을 통해 각 군영에 정해진 수신호를 보내게 된다. 이에 따라 각 군영은 전투 준비를 하기도 하고 대열을 정비하기도 하고 쉬기도 하는 등 행동하게 된다. 그리고 기치부대를 바로 뒤따르는 취타대에 각종 신호를 보내는 것이다. 그러면 나팔, 징, 호총, 바라, 북, 호적, 피리 등으로 구성된 취타 악대는 음악을 연주하게 된다.

취타 악기의 소리 내는 방식에 따라 특정한 신호가 군영에 전달되기도 한다. 예컨대 북을 천천히 치며 나팔을 불면 대열을 대대로 편성하라는 것이고, 소리를 길게 빼어 불면서 기를 가로 흔들면 어떤 곳을 향해 몸을 돌리라는 것이며, 길게 한 번 불면 고함을 지르며 일제히 총이나 활을 쏘라는 것이다.

신관사또의 부임 행렬은 깃발과 악대가 군대 신호용의 동작을 하기보다는 행군시의 도열 형식과 취타 연주를 했을 것으로 보인다. 깃발이 숲을 이루고 악대가 취타 풍악을 울리는 가운데 그 뒤를 따르는 행렬도 굉장하지 않았을까.

먼저 남원 관아의 근속자들은 총동원되어 행렬에 참여했다.

아전과 향리, 군관과 군로, 각종 사령, 통인과 방자 등 수많은 인원이 정식 근무 복장을 하고 무기 장비를 들고 행렬에 절도 있게 참여했다. 기생들도 관속이기에 꽃단장을 하고 행렬에 참여했다.

신관사또의 가솔들도 가마를 타거나 말을 타고 가고, 사또가 한양에서부터 가져온 가재도구들도 수레나 말 등에 잔뜩 실려 있다. 여인네들은 말 위에서 장옷을 뒤집어쓰기도 하고 차양하기 위한 큰 갓을 쓰기도 했다. 행렬의 후방에는 신관사또 본인이 가마를 타고 위엄을 드러내기 위해 엄숙한 표정을 하고 앉아 있었을 것이다.

행렬은 신분별로 구분되기도 하였겠지만 여러 곳으로 분산 배치되기도 했다. 말을 탄 무관들은 여러 곳에 배치되어 소단위 대오를 이끄는 식으로 편성되었을 것이고, 악대도 한 곳에 집중되지 않고 여러 곳에 분산 배치되었을 것이다. 취타 풍악이 하늘 높이 울려 퍼지는 가운데 행군하는 군사들이 권마성勸馬聲을 힘차게 외치니 고을이 떠나갈 듯 했을 것이다. 구경나온 지방민들이 행렬에 호응하니 남원읍 전체가 일대 장관을 이루었을 것이다. 남원부사의 도임 행사는 이렇게 화려하고 왁자지껄하게 행해졌다.

춘향이 명기라는 소문이 어떻게 한양까지?

장면 7

쑥대머리에 귀곡성,
나 죽을 꿈이로다

옥중에 들어가서 옥방 형상 볼작시면 부서진 죽창 틈
에 살쏘느니 바람이요 무너진 헌 벽이며 헌 자리 벼룩
빈대 만신을 침노한다.

(……) 쑥대머리 귀신형용 적막옥방의 찬 자리에 생각
난 것이 님뿐이라. 보고지고 보고지고 한양 낭군을 보고
지고. 오리정 전별 후로 일장서를 내가 못 봤으니 부모
봉양 글공부에 겨를이 없어서 이러는가. 여인신혼 금슬
우지 나를 잊고 이러는가. 계궁항아 추월같이 번듯이 솟
아서 비치고저. 막왕막래 막혔으니 앵무서를 내가 어이
보며 전전반측에 잠 못 이루니 호접몽을 꿀 수 있나. 손
가락에 피를 내어 사정으로 편지헐까. 간장의 썩은 눈물
로 님의 화상을 그려볼까. 녹수부용의 연캐는 채련녀와
제롱망채엽의 뽕따는 여인들도 낭군 생각 일반이나 날
보다는 좋은 팔자. 옥문 밖을 못 나가니 뽕을 따고 연 캐

것냐. 내가 만일에 도련님을 못 보고 옥중고혼이 되거드
면 무덤 근처 섰는 낭기 상사목이 될 것이오. 무덤 앞에
있는 독은 망부석이 될 것이니 생전사후 이 원통을 알아
줄 이가 뉘 있더란 말이냐. 아무도 모르게 울음을 운다.

「임방울 창 '쑥대머리' 가사」

(……) 춘향이 깜짝 놀래 깨어보니 꿈이로다. 옥창 앵도
화 떨어져 보이고 거울 복판이 깨어져 보이고 문 위에 허
수아비 달려 보이거늘, "나 죽을 꿈이로다." 수심 걱정 밤
을 샐 제, 기러기 울고가니 일편 서강달의 행안남비 네
아니냐. 밤은 깊어 삼경이요 궂은 비는 퍼붓는데 도깨비
삑삑 밤새 소리 붓붓 문풍지는 펄렁펄렁, 귀신이 우는데

난장 맞아 죽은 귀신 형장 맞아 죽은 귀신 결령치사 대
롱대롱 목 매달아 죽은 귀신 사방에서 우는데 귀곡성이
낭자로다. 방 안이며 추녀 끝이며 마루 아래서도 애고애
고 귀신 소리에 잠들 길이 전혀 없다. 춘향이가 처음에

는 귀신 소리에 정신이 없이 지내더니 여러 번을 들어놓으니 파겁이 되어 청성 국거리 삼잼이 세악소리로 알고 들으며, "이 몹쓸 귀신들아, 나를 잡아 가려거든 조르지나 말려므나. 엄급급 여율령 사파쉐!" 진언 치고 앉았을 때 옥 밖으로 봉사 하나 지나가되

「열녀춘향수절가」 64장 앞, 뒤)

　　(……) "그 꿈 장히 좋다. 화락하니 능성실이오, 파경하니 기무성가. 능히 열매가 열어야 꽃이 떨어지고, 거울이 깨어질 때 소리가 없을손가. 문상에 현우인하니 만인이 개앙시라. 문 위에 허수아비 달렸으면 사람마다 우러러볼 것이오. 해갈하니 용안견이오, 산붕하니 지택평이라. 바다가 마르면 용의 얼굴을 능히 볼 것이오, 산이 무너지면 평지가 될 것이라. 좋다, 쌍가마 탈 꿈이로세. 걱정마소."

「열녀춘향수절가」 67장 앞, 뒤)

1

민족의 심금을 울린
임방울의 '쑥대머리'

춘향이 옥중에서 부르는 자탄 사설은 춘향가 판소리의 눈대목으로 자주 불리는 소리다. 그중에서도 '쑥대머리'로 알려진 소리 대목은 춘향가에서 매우 중요한 위치에 있다. 주인공 춘향의 심리적 정서를 한마디로 압축 요약해낼 수 있는 대목이기 때문이다.

쑥대머리로 데뷔하고 일약 스타덤에

'쑥대머리'는 명창이라면 부르지 않는 사람이 없을 정도로 가창 필수 대목이 되었다. 그러나 '쑥대머리' 하면 누가 뭐래도 임방울을 꼽지 않을 수가 없다. 임방울이 시골 또랑광대 시절을 청산하고 서울에 올라와 협률사 데뷔 무대에서 쑥대머리를 불러 일약 판소리계의 스타가 되었다는 전설은 너무도 유명하다. 하룻밤 자고 일어나니 스타가 되어 있더란 말은 바로 이 경우를 가리킨다. 임방울이 쑥대머리를 위해 태어났든지, 아니면 쑥대머리가 임방울을 위해 태어났든지 둘 중의 하나는 확실하다.

쑥대머리가 폭발적 인기를 얻게 된 데에는 사설과 성음의 세계가 절묘하게 어우러지면서 매혹스러운 성역이 구축되는 예술적 현상에서 비롯된다. 그러나 여기에 하나 더 추가하여 당시의 역사적 상황, 일제 치하의 혹독한 시절이었다는 점을 빼놓을 수 없다. 그러한 참혹한 시절이기에 옥중에서 죽어도 좋다는 춘향이의 당찬 각오가 어울리고, 몸부림부터 치고 싶은 계면조의 애연 처절한 가락이 어울린다. 이 또한 시대적 배경이 사설 내용과 성음을 살려준 것인지, 아니면 사설과 음악이 시대적 배경을 소환한 것인지 모를 정도로 아주 딱 밀착되어 있다.

옥중 귀신이 생각만 요란

쑥대머리 귀신형용/ 적막옥방의 찬 자리에/ 생각 난 것이 님뿐이라./ 보고지고 보고지고/ 한양 낭군을 보고지고./ 오리정 전별 후로/ 일장

임방울 명창

임방울(1905~1961)은 조그마한 체구지만 미남이라 여성 팬들이 많았다. 쑥대머리로 일약 판소리계의 스타가 되어서도 당시 유행하던 창극보다는 정통 판소리창을 고수했던 광대였다. 임방울이 판소리 애호가였던 벽소 이영민이 써준 한시 편액 옆에 서 있다. 그 내용은 소리가 장쾌하고 맑아 무대에 오르면 장안 사람들을 휘어잡는다고 했다. 마치 만학천봉에서 경쇠소리가 쟁그랑거리는 것 같다고 했다.

쑥대머리는 모든 의미적 요소들이 옥방에 갇혀 있는 춘향의 육체적·물리적·심리적 정황과 관련을 맺고 있다. 쑥대처럼 산발한 춘향의 귀신과 같은 머리는 옥방이라는 환경에서 비롯한다. 환경적 요인은 그 밖에도 '적막함'이라는 옥방의 분위기라든가, '찬 자리'라는 옥방 공간의 속성, 그리고 나아가 임의 '편지 없음'이라는 사건적 상황과도 관련을 맺는다. 그리고 나서 옥중 춘향의 심리적 상태가 조명되는데, 그 초점은 '임 생각'에 맞춰져 있다. 님을 그리워하는 마음은 편지가 없다는 사실에서 더욱 증폭되지만 다른 한편으로는 엉뚱한 생각이 일어나는 단초가 되기도 한다. 편지가 없음은 무엇 때문일까?

부모 봉양 글공부에/ 겨를이 없어서 이러는가./ 여인신혼 금슬우지 / 나를 잊고 이러는가./ 계궁항아 추월같이/ 번듯이 솟아서 비치고져.

그래서 부모 봉양이나 글공부에 겨를이 없는 이도령이 머릿속에 그려지기도 하고, 다른 여인과 금슬 좋게 사는 이도령의 모습이 연상되기도 한다. 후자의 경우는 상상하기 싫지만 편지 없음의 배경이 된다는 점은 부인하기 어렵다. 그래서 춘향은 계궁으로 도망간 항아처럼 달이 되어 임의 앞에 나타나기를 꿈꾼다.
그것은 임을 보게 됨으로써 그리움의 회포를 푸는 방법이기도
하며, 임에게 자신의 존재를 다시 한 번 각인시키는 방법이기도
하다.

막왕막래 막혔으니/ 앵무서를 내가 어이 보며/ 전전반칙에 잠 못 이
루니/ 호접몽을 꿀 수 있나.

그러나 옥중이라는 냉엄한 현실이 다시금 상기된다. 오갈 데
없다는 '막왕막래'는 그래서 춘향이 처한 물리적 상태이기도 하
고 심리적 정황이기도 하다. 이렇게 왕래가 꽉 막힌 구조이기 때
문에 임의 편지를 볼 수 없다는 위안을 할밖에 수가 없다. 그런데
꿈에서나마 임을 볼 수 있으면 좋으련만 밤에는 '전전반측' 잠에
들 수 없어 그것도 불가능한 것이 춘향이 처한 상태다.

손가락에 피를 내어/ 사정으로 편지헐까./ 간장의 썩은 눈물로/ 님의
화상을 그려볼까./ 녹수부용의 연캐는 채련녀와/ 제롱망채엽의 뽕따
는 여인들도/ 낭군 생각 일반이나/ 날보다는 좋은 팔자.

임에게서 편지가 없다면 이쪽에서 편지를 쓰자고 생각하지만

쑥대머리에 귀곡성, 나 죽을 꿈이로다

붓과 먹이 없어 쓸 수 없다. 그래서 생각해내는 것이 손가락에 피를 내어 혈서를 쓰는 방법이다. 그러한 간절함이 간장의 썩은 눈물로 보고 싶은 임의 화상을 그려보고자 하는 소망으로 연결된다. 임의 편지를 받을 수 없는 것은 전쟁터에 남편을 보낸 연 캐는 여인네나 뽕따는 여인네와 비슷하지만, 춘향 자신의 물리적 상태는 그나마 자유로운 그네들과는 달리 옥문 밖으로 한 발자국도 나갈 수 없는 처지인 것이다. 자신은 연 캐고 뽕 딸 수 없는 상황이므로.

> 옥문 밖을 못 나가니/ 뽕을 따고 연 캐것나./ 내가 만일에 도련님을 못 보고/ 옥중고혼이 되거드면/ 무덤 근처 섰는 남기/ 상사목이 될 것이오./ 무덤 앞에 있는 독은/ 망부석이 될 것이니/ 생전사후 이 원통을/ 알아 줄 이가 뉘 있더란 말이냐./ 아무도 모르게 울음을 운다.

그래서 춘향은 결국 하나의 도피처를 찾는다. 옥문 밖으로 나갈 수 없는 상황이라면 옥중원혼이 될 수밖에 없는 것이기에 그걸 받아들이기로 작정하는 것이다. 그래서 옥중원혼은 춘향의 의지적 소망이 표출된 것이다. 춘향은 무덤 곁에 있는 돌과 나무로 자신을 전이시킴으로써 자신은 망부석과 상사목이 되어 결국에는 임을 기다리는 존재로서 영원한 형상을 부여받고자 한다.

춘향전의 인문학

온몸을 쥐어짜는 거친 소리

옥중 춘향의 신세타령을 임방울은 서럽고 한스러운 계면조 가락으로 부르고 있다. 계면조는 애연하고 처절한 가락으로서 견딜 수 없는 간절함을 표현하는 데 아주 적절하다. 그러나 계면조를 슬프게 쥐어짜는 애상조의 가락으로만 보면 오산이다. 임방울의 계면조는 가느다란 애상조의 선율이 시김새가 풍부하게 요동치면서 유장하게만 흘러가는 그런 가락이 아니다.

임방울의 계면조는 오히려 거칠다. 온몸을 쥐어짜서 내지르는 목타루목을 통과하는 소리의 세기와 결, 음색 등에 대한 통칭는 피가 밭아가는 듯하게 격렬하다. 그래서 그것은 웅장 호방한 우조의 창법을 많이 닮았다. 그런 점에서 임방울 소리를 우조와 대립되는 계면조 일방으로 해석하면 곤란하다.

임방울의 소리는 우조와 계면조와 같은 편의상의 구분 잣대로 평가하기보다는 성음의 색깔과 목구성 방식으로 접근하는 것이 훨씬 적절하다. 임방울의 다른 대목 소리도 그러하지만 쑥대머리에 보이는 소리의 성격은 충충하면서도 웅숭깊은 여유를 지니고 있다.

그것은 그의 성음이 목이 약간 쉰 듯한 이른바 수리성이라는 점과도 관련이 있다. 목구성이 좋고 힘찬 소리를 청구성이라 하

쑥대머리에 귀곡성, 나 죽을 꿈이로다

는데, 그러한 청구성에 오랜 수련이 가해져 목이 쉬고 곰삭은 경지에 이른 소리가 바로 수리성이다. 그래서 수리성에는 애련 처절하고 몸부림치듯 쥐어짜는 애원성의 창조도 깃들 수 있고, 통성으로 내질러 거칠게 뱉어내는 소리나 상청의 격렬한 창조도 깃들 수 있다.

상청과 하청, 웅장 호방함과 애련 처절함을 두루 자유자재로 소화할 수 있는 성음이 수리성인 것이다. 모든 수리성이 그러하다고 하는 말에 잘못이 있다면, 최소한 임방울의 소리에 국한해서 그렇다고 한다면 전혀 지나치지 않다. 그래서 임방울의 소리에 대해 웅장 호방한 우조의 흐름 속에서 빚어지는 그늘 짙은 계면조의 분위기가 난다고 평가하는 것은 충분한 이유가 있다.

슬픔 속에만 안주하지 않아

임방울의 소리에 계면조의 분위기가 나는 것은 임방울의 목구성 운용에서 남도의 대표적 소리인 육자배기와 흥타령의 창조인 육자배기목이 가미되어 있다는 것이 주요한 이유 중 하나다. 육자배기목에는 애원성이 끼어 있어 애연 처절한 한 맺힌 정조로 인식되곤 한다. 그러나 임방울이 구사하는 육자배기목은 소리의 끝이 끈적거리고 흐늘거리는 창법에서 벗어나 소리의 끝을 과감하게 내지르고 끊고 던지고 꺾는 파격적 운용법을 겸비하고 있다. 그리하여 서럽고 한스러운 분위기를 이루면서도 시원하고 웅숭한 기운이 솟아오르는 힘찬 정조가 형성되기도 하는 것이다.

임방울의 소리는 대체로 애원성의 성음을 웅장하고 호방한 성음 속에 용해시킴으로써 슬픈 정조가 애련함 속에 갇히지 않고 힘차고 밝게 채색되는 경향을 보여준다. 슬픈 정조를 내면에서 삭이고 익혀 나가면서 오히려 밝은 삶의 지평을 열어주고 확 트이게 하는 것이다.

쑥대머리가 내용상의 서러움과 한스러움을 표현하기 위하여 애연 처절한 가락에만 의존하고, 온몸을 쥐어짜고 몸부림치는 창법으로 슬픔의 정조 속에만 안주했다면, 쑥대머리는 우리 소리 중 비극적 대목의 하나라는 평가는 받았을망정, 소리 중의 소리라는 평가는 받을 수 없었을 것이다. 그리고 어마어마한 대중의 인기를 얻을 수도 없었을 것이다.

쑥대머리에 귀곡성, 나 죽을 꿈이로다

2
형벌은 수령 방백
마음대로 하나

　태장을 맞고 옥에 갇힌 춘향은 혹독한 어둠의 시간을 보낸다. 춘향이 이렇게 된 것은 신관사또의 수청을 거부해서다. 춘향의 입장에서 보면 사또의 수청 요구부터가 이해되지 않는 일이었다. 춘향은 성참판의 서녀로서 아버지 쪽은 양반의 피를 타고 났다. 그럼에도 어머니 월매가 기생이었기 때문에 당시의 법률_{종모}법 또는 천자수모법에 의해 춘향도 기생인 것은 사실이었다. 그게 월매에게는 천추의 한이 되어 춘향은 어려서부터 예의범절 교육을 받고 여공_{女功}에 힘쓰며 수신서들을 공부하는 등 여염집 처자 이상의 교양을 쌓게 된다. 그리고 자기 대신 계집종을 천역에 넣고 자신은 속신하는 대비정속 절차까지 마쳤던 것이다.

춘향전의 인문학

형식은 완벽하게 갖추었지만 사회 인식이

이로써 형식적으로는 완벽하게 춘향은 기생이 아니다. 그런데도 잡아다가 수청을 들라니 기가 막힐 노릇이었다. 춘향 쪽 사람들은 자신이 처신만 잘하면 된다는 것을 너무 믿었고 요식에 너무 기댔다. 그러한 형식적 절차들은 그야말로 요식 행위에 불과했던 것이다. 사회적 관행이 더욱 중요하다는 것은 간과하고 있었다.

사회적 관행상 춘향은 그저 관에 속한 기생이었다. 조선시대에 관기는 하나의 관물처럼 취급될 따름이었다. 오라면 오고 가라면 가고 수청 들라면 수청 드는 것이 기생의 생리였던 것이다. 그러므로 관기인 춘향이 관장의 수청을 거부한 것은 있을 수 없는 해괴한 사태였다. 물론 이 대목은 소설상의 장치로서 채택된 것이었고 역사적 사실 이상의 리얼리티를 갖는 서사적 힘으로 작용하고 있다. 주제의식의 핵심이 여기서 생성된다는 것은 두말할 필요도 없다. 다만 현실을 보면 해괴망측한 일이 아닐 수 없다는 것이다.

여기서 만약 춘향을 변호하는 변호인이 있었다면, 대비정속한 일은 물론이고 춘향이 기적에서 빠져 있다는 것, 다시 말해 기생 안에 춘향의 이름이 없다는 것이 춘향의 기생 아님을 증거한다

쑥대머리에 귀곡성, 나 죽을 꿈이로다

고 변호했을 것이다. 그러나 그것은 서류상의, 그리고 이론상의 허약한 논변에 불과하다. 이것들은 춘향의 어머니 월매가 퇴기라는 오갈 데 없는 사실에 의해 한 번에 무너지는 성질의 것일 따름이다.

신관의 온정주의를 바라는 것은 연목구어

신관사또는 기생의 딸은 기생이라는 사회의 관행적 인식을 철저하게 신봉했다. 또한 그것은 당시의 법리적 인식이기도 했다. 신관사또의 이러한 법리적 인식은 지역을 통치하는 관장으로서 어쩌면 당연히 갖춰야 할 인식이라고 할 수 있다.

다만 양반 서녀로서 천역을 벗어나고자 하는 인간적 염원이라든지, 전임 관장 자제와의 관계 등을 통해 수청의 불가함을 호소하는 춘향 개인의 사정을 완전하게 무시하는 등 인간적 면모를 전혀 찾아볼 수 없다는 것이 신관의 문제라면 문제다. 색에 대한 욕심을 채우고자 한 것도 포함해서 말이다. 그러나 신관에게 이러한 온정주의와 사적 윤리에 의한 인간적 일처리를 바라기엔 신관은 너무 냉정했다. 법리적 인식의 선을 한 발짝도 양보하려고 하지 않았다.

그렇다면 기생 점고에 불참하고 자신의 수청 요구를 거절한 춘향을 태장 몇십 도에 치게 하고 칼 씌워 옥에 가둔 신관의 행위는 법리적 한도 안에 있는가? 춘향을 겁박하여 수청을 받을 요량이었다면 감옥에 가두는 정도로도 충분하고, 춘향의 잘못임을 밝히고 법대로 사건을 처리하고자 할 것 같으면 춘향의 이름을 기적에 회복하는 것으로도 족하다. 그럼에도 신관은 춘향을 마치 죽일 듯 매질에 강도를 더하라고 불호령을 내린다. 이런 과도한 형벌은 분명 법리적 차원과는 거리가 먼 행위이다. 신관의 그런 명령은 분노의 표출이자 극악스런 발작에 가깝다.

수절에도 상하 구별이 있소?

신관의 이러한 악랄한 행위에 불을 당긴 것은 바로 춘향 자신의 언설이었다. 신관이 수청을 요구했을 때 충신은 두 인군을 섬기지 아니하고 열녀는 지아비를 바꾸지 아니한다는 만고의 진리를 통해 자신의 신조를 비유적으로 얘기한 것이 신관의 비위를 뒤틀어 놓는 계기가 된다. 신관이 볼 때 기생이 열녀가 되고 나아가 기생이 정절을 주장하는 해괴한 논리가 펼쳐지고 있었기 때문이다. 그래서 신관은 기생이 수절하면 우리 대부인 마나님께서는 요절을 하겠다고 비아냥거린다. 말장난이다. 하도 기가 막혀서 언어유희로 냉소를 대신한 것이다.

쑥대머리에 귀곡성, 나 죽을 꿈이로다

신관은 이렇게 장난을 치려 하지만 춘향은 계속해서 진지하다. 대부인 수절이나 춘향 수절이나 마찬가지 수절이지 수절에도 상하 층차가 있냐고 대거리한다. 신관으로 하여금 머리끝까지 화가 치밀어 올라가게 한 말은 '열불경이부烈不更二夫'를 자신에게 대입했듯이 '충불사이군忠不事二君'을 신관사또에게 대입하여 던진 물음이었다. 당신은 행여 나라가 불행해지면 두 임금을 섬기겠느냐는 당돌한 내용이었다.

이 물음은 춘향이 자신이 열녀임을 전제로 하여 상대방의 충절을 확인해보려는 의도를 내비치고 있어서 상당히 도전적으로 느껴진다. 이 언설로 인해 춘향은 머리채를 잡힌 채 동헌 마당으로 끌어 내려지고 만다. 그러고 나서 극악스러운 매질이 이어진다.

오로지 관장 개인의 판단에 의해

그런데 신관사또의 권위가 심각하게 도전받고 훼손되었다고 해서 그와 같이 과도한 형벌이 신속하게 결정되고 행사되고 있다는 점은 문제다. 그것은 형벌의 수준이 신관 개인 판단에 의해 자의적으로 결정되고 그것이 즉각 집행되어도 괜찮은가에 대한 문제 제기다. 여기에서 보이는 신관의 대처 방식은 자신이 느낀 격분에 대한 즉각적 응징 내지는 보복의 차원으로 보인다. 무척

춘향전의 인문학

〈매 맞는 여인〉

조선시대 지방 수령은 태형 이하의 경미한 민형사 사건을 처리하고 그 이상은 각 도의 관
찰사에게 올리는 것이 원칙이나 유명무실하게 되었다. 여자의 경우에는 옷을 입힌 채로 형
을 집행하는 것이 원칙이었다고 한다.

김윤보, 『형정도첩(刑政圖帖)』, 개인 소장.

원시적인 형벌의 집행이다.

당시 행정적 상황은 지역의 관장이 군사권, 행정권, 인사권 등의 전권을 너무 쉽게 행사하는 것이 관행이었다. 그래서 권한의 남용과 오용이 항상 문제가 될 수밖에 없었다. 국가를 운영하는 임금도 육조에서 올리는 보고를 보고 그에 합당한 절차를 거쳐 권한을 행사하는 것이 원칙인데, 지역의 관장이 상황을 정리하고 숙의하고 판단하고 집행하는 절차를 거의 다 생략한 것은 물론이며, 오로지 개인 한 사람의 판단으로 모든 것을 처리하는 것이다. 조선시대 지방의 수령 방백들은 이러한 일처리 방식을 지극히 당연한 것으로 받아들였다. 이방, 형방과 같은 관원들은 자기 수족과 같이 부릴 수 있는 부하 정도로 인식될 따름이었다. 완벽한 일인천하였던 것이다.

관리와 기생의 갈등이 없을 리 없건만

우리는 지방의 수령 방백이 어떻게 권한을 남용하고 오용하고 있었는지를 춘향전의 신관사또를 통해 단적으로 보았다. 특히 관기를 개인 소유물처럼 다루던 관장의 전근대적 사고방식을 알 수 있다. 그런데 이와는 반대로 기생을 대하는 양반사대부들의 낭만적 시선에 대한 기록 또한 조선시대의 각종 야사나 야담에 차고 넘친다. 기생과의 로맨스를 낭만 어린 시선으로 보듬어 안고자 하는 사대부들의 의식이 그대로 드러난다. 반면 기생과 관장 사이의 각종 갈등에 대한 기록은 거의 찾아볼 수 없다. 춘향의 경우에 비추어보면 그건 아이러니가 아닐 수 없다.

기생에 대한 관의 횡포가 없을 리 없을진대, 부정에는 침묵하고 낭만적 서사로 일관되게 포장한 것은 기록의 진술 주체가 사대부였으며, 관기들의 체념적 인식도 배경에 있었을 것이다. 기생이라는 소임이 태생적으로 관에 묶여 있다고 인식했기 때문에 관의 횡포에 당하고 살아온 것이 기생의 일생이었다. 그렇지만 기생 중에서도 의식 있는 기생들은 당당하게 맞서 자신의 뜻을 주창하기도 했다. 춘향전에서 신관이 기생이 수절한다는 것이 말이 되느냐고 했을 때 충절로 이름을 빛낸 여러 지역의 기생들 이름을 나열하면서 춘향 자신도 그들을 따르고자 한다는 뜻을 피력했던 것이다.

죄는 미워할지라도 사람은 불쌍히 여겨야

관장의 횡포에 반발했다가 춘향이 당하는 인신적 형벌은 과도하기 이를 데 없다. 관장 한 사람의 자의적 판단에 의해 법이 집행되는 폐해가 심각하다. 이 점은 지배계층과 피지배계층을 막

론하고 모든 사람들이 인지하고 있었다. 그러나 조선 후기로 갈수록 이러한 경향이 점점 심해져 사회 문제로까지 대두된다.

다산 정약용은 지방 수령 방백들의 이러한 형벌 남용에 대한 책을 쓴 바 있다. 『흠흠신서欽欽新書』다. 다산은 지방 수령들이 죄수에 대해 흠휼欽恤사상에 의거하여 재판해야 한다는 점을 그 책에서 강조하고 있다. 죄인을 처벌할 때 죄는 미워할지라도 그 사람은 불쌍히 여겨야 한다는 생각으로 사건의 전말을 신중히 다루어 억울한 경우가 없도록 해야 한다는 것이다. 정조가 정약용을 불러들여 형조참의에 임명하고 전국의 모든 형사사건을 재검토하라는 교지를 내림으로써 지어진 것이 이 책이다.

춘향전의 남원부사가 춘향에게 내린 형벌은 정조와 다산이 꿈꾼 정의와 정의로운 나라의 구상에 크게 어긋난다. 백성들에 대한 형벌이 남용될 때 사회적 불만이 쌓이고 민란이 일어나며 국가를 떠받치는 기둥들이 속으로 썩어 들어간다는 점을 춘향전의 신관사또는 알기나 할까?

3

꿈은 반대로
해석해야 좋다?

춘향전에서 허봉사는 춘향의 꿈을 역으로 해석한다. 꽃이 떨어지는 꿈은 꽃이 떨어져야 열매를 맺을 수 있으므로 길한 꿈이라고 해석한다. 거울이 깨지는 꿈은 거울이 깨질 때 소리가 크게 나므로 우렁찬 소리가 난 배경에는 좋은 일이 깃들었을 가능성이 높다고 해석한다. 문 위에 허수아비가 달려 있는 꿈은 허수아비를 올려다봐야 하기 때문에 우러러볼 만한 일이 생기므로 좋다고 해석한다. 현상적으로 보면 흉한 일들이지만 거꾸로 보니까 길한 일이 된다. 이렇게 꿈을 역으로 해석하는 것은 보기만큼 쉽게 되지는 않는다. 거기에는 논리적 정합성이라는 바탕 위에서 어떤 역설의 묘가 성립되어야 가능하기 때문이다.

쑥대머리에 귀곡성, 나 죽을 꿈이로다

꿈은 현실적 소망 충족인가?

사람들은 보통 꿈에 나타나는 것을 현실의 연장으로 생각한다. 단순하게 해석하려는 것이다. 어찌 보면 이렇게 현실적 연결성을 보는 것이 더 설득력 있어 보이기도 한다. 눈에 보이는 가시적인 세계를 더 믿지 않을 수 없는 것이다. 백문이 불여일견이라고 했던가. 눈에 보이지도 않은 허상을 진실이라고 믿으라는 것은 사람의 심리적 속성상 선뜻 받아들이기가 어려운 것이다. 인간이 현실에서 바라고 소망하는 것이 잠든 사이 표출된다고 생각하는 것이 합리적일 수 있다.

프로이트도 꿈은 소망 충족이라고 했다. 현실에서의 소망을 충족하는 곳이 꿈이라는 의미다. 어떤 소년은 알프스의 고봉 마터호른 정상에 오르는 것이 가장 큰 소망이었다. 그런데 오래전 계획한 가족 산행이 취소되고 절망에 빠진 날 밤, 소년은 꿈에서 마터호른 정상에 올랐다. 꿈에서 소년의 바람은 이루어졌다.

어떤 아가씨는 언니의 애인을 남몰래 짝사랑하고 있었다. 그런데 집안의 큰 조카가 죽은 아주 불행한 날, 언니의 애인이 조문을 온다는 소식에 아가씨는 속으로 많이 설레었다. 그리고 나서 아가씨는 작은 조카가 죽는 꿈을 꾸었다. 프로이트 박사는 이것도 언니 애인을 또 보고 싶은 아가씨의 소망이 꿈에서 충족된 것이라고 해석했다.

또 시어머니를 아주 싫어하는 한 중년 여성이 프로이트 박사에게 심리치료를 받고 있었다. 어느 날 그녀는 시어머니와 바캉스를 함께 가는 끔찍한 꿈을 꾸었다며 프로이트의 지론을 반박하는 항의성 문의를 해왔다. 거기에 대해 프로이트는 내 지론이 틀렸다는 것을 증명하는 것이 당신의 소망이라고 해석해주었다.

현실과 반대로 해석해야 할 꿈도 많아

프로이트의 소망 충족 이론은 꿈이 항상 현실의 연장은 아니라는 것을 말해준다. 위의 중년 여성의 꿈은 꿈 해석에 여러 가지 맥락이 개입할 수 있다는 점을 확인해준다. 당연히 역으로 해석해야 할 꿈도 많다.

예컨대 누군가와 헤어지는 꿈을 꾸었다면 오히려 그것은 상대방과의 관계가 돈독해짐을 의미할 수 있다. 헤어져 상처를 받지 않으려는 마음이 꿈으로 나타나게 되었다고 얼마든지 해석할 수 있으니까. 부모가 죽어 굴건을 쓰게 되는 꿈은 현실적으로는 흉사이지만 정신적이고 물질적인 유산을 받는다는 의미를 지닐 수 있다. 부모의 고귀한 뜻을 얼마나 받들 수 있을지 노심초사한다든지, 유산에 갈망이 크다든지 할 경우에 그런 꿈은 얼마든지 나타날 수 있다.

우리는 전통적으로 꿈을 반대로 보는 관점에 어느 정도 익숙해 있다. 집이 불타는 꿈, 똥·돼지·구더기 등이 나오는 더러운 꿈을 좋다고 해석하는 경향이 있는 것이다. 반대로 좋은 일이 벌어진 꿈은 개꿈이라 하지 않는가.

꿈을 반대로 보라고 가르치는 주역과 음양사상

꿈 해석의 묘미는 반대로 해석할 때 나온다. 그것은 거울에 비친 자신의 행동이 어색한 것과 마찬가지다. 꿈은 현실과는 반대로 잠잘 때 나타나는 현상이므로 현실과 반대로 나타날 가능성도 있는 것이다. 우리의 전통적 사고도 꿈을 반대로 보라고 가르친다. 흔히 점괘 책으로 잘못 알려져 있는 『주역』은 꿈을 반대로 해석하라고 대놓고 가르치지는 않지만 꿈 해석에 어떤 태도를 지니는 것이 좋은지를 설명한다. 그것은 상반상성相反相成이라고 하는, 서로 반대되는 것들의 대립이 항상 나쁜 것이 아니라 지탱하고 이루어지게 하는 측면이 있다는 사고이다. 그것은 궁극적으로 음양사상과 만난다.

음양陰陽은 원래 햇빛이 비치는 언덕과 그늘이 진 언덕을 의미하는 문자였다. 여기에서 중요한 것은 이 두 장소가 밀접하게 이웃하는 공간이라는 사실이다. 햇빛이 있는 반대편에 그림자가 있고, 그림자가 있는 반대편에 빛이 있다는 사실이 중요한 것이다. 그러니까 음양이란 서로 긴밀한 관계, 상호의존적 관계에 있다. 음의 개념에는 이미 양이 전제되어 있고, 양의 개념에는 이미 음이 전제되어 있다.

음양은 이렇게 서로를 조건 짓는 관계다. 음과 양은 상호 모순적이고 대결적이고 배척하는 관계로 보이지만 절대 상대방을 부정할 수 없다. 상대에 대한 부정은 바로 자신을 부정한 셈이 되는 까닭이다. 이미 상대방이 내 안에 들어와 있기 때문이다. 반대로 상대방을 긍정하고 인정하면 내 자신도 높아진다. 상호 모순적 관계는 상호 성취의 관계가 되는 것이다. 그러니까 서로 반대가 되어야 서로를 이루어줄 수 있다. 서로를 완성해주니까 상반상성이다. 반대가 뭉쳐야 발전의 원동력이 되는 것이다.

우리는 너무 흑백논리에 익숙해 있다. 아니면 아니고 기면 기고, 다르면 배척하는. 그러나 남녀관계도 그렇고, 하늘과 땅, 좌와 우, 동과 서, 남과 북 등 대립적이고 대치적인 관계 항들이 모두 균형 잡히고 조화로울 때 뭔가 이루어지는 법이다.

『주역』의 이러한 논리에 의하면, 꿈은 현실과 반대로 꾸는 것이 좋을 수 있다. 꿈과 현실을 음양관계 또는 시소관계로 볼 수 있기 때문이다. 꿈을 현실과의 균형을 유지시켜주고 발전시켜주는 매개체로 보아야 할 이유인 것이다. 그러므로 꿈에 좋은 일이 일어나면 더 신중하게 행동하고, 나쁜 일이 생기면 실망하지 말고 마음을 굳게 먹는 것이 좋다. 『주역』은 바로 그런 태도에 대해 얘기하고 있는 셈이다.

용기를 북돋워주기 위한 꿈의 해석

우리 속담도 꿈 해석의 그런 점을 말하고 있지 않나. "꿈보다 해몽이 좋다"거나 "꿈은 잘 못 꾸어도 해몽이나 잘 하여라"라는 말이 있는데, 그것이 반대로 해석하는 일을 경고하는 말 같으면서도 그와 반대로 이루어지리라는 소망을 은근히 내비치는 말로도 들린다.

나쁜 꿈을 반대로 좋게 해몽하는 데서 그 핵심은 용기를 북돋워주는 것에 있지 않을까. 춘향전에서 허봉사는 절망에 빠진 옥중의 춘향 꿈에 대해 구원자의 등장과 영광의 도래를 예지하는 기막힌 점괘 능력을 보여주고 있다. 그런데 그것은 소설 플롯상 의도에 의해 꿰어맞춘 듯한 냄새를 진하게 풍긴다. 너무 싱겁고 허망하기까지 하다. 그렇게 신통방통한 점술가가 그때 마침 옥방 곁을 지나고 있었다니!

이 장면을 더욱 극적으로 반전시켜보자. 춘향의 꿈을 해몽해준 허봉사는 옥중의 춘향이 수절한다니 그 기개가 가상하여 뭔가 도움이 되고 싶은 참이었는데 흉몽을 물어왔으니 반대로 길몽으로 해석해주었다. 그것은 전적으로 춘향을 격려하고 용기를 북돋워주기 위함이었다. 하지만 그 해석이 그렇게 귀신같이 딱 맞아떨어질 줄은 봉사 꿈에도 몰랐다.

쑥대머리에 귀곡성, 나 죽을 꿈이로다

장면 8

장모는 거지 사위를
제일 싫어해

"그 안에 뉘 있나?" "뉘시오?" "내로세." "나라니 뉘신가?" 어사 들어가며, "이서방일세." "이서방이라니? 옳지, 이풍원 아들 이서방인가?" "허허, 장모 망령이로세. 나를 몰라, 나를 몰라." "자네가 뉘기여?" "사위는 백년지객이라 하였으니 어찌 나를 모르는가?" 춘향의 모 반겨하여, "에고 이게 웬일인고. 어디 갔다 이제 와. 풍세대작터니 바람결에 풍겨 온가, 봉운기봉터니 구름 속에 싸여 온가? 춘향의 소식 듣고 살리려고 와 계신가? 어서어서 들어가세." 손을 잡고 들어가서 촛불 앞에 앉혀 놓고 자세히 살펴보니 걸인 중의 상걸인이 되었구나. 춘향의 모 기가 막혀, "이게 웬일이오?" "양반이 그릇되매 형언할수 없네. 그때 올라가서 벼슬길 끊어지고 탕진 가산하여 부친께서는 학장질 가시고 모친은 친가로 가시고 다 각기 갈리어서 나는 춘향에게 내려와서 돈 천이나 얻어 갈까 하였더니 와서 보니 양가 이력 말 아닐세." 춘향의 모 이 말 듣고 기가 막혀, "무정한 이 사람아, 일차 이별 후로 소식이 없었으니 그런 인사가 있으며, 후기인지 바랐더니 이리 잘 되었소. 쏘아 놓은 살이 되고 엎지러진 물이 되어 수원수구를 할까마는 내 딸 춘향 어쩔라냐?" 홧김에 달려들어 코를 물어 뗄라 하니, "내 탓이지 코 탓인가. 장모가 나를 몰라보네. 하늘이 무심해도 풍운조화와 뇌성전기는 있나니." 춘향모 기가 차서, "양반이 그릇되메 갈농조차 들었구나."

(「열녀춘향수절가」 75장 뒤, 76장 앞뒤)

1

장모가 거꾸로 신 신고
뛰어나간다 하였으나

현대 사회에서 장모와 사위의 관계는 껄끄럽게 되었다지만 전
통 사회에서 사위는 백년손님이라거나 사위 사랑은 장모라거나
하는 속담이 생겨날 정도로 호의적이었다. 그것은 자기 딸이 평
생을 호강하느냐 고생하느냐가 오롯이 사위 손에 달려 있던 전
통 사회의 인식에서 비롯되는 측면이 가장 강할 것이다. 그래서
사위가 먼 길 처가에 찾아오기라도 하면 얼마나 반가운지 장모
가 신을 거꾸로 신고 마중 나간다고 했다. 가을 아욱국은 사위만
준다고도 했다. 장모가 보여주는 이러한 환대는 사위가 진정 예
뻐서라기보다는 자기 딸의 안위가 더 걱정되어서이지 않았을까.
속담에 딸 없는 사위라는 말이 있는데, 이는 딸이 없는데 사위가

무슨 소용이냐는 것이다. 딸이 없으면 자연 사위의 존재란 필요 없는 것이 되니까.

사위와 장모의 관계가 좋을 수밖에 없는 이유

고대 인류의 모습과 의식을 연구하는 문화인류학적 관점에서 보면, 사위와 장모의 관계가 좋을 수밖에 없는 각별한 이유가 있다. 옛날에는 도둑 결혼이 성행해서 딸을 둔 부모는 젊은 남자가 두려울 수밖에 없었다. 자기 딸을 언제 보쌈해갈지도 모를 놈이었기 때문이다. 장모가 사위에게 잘해주는 이유는 이러한 잠재적 도둑들로부터 딸을 보호하려는 욕망 때문이다. 그런 오랜 인류의 욕구가 유전된 결과라는 것이다. 환심을 사기 위해 잘 보이려고 하는 태도의 유전자다. 그렇지만 그 이면에는 보쌈이 함축하는 어떤 두려움의 인자도 들어 있지 않을까.

사위와 장모 사이에는 서로를 기피하는 고대 사회의 또 다른 관습도 있었다. 이것은 두려움의 유전자 때문이 아니라 성적 금기에서 비롯했다. 호주를 비롯한 멜라네시아, 폴리네시아 등 남태평양 연안 지역과 아프리카 여러 지역에는 장모와 사위 사이에 성적 회피의 관습이 널리 퍼져 있었다. 프로이트에 의하면, 성적 욕구를 포함해 각종 심리적 욕구를 결혼과 가족생활에서 충족해야 하는 여자들은 가족 내에서 애착의 대상을 찾는다고 한다. 그래서 어머니가 되면 자식에게 집착하게 되고 자신을 자식들과 동일시한다.

자식의 감정적 경험이 어머니 자신의 경험으로 대치되는 현상이 벌어진다. 말하자면 감정이입에 의한 동일시다. 이러한 동일시는 딸이 사랑하는 남자를 어머니가 사랑하게 되는 경우로 발전될 수도 있다. 여러 지역에 남아 있는 사위와 장모의 회피 풍습은 바로 그 점을 말해준다는 것이다. 이 풍습도 사위와 장모 사이에 끌어당기는 인력이 작용한다는 사실을 역설적으로 보여준다.

사위의 경우도 장모에 대한 심리적 쏠림이 있다고 한다. 아들이 어머니나 누이를 사랑의 대상으로 여기지만 근친상간에 대한 두려움을 갖고 있다는 것은 오이디푸스 콤플렉스로 잘 알려져 있다. 이 남자에게서 근친상간에 대한 욕구는 억제되지만, 어머니나 누이를 선택하고 싶은 충동은 무의식 속에 남게 된다. 그리고 어머니와 누이에 대한 애정의 자리에 대신 장모가 들어선다. 장모는 어린 시절에 만난 사람이 아니기 때문에 사위의 무의식 속의 충동이 다시 발현되는 것이다.

노회한 퇴기의 현실적 이해타산

물론 춘향전에서 월매가 보여주는 이도령에 대한 태도는 인간의 그러한 잠재된 무의식의 세계가 작동되는 국면과는 거리가 멀다. 월매는 이도령을 철저하게 현실적 이해타산의 대상으로 대한다. 이도령은 희망의 아이콘이 될 수도 있으나, 잘못하면 자신이 걸어온 것처럼 좌절을 안겨주는 존재가 될 수도 있다고 월매는 처음부터 끝까지 인식하기 때문에 영악하게 셈속을 차릴 수밖에 없다. 앞에서 본 바와 같이 사위에게 잘 보여 딸을 보호하려는 욕망과 두려움의 인식에서 작동하는 셈속 차리기다.

이도령이 춘향 집을 방문하여 춘향과의 백년기약을 말할 때 월매는 그 말에는 대꾸도 하지 않고 자기 신세타령부터 한다. "칠 세에 소학 읽혀 수신제가 화순심을 나날이 가르치니 근본이 있는고로 만사 달통이요, 인의예지 삼강행실 누가 내 딸이라 하오리까." 성참판 어른을 모셨다가 버림을 받고 홀로 춘향을 키우면서 고생을 했다고 하면서 춘향의 자질을 선양함과 동시에 그에 대해 자신의 공을 보태는 노회함을 보여주고 있다.

그러면서 춘향의 혼인 상대로 재상가는 감히 엄두를 내지 못하지만 사서인土庶人으로는 부족하다는 점을 말한다. 이 말은 이도령 당신 같은 사람하고 어울린다는 의미에 다름 아니다. 그것

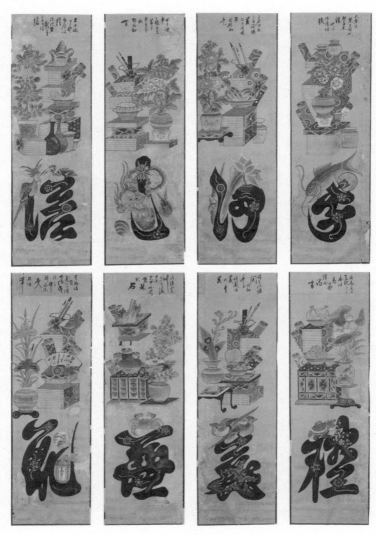

민화 문자도

문자도는 윤리적 덕목인 효제충신예의염치(孝悌忠信禮義廉恥)를 그려 8곡병으로 만드는 것이 일반적이다. 글자의 그림은 그 글자와 관련된 고사들에 나오는 사물들로 구성하는 것이 특징이다. 예컨대 '효'는 효자 고사에 나오는 잉어와 죽순을 가지고 그린다. 사람들은 그림글자를 통해 고사를 연상하면서 윤리적 덕목을 배우게 되는데, 월매와 같은 서민들은 이러한 대중적 교육 방법을 쓰지 않았을까?

〈책가문자도 8폭 병풍〉, 종이에 채색, 35.5×114cm. 국립민속박물관 소장.

도 무조건 정실이다. 첩실은 애당초 고려의 대상이 되지 않았으며 그 비슷한 근처도 가지 않았다. 춘향이 이도령과 이별하게 되었을 때 월매는 춘향을 죽이고 초상을 치르고 가라고 발악한다. 그런 이별은 자기도 경험해본 바가 있기 때문이다. 현실적인 이해타산으로 보자면 그런 식으로 이별하고 영영 갈라서게 되는 길을 밟기보다는 춘향이 죽어서 양반집 귀신이 되는 것이 낫다는 생각에서다.

장모와 사위 관계는 딸 하기 나름

그런데 월매가 그토록 기다리고 기다리던 이도령이 돌아왔으니 얼마나 기쁜 일인가. 그러나 이도령의 행색과 행동거지를 보는 순간 월매는 절망의 나락에 빠지지 않을 수 없다. 월매는 양반 서방을 두어 호강을 누리는 기대를 품지 않을 수 없었지만 다른 한편으로는 그것이 깨질 때의 좌절을 처음부터 걱정했다. 이날 나타난 거지 행색의 이도령은 월매에게 덜썩 무너져내리는 처절한 심적 붕괴를 가져다준다. 기대와 좌절 사이의 중간적 절충과도 거리가 먼 최악의 등장이었던 것이다.

월매는 최악의 상황을 사위에게서 듣게 되는데, 벼슬길도 끊어지고 가산은 탕진하고 아버지는 훈장질 가시고 어머니는 친가로 가시니 온 가족이 뿔뿔이 흩어져 이산가족이 되었다는 것이다. 게다가 자기는 춘향한테 내려와 돈푼이나 얻어 갈까 한다니 이런 염장을 지를 말이 또 없다. 사실 사위는 장모의 화를 돋우기 위해 이 말을 했다. 거기에 장모가 놀아난 것이다.

이로써 장모와 사위의 관계는 일촉즉발의 위험천만 상황에 놓이게 된다. 그러나 이를 무마하는 게 춘향이다. 그 전에도 이도령과 헤어진다고 월매가 포악을 떨 때, 춘향은 이별을 일단 순순히 받아들이기로 했다면서 어머니를 건넌방으로 건네 보냈다. 춘향의 말마따나 모녀의 평생 신세가 이도령의 손에 매였음을 인식하고, 따라서 착실히 당부하는 것이 현명하다고 생각했기 때문이다. 그리고 춘향은 걸인 형상의 이도령을 보고도 월매와는 달리 전혀 황당해하지 않고 자기 비단 반지 팔아 이도령 옷과 별찬을 차려주라고 월매에게 특별히 부탁하기도 한다.

이렇게 춘향은 장모와 사위의 관계가 크게 벌어지지 않고 접착되도록 노력한다. 둘 사이에 자신이 끼어들어 더는 삐거덕거리지 않도록 윤활 작용을 맡는다. 시어머니와 며느리 사이의 고부 갈등도 어느 정도 아들 하기 나름이듯이 장모와 사위 사이의 관계는 일정 부분 그 딸 하기에 달려 있다고 해도 과언이 아니다. 춘향이 그 역할을 훌륭하게 수행하고, 그다음 날 걸인 이도령이 암행어사임을 확인하게 되면서 월매의 면구스러움도 얼마간 상쇄될 수 있었다. 월매는 배짱이 대단한지라 배를 바짝 내밀고 이 배가 춘향 낳은 배라고 거들먹거리면서 '암행어사 장모' 나간다고 삼문三門간에서 큰소리 한번 칠 수 있었던 것이다.

2

알고 보면 월매는
얼간이 탐정

이도령이 월매를 찾는 대목을 다시 살펴보자. 이도령은 춘향집을 찾아가 월매를 만난다. 그러나 장모는 변장한 이도령을 알아보지 못한다. '나'라고 해도 모르고 '이서방'이라고 해도 모른다. 이서방이라면 하나밖에 없는 자기 사위니까 알아차릴 수 있는데도, '동문 밖 이서방? 객사 이서방? 재 너머 이풍헌 아들?' 등 다른 이서방들이 월매의 입에서 튀어나온다. 어떤 이본에서는 이서방이 '장모가 나를 모른다' 꾸짖어도 월매는 남원 오입쟁이들이 자기만 보면 '장모, 장모' 한다면서 아니꼽다고 대꾸한다. 이렇게 장모가 진짜 사위를 알아보기까지 한바탕 난리를 치러야한다.

〈주사거배(酒肆擧盃)〉

술집에서 술잔을 든다는 제목처럼 서울의 왈짜 패거리가 선술집에서 거나하게 한잔 걸치고 있다.
빨간 옷의 별감과 오른쪽의 의금부 나장은 현직에 있고 나머지는 돈 많은 한량 친구들이다. 이들
은 청치마의 주모와 수작을 부리는 데도 선수였다. 춘향전에서 월매네 집은 선술집이 아님에도 남
원 오입쟁이들이 오가면서 '장모, 장모' 부르며 수작을 부렸을 것이다.
신윤복, 종이에 담채, 28.2×35.6cm, 간송미술문화재단 제공.

이도령은 월매의 탐색 대상

　상대방의 정체를 어려운 과정을 거치면서 하나하나 차근차근 확인해나가는 이러한 이야기는 소설의 본원적 모습이다. 소설과 같은 서사체는 어떤 대상에 대한 호기심에서 출발해서 그 대상의 정체를 밝히는 것으로 끝나는 유형적 경향이 있다. 월매가 이도령의 정체를 확인하는 대화는 전체 이야기 속 하나의 짧은 에피소드에 불과하지만 이러한 유형 자체가 전체 이야기를 이루는 경우도 많다. 그것이 바로 탐색담이다.

　우리 옛 탐색담 중 가장 흔한 이야기는 아버지를 찾는 부친 탐색담이었다. 아버지가 부재한 가운데 어머니가 어려움 속에서 키워낸 아들이 장성해서 아버지를 찾아 나선다는 이야기 유형은 많은 서사체에 나타난다. 부친 탐색담은 주몽 신화를 비롯하여 당금아기 신화제석본풀이라든지 천지왕본풀이, 초공본풀이 등의 제주도 본풀이 서사체에도 보인다. 탐색 대상은 아버지뿐 아니라 연인이 될 수도 있고, 부모가 될 수도 있고, 어떤 보물이 될 수도 있고, 우정과 자유와 같은 어떤 관념적인 것이 될 수도 있다. 나아가 자기 자신이 탐색 대상이 될 수도 있다.

　춘향전도 큰 틀에서 볼 때 탐색담의 측면을 갖는다. 춘향의 관점에서 보면 탐색 대상은 이도령이고, 이도령의 관점에서 보면 춘향이다. 그러나 탐색 대상이 항상 이렇게 단순하게 이루어지지는 않는다. 춘향이 탐색하는 대상은 이도령 말고도 인간 해방도 있고 신분차별 철폐도 있다. 신분에서 해방되어 인간답게 살고 싶은 것이 춘향의 욕망이고, 극심한 저항을 통해 그것을 탐색하고 있으며, 마침내 그것을 쟁취하고 있는 것이다.

자꾸 미끄러져야 흥미로워

그런데 탐색담에서 주체가 탐색 대상을 손에 쥐는 과정은 순조롭지 않은 게 보통이다. 탐색담은 미끄러질수록 재미있기 때문이다. 미끄러진다는 것은 탐색을 하는 과정에서 숱한 고난과 장애를 설정하여 일을 풀기 어렵게 꼬여놓는 것을 말한다. 그것은 탐색의 보람이 더 커지게 하려는 전략이자 흥미를 고조시키기 위한 전략이다. 장모 월매의 탐색 과정에서 탐색 대상을 바로 얻어내지 못하고 자꾸 미끄러지게 만들어놓은 것도 탐색담이 노리는 바로 그 전형적 모습이다. 탐색담의 또 다른 전형인 수수께끼담이나 탐정담흔히 추리물 또는 추리소설이라고 한다에서도 자꾸 미끄러지게 만들어놓아야 흥미로워진다. 수수께끼가 한 번에 쉽게 풀리면 재미가 없으며, 탐정이 단서를 한 번에 쉽게 찾으면 탐정담의 진정한 묘미를 느낄 수 없다.

미지의 대상에 대한 호기심이나 추구하는 목표에 대한 열망이 탐색담을 추동하는 힘이 된다. 탐색하는 행위는 인간의 본질적 본능이며 욕망이다. 그러한 욕망이 수수께끼와 같은 짧은 서사체도 만들고, 탐색담과 같은 고전 서사체도 만들며, 추리소설과 같은 현대적 장편 서사체도 만든다. 그러나 그 기본 동력이나 근본 구조는 똑같다. 탐색 대상을 얻을 때까지 무수하게 미끄러지면서 흥미를 더욱 유발한다는 것이다.

제시문에서 볼 수 있는 월매와 이어사의 짧은 대화는 계속 미끄러지면서 정체를 확인해나가는 수수께끼나 탐정담의 형식과 동일하다. 중간중간에 끼어드는 도움말 같은 것도 수수께끼나 탐정담의 진행 방식과 같다. 다만 쉬운 도움말이 주어져도 맞추지 못하는 월매는 어리숙한 수수께끼 풀이자이자 얼간이 탐정일 뿐이다. 문제를 푸는 데 힌트가 되는 도움말은 기다란 탐색담에서는 그 기능 구조상 주인공이 미래를 탐색해가는 데 도움을 주는 조력자와 비슷하다. 도사나 도승이 주인공에게 무술을 가르치고 보검과 천리마를 줌으로써 전쟁에서 전공을 올리도록 돕는 행위는 수수께끼에서 결정적 조언을 건네는 행위에 비견할 수 있기 때문이다.

'나는 누구인가?' 물었을 때 가장 진지해져

탐색담의 진정한 의미는 자기 자신에 대한 탐색에서 찾을 수 있다. 가장 적극적인 서사의 힘은 자기 자신에 대한 탐색에서 나온다. '나는 누구인가? 나란 존재는 무엇인가?'라는 질문을 던질 때 인간은 가장 진지해지고 탐색 열망으로 가득 차게 된다. 그래서 숨어 있는 자아를 발견하고 자신이 성장했음을 느낄 때 가장 보람을 느끼기 마련이다.

춘향전을 외적 행위에서 보면 춘향과 이도령이 서로를 탐색하고 있었지만, 동시에 이들은 자기 자신에 대한 탐색도 하고 있었다. 춘향은 이도령을 향한 사랑의 열망을 확인하고, 신분적 굴레를 투쟁적으로 벗어던지며 하나의 자유로운 인간임을 확인하면서 그것을 소중하게 보듬어 안는 자기 자신을 탐색했다. 이도령도 자유의사로 혼인 상대방을 선택했고 나중에는 정의심으로 무장하여 사회악을 척결하고 결연 약속을 지키는 의협남아로 새롭게 탄생한 자신을 발견했던 것이다.

장모는 거지 사위를 제일 싫어해

3

정정렬 나고
춘향가 다시 났다

정정렬1876~1938은 근대 판소리 5명창 중 하나로 오늘날 불리고 있는 판소리, 특히 현대 춘향가를 실질적으로 개척한 사람이다. 요즈음의 판소리는 성음이 상당히 부드럽게 순화된 것이며, 발음에서도 자연스럽게 말하듯이 하는 형식으로 바뀐 것이다. 정정렬 이전의 판소리는 성음이 거칠고 투박하며 발음도 거세서 알아듣기 상당히 어려웠다. 그것을 현대식 판소리로 바꾼 공로가 정정렬에게 있다. 판소리의 이러한 변화는 여류 명창들의 득세와도 궤를 같이하며, 창극의 발전과도 연결된다. 창극에서 여류 명창들이 정정렬이 작곡한 춘향가를 불러 인기를 모은 것이 후대 판소리에도 영향을 미치고 있기 때문이다.

조선성악연구회 소속 명창들

1937년 조선성악연구회 소속 명창들이 경성방송국에 출연했을 때의 기념사진이다. 오른쪽부터 김소희, 박녹주, 정정렬, 이화중선, 임방울, 그리고 고수 한성준 등 당대 쟁쟁한 명창들과 고수가 출연했다. 이때 정정렬이 짠 춘향가를 부른 것으로 알려져 있다. 국악음반박물관 제공.

좋지 않은 목청으로 가슴에 딱 앵기는 소리를

정정렬은 특히 춘향가 작곡에 특출난 인물이었다. 사실 춘향가는 여러 판소리 작품 중에서 대표적인 것이어서 춘향가를 잘하면 다른 것은 물어볼 것도 없다고 이를 정도였다. 그런 춘향가를 정정렬은 아주 감칠맛 나는 앵겨 붙는 소리로 새롭게 작곡하여 판소리 사설과 음악을 새로 짠 것이다. 판소리 역사에서 감칠맛 나는 소리라든지 딱 앵기는 소리라든지 하는 표현들은 정정렬 이후에나 나왔다고 생각될 정도다. 정정렬 이전의 고제 판소리, 송만갑 등으로 대변되는 동편제 판소리에 그런 표현들은 썩 어울리지 않기 때문이다.

정정렬은 사실 목이 그다지 좋은 명창이 아니었다. 성음이 탁하고 성량이 부족해서 고제 판소리를 유창하게 부르기에는 힘든 목소리였다. 정정렬을 가리켜 "선천적 은혜를 거의 받지 못한 가객"이라고 할 정도였다. 천이두 선생은 "그의 소리는 고봉준령은 고사하고 어지간한 언덕배기 하나를 넘기에도 힘에 겨울 정도의 목청이요, 상청이라고는 거의 내지를 수 없는 목청"이라고 평가했다. 물론 이 얘기를 부정적으로 한 것은 아니다. 그런 목청을 가지고도 호남에서 가장 인기 있었던 역설을 설명하기 위한 수사였다.

정정렬은 목이 궂었기 때문에 목구성에서 방울목을 즐겨 썼다. 방울목 소리는 방울처럼 쟁쟁 울리는, 그다지 평가를 못 받는 소리인데 묘하게도 정정렬의 방울목은 넓고 깊은 항아리 속에서 울려 퍼지는 소리처럼 사람의 감성 영역을 헤집고 들어오는 매력이 있었다. 그야말로 감칠맛 나고 가슴에 딱 앵기는 소리였다.

사설은 맛있게 갖다 붙이고 능청거리게

정정렬은 판소리의 리드미컬한 맛을 결정하는 붙임새에 특히 능한 명창이었다. 붙임새에서는 잉애걸이나 완자걸이를 많이 사용했다. 붙임새는 정격으로 붙이거나 변칙으로 붙이거나 하는 것인데 잉애걸이나 완자걸이는 대마디대장단과는 달리 변칙으로 붙이는 붙임새였다. 변화 무쌍하게 사설을 소리의 마디 사이에다가 능수능란하게 갖다 붙였다.

붙임새와 어울리게 엇박자 장단과 엇청에도 능한 정정렬이었다. 음악을 리드미컬하게 하고 능청거리게 하는 데는 엇모리나 엇중모리와 같은 엇박자 장단이 적절한데 그걸 완전무결하게 사용할 수 있는 명창이 정정렬이었다. 소리가 휘늘어지고 능청거리면서도 소릿길에서 벗어나는 법이 없었다. 장단 속을 완벽하게 이해하지 않고서는 구사할 수 없는 자질이었다. 그가 느린 장

장모는 거지 사위를 제일 싫어해

단보다는 중중머리 이상의 빠른 장단에서 보다 수월하게 소리를 이끌어가는 경향이 있었던 것은 바로 그러한 이유에서다.

정정렬은 자기 목소리의 성격에 맞게 판소리를 새로 짜서 불렀다. 정정렬이 새로 짠 춘향가는 큰 인기를 끌어 '정정렬 나고 춘향가 다시 났다'는 말까지 나돌게 되었다. 정정렬의 춘향가는 우선 사설이 오밀조밀하고 아기자기한 맛이 있어서 현대적 감성에 들어맞았다. 사설을 촘촘하게 짜니까 사건들은 건너뛰며 날아가지 않고 부드럽게 연결되고, 인물들은 자세하게 그려지니까 감정이 살아나고 호흡이 살아 숨 쉬는 듯 느껴진다.

또 융숭 깊이 뱃속에서 우러나오는 우렁찬 소리가 큰 방안에 빽빽이 차는 것 같은 느낌을 주었는데 이에 대한 환호가 덧보태졌다. 정정렬은 춘향가 중에서도 특히 춘향 집 나오는 대목, 사랑놀음, 이별가, 신연맞이, 몽중가, 박석티, 어사와 장모 상봉, 어사 출도 등을 잘 불렀다. 서정적 대목보다는 이처럼 서사적 대목들에 능했다.

어깨가 절로 들썩거리는 어사 장모 상봉 대목

제시문과 똑같은 대사로 부르는 것은 아니지만, 정정렬은 어사와 장모 상봉 대목을 맛깔나게 잘 불렀다. 이 대목에서는 이어

춘향전의 인문학

사의 능청맞음과 월매의 맥 빠져 있으면서도 신경이 곤두서 있는 감정이 서로 어우러지면서 이질적 정서들이 충돌한다. 정정렬은 여기서 자신의 장점을 십분 발휘하여 이러한 감정적 들고남을 섬세하게 포착하여 제시했다. 정정렬은 충충하고 구중중한 소리의 결에다가 삐죽빼죽한 감정들을 한데 버무려 그야말로 맛깔나게 소리의 향연을 베푸는 데 가히 천재적이다. 듣는 사람의 마음을 송두리째 흔들어놓는다. 그의 소리는 한국적 감성의 뿌리에 맞닿아 있다.

이도령이 폐포파립으로 위장하고 춘향 집을 찾아가서 사람을 부르니 월매는 어떤 걸인이 동냥 온 줄 알고 쫓으러 나온다. 칠십 당년 늙은 년이 무남독녀 외딸을 옥중에 넣고 무슨 경황이 있겠냐며 야단치자, 어사또는 늙은이 망령이라며 "나를 모르나 나를 몰라 어~허~으~ 자네가 나를 몰라" 하면서 놀린다. 어사또가 계속 가르쳐줘도 월매가 계속 못 알아보니 이 구절은 하나의 공식이 되어 계속 반복된다. 그러므로 어사 장모 상봉에서 이 소리는 전체 장면의 눈대목이 된다. "어~허~으~" 하면서 꺾이는 부분은 또 이 눈대목의 묘미이다.

정정렬의 소리는 여기에서 사라졌다가 튀어나오는 숨바꼭질을 하면서 꺾는 소리의 신기를 보여준다. 연륜이 깃든 항아리 울리는 듯한 소리가 감칠맛 나게 떡 하니 안겨 온다. 월매는 궁금

장모는 거지 사위를 제일 싫어해

해서 죽겠다며 "내라니 누구여"를 계속 묻고 어사또는 "이가라도 모르겠냐" 하면서 도움말을 줘도 "이가라니 어떤 이가여, 성안 성외 숱한 이가 어느 이간 줄 내가 알 수가 있냐"라고 한다. 어사또가 "우리 장모가 망령이여"라고 말을 해줘도 "장모라니 웬 소리냐. 남원 읍내 오입쟁이 놈들 아니꼽고 더럽더라 …… 춘향이가 오입 상대 아니하고 양반 서방을 하였다고 지나가면서 빙글빙글 웃으며 여보게 장모!" 하며 비웃기나 한다면서 딴청을 부린다.

정정렬의 소리는 이러한 이야기를 따박따박 짚어가며 능청능청 거리면서 처음부터 끝까지 흐드러지게 흘러간다. 마지막에 "장모!" 하면서 부르는 소리는 갈라져 쇳소리가 나는데, 그것 또한 정겹게 느껴진다. 입신의 경지에 이르면 이렇게 말을 주워섬기는 듯이 해도 훌륭한 소리가 되고 만다.

춘향전의 인문학

흥겹게 노는 생신 잔치에
한시 짓기는 안 어울려

이튿날 평명시에 본관사또 대연을 배설할 제, 열읍각
관 수령님네 구름같이 모여들 제, 구례 곡성 순창 임실
운봉영장 오수찰방 당상당하 일품이라. 남원부사 주인
되어 명기명창 다 모아서 일등 세악대 풍류에 무수는 표
불하여 향풍에 흩날리고 가성은 요란하여 반공에 높이
떴다.

「장자백 창본 춘향가」

　(……) 어사또 상을 받고 앉아, "여보 운봉, 본관 곁에 앉
은 기생 불러 권주가 한마디 시켜주오." "여봐라, 저 양반
앞에 가 권주가 하여라." 저 기생 관장 영을 어기지 못하
여 겨우 나오며, "똥 싼 주제에 매화타령 한다더니 기막
힌다. 간밤에 꿈을 꾸니 쪽박을 쓰고 벼락을 맞아 보이
더니 아니꼬운 꼴 많이 보것고." 어사또 하신 말씀, "오
냐, 꿈은 잘 꾸었다. 내일 나한테 산 벼락 맞을 꿈이로
다." 저 기생 술잔 들고 낮은 외면하고 앉아, "잡으시오,

잡으시오. 이 술 한 잔 잡으시면 천만 년이나 빌어먹사
오리다." "네 이년, 나하고 무슨 삼생대천지원수 아니거
든 내 대에 빌어먹는 것도 원통한데 죽어 또 생겨 빌어
먹고, 또 생겨 빌어먹고 한단 말이냐. 이 감자 먹여 죽
일 년 같으니." 어사또 도복 소매에다 술을 들이부어 뒤
적쥐적 하더니 좌반에다 활활 뿌리며, "자, 골고루 빌어
먹사이다." 본관이 화를 내어, "운봉은 긴치 않은 걸인을
붙여 좌석을 불안케 하는고." 걸인을 쫓으려고, "자, 우
리 글 한 수씩 지음 어떠하오? 만일 글 못 짓는 자 있으
면 곤장 때려 쫓기로 합세." "그 말씀 잘 났소." 운봉은 높
을 고자, 남원은 기름 고자, 운자 두 자를 내어 놓고 글을
지으려 할 제, 어사또 하신 말씀, "나도 부모님 덕택으로
추구권이나 읽었으니 지필 좀 빌려주오." 운봉이 지필을
내어주니 잠깐 지어 통인 주며, "너의 본관 갖다 드려라."
"좌상에 그리하오." "운봉 덕으로 잘 먹고 가오." 슬슬 나
간 후에 어사또 글을 내어 놓고 보니 용사에 비등이라.

"여보 곡성, 이 글 좀 보오." 그 글에 하였으되, "금준미주
는 천인혈이오, 옥반가효만성고라. 촉루낙시에 민루락
이오, 가성고처원성고라."

(「장자백 창본 춘향가」)

지방 수령의 생신연이
너무 거창해

춘향이 옥고를 치르고 있는 가운데 신관사또는 거창하게 자신의 생일잔치를 벌인다. 잔치의 규모에 대한 구체적 기술은 없지만 구례, 곡성, 순창, 임실, 운봉, 오수 등 이웃 고을 관장들이 대거 참석하는 걸로 봐서 상당히 큰 규모였다. 신관은 인근의 수령 방백들에게 신임 인사도 할 겸 자기 과시도 할 겸 생신연을 베풀었으니 연향은 상당히 화려했을 것이다. 동헌 마루 위에는 신관과 이웃 고을 수령들, 재지사족들, 그리고 기생들이 자리 잡고, 동헌 마당 한쪽에는 세악대가, 중앙에는 무희들이 춤추는 넓은 공간이 마련되었으며, 그리고 육방 관속들과 고을 원로들, 구경꾼들이 옹기종기 앉고 서고 했으리라.

흥겹게 노는 생신 잔치에 한시 짓기는 안 어울려

잔치에는 무엇보다 음식이 먼저

연향에서 음식은 기본이다. 상다리가 휘어지게 진수성찬을 푸짐하게 올렸을 것이다. 이렇게 큰 연향이 벌어지면 조그만 부엌에서 음식을 전담할 수 없기 때문에 야외에서 음식을 만들게 된다. 그래서 행주방이나 조찬소와 같은 임시 부엌이 야외에 설치된다. 가마솥도 걸고 불을 때고 전을 부치기도 하고 각종 음식을 만들고 나르고 치우고 하느라고 많은 사람들이 분주하게 움직인다.

이러한 야외 연향에서는 궁중과는 달리 음식 만드는 것을 주도하는 사람이 남자들이라는 특징이 있다. 그들은 남자 요리사인 대령숙수 또는 주자廚子들이다. 큰 솥의 불을 때고 고기를 다듬고 큰 항아리 물을 나르는 일에서부터 요리에 이르기까지 남자들의 손을 필요로 하는 활동 영역이 꽤 많았다. 물론 각종 음식들을 만드는 데는 찬모와 비자婢子와 같은 여성들도 있었을 것이다. 야외 부엌에서 남자들의 활동은 〈선묘조제재경수연도〉 같은 연회도에서 잘 볼 수 있다. 음식을 나르는 일은 남녀 구분 없이 비복들과 관노, 통인, 기생 등이 참여했다.

〈선묘조제재경수연도〉(부분)

1605년(선조 38년) 재신들이 그들의 노모를 모시고 연 경수연(慶壽宴)을 그린 작품이다. 야외 조찬소를 만들어 음식을 조달하는 광경을 그렸다. 남자 숙수들이 불 때고, 칼 들고 요리하며, 음식을 나르는 일들을 하고 있다. 춘향전에서 신관사또 생신연도 동헌 한편에 이렇게 야외 조찬소가 차려졌을 것이다. 『의령남씨전가경완도』의 하나다.

작자 미상, 1605년, 종이에 채색, 24.4×34cm, 고려대학교 박물관 소장.

기록화에서 생신연 광경 연상하기

궁중과 지방 관아 등에서 벌어지는 연향을 그린 기록화는 참
석자의 모습과, 악대와 무희들의 춤 장면을 중심으로 그려진다.
평양감사 부임연 그림이 있다. 물론 남원부사 생신연과 똑같을
수는 없겠지만 비슷하지 않을까 가정하고 한번 살펴보기로 하자.

〈부벽루 연회도〉는 연향의 규모를 과시하고자 누각 아래 펼쳐
진 연향 장면을 그 주변까지 확장하여 보여준다. 행사장 외곽의
무수히 많은 구경꾼들까지 그리고 있는 것은 사실 그대로의 모
습을 담아내려는 의도도 있겠지만 행사의 규모와 관심의 대단함
을 드러내는 데 더 초점을 두고 있기 때문이다. 거의 모든 연향
기록화에는 무희들과 세악대의 공연 장면이 나온다. 그것은 연
향의 화려함과 웅장함을 드러내는 데 춤사위와 악대 연주를 그
리는 방법보다 더 좋은 방법이 별로 없기 때문이다.

부임연에서 마당 위쪽에는 오방처용무가 연행되고 있다(홍청
황백흑의 옷을 입고 턱이 길쭉하게 나온 처용가면을 쓴 춤꾼을 보라).
그 밑에는 무희가 편종 또는 편경 같은 것을 치고 있다. 또 그 밑
에는 두 명의 무희가 좌우에서 검무를 추고 있고, 그 아래쪽에서
는 네 명의 무희가 돌아가며 춤을 추면서 무고를 치고 있다. 원래
이 춤들이 한꺼번에 실연되었을 리는 없을 텐데, 그림에서의 표

현 관습에 따라 한 화면 안에 모두 담겼다.

이 춤들은 교방 교육을 받은 기생들이 추었을 것으로 짐작된다. 이 춤들을 위해 한양에 있는 장악원掌樂院의 전문 무희들이 왔을 리가 없다. 당시에는 궁중춤이 교방춤화되어 있었기 때문에 지방 기생들도 공연 역량을 갖추고 있었다. 궁중 정재를 모방하여 기생들이 추기에 맞게 변용되어 있었다.

오방처용무는 원래 남성 무희가 추는 춤이지만 그림에서 무희들은 치마를 두르고 있다. 그리고 그들이 여성이라면 기생임이 거의 분명하다. 아래쪽의 무고춤도 교방가요의 기록에 의하면 무희들이 번개같이 돌면서 몸을 뒤집어 무고를 친다고 되어 있는데, 원래 궁중 정재가 교방화되면서 춤이 변했으리라고 생각된다.

삼현육각 풍악에 맞춰 무희들의 옷소매는 흩날리고

한편 행사장 아래쪽에는 악대가 있다. 조선시대 제례악을 제외한 대부분의 연향에서는 세악대 편성이 이루어진다. 세악대는 비교적 작은 규모의 악대로서 거문고, 가야금, 양금, 세피리, 대금, 단소, 해금, 북, 장구 등이 주로 편성을 이룬다. 군대가 행진할 때나 임금이 거둥할 때 쓰는 규모가 큰 악대인 대취타는 세악

흥겹게 노는 생신 잔치에 한시 짓기는 안 어울려

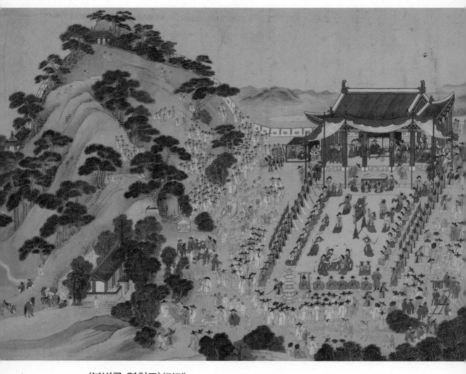

〈부벽루 연회도〉(전경)

『평양감사 향연도』 가운데 하나다. 부벽루에서 축하 공연이 성대하게 치러지는 장면을 담았다. 음악 연주와 춤, 노래가 누 앞에서 펼쳐져 장관을 이루니 수많은 백성들이 모여들었다. 남원부사 생신연도 이와 비슷하게 치러졌을 것이다. 다만 생신연에서는 음식과 술을 곁들였다.
전 김홍도, 종이에 채색, 71.2×196.6cm, 국립중앙박물관 소장.

대 악기 편성에 징, 자바라, 용고, 소라, 나발, 태평소 등이 추가로 편성된다.

세악대는 조선시대의 대표적 악기 편성법인 삼현육각을 가리키기도 한다. 삼현육각의 전형은 피리 둘, 대금, 해금, 장구, 북의 편성인데 이 편성으로 웬만한 규모의 잔치 반주 음악은 감당할 수 있다. 이 그림에서도 이러한 삼현육각의 악대 편성이 보인다. 왼쪽부터 차례대로 북 하나, 장구 하나, 대금 하나, 피리 둘, 해금 하나이다.

세악대가 연주하면 거기에 맞게 무희들은 춤을 춘다. 원문에 보면 "무수는 표불하여 향풍에 흩날렸다"라고 되어 있다. 춤추는 사람의 옷소매가 떨치며 날아다니는 모양을 "향풍에 흩날렸다"라고 멋지게 표현하고 있다. 무희들의 긴 옷소매 춤은 우리네 전통춤의 전형이다. 그림의 오방처용무와 무고춤에서도 춤꾼들의 옷소매가 매우 기다란 것을 볼 수 있다. 우리의 무용총 고분벽화 그림에서도 그것을 볼 수 있으니 긴 옷소매 춤은 연원이 무척이나 오래된 것이다.

우리의 춤 승무에서 긴 옷소매가 흐드러지게 또는 절도 있게 날리는 모습은 매우 인상적이다. 두 번 꺾고 세 번 꺾어 허공에 날리고 또 그것을 휘감아 내린다. 춤추는 사람의 손과 발은 정지된 듯하다가도 훅 나가고, 빨리 움직이다가도 딱 멈춰 선다. 정중

〈부벽루 연회도〉(부분)

축하연에서 무희들의 춤은 필수 종목이다. 오방처용무와 특경, 검무와 무고 추는 장면들이 한 화면에 담겼다. 아래쪽에 삼현육각 악대가 자리하고 있고, 양 옆으로는 기생들이 도열해 앉아 있다.

동이고 동중정이다. 손에 북채 같은 걸 잡고 소매를 잡아채기 때문에 마디마디 절도 있는 춤사위가 가능해진다. 그러면서도 소매 끝을 내릴 때는 확 끌어당기지 않고 스르륵 내려놓는다. 그야말로 "고이 접어서 나빌레라"^{조지훈의「승무」}가 된다.

소매가 길어야 춤도 잘 추어진다는 장수선무^{長袖善舞}가 빈말이 아님을 알게 된다. 살풀이춤도 긴 옷소매 춤을 응용하여 기다란 비단 깁을 손에 쥐고 추는 춤이다. 그 비단 깁이 하늘에 그려내는 단아한 원형 선과 역동적인 동작은 그것이 우리 전통 춤의 역사에서 오래도록 켜켜이 쌓여온 것임을 증언한다.

생신연이 화려할수록 백성은 가난해지고

관아의 공식 연향은 신임축하연, 외교사절 영접연, 양로연 등으로 국한되어 있다. 그러므로 수령 방백의 생신연은 비공식적이고 사적인 연향에 속한다. 회갑연도 아니고 생신연이 이렇게 관아의 공식 연회가 된 것은 신관사또의 의지 또는 억지가 반영된 탓이리라. 게다가 연회 말미에 수청을 거부하고 옥중에 갇혀 있는 춘향을 잡아내어 태장을 가하거나 죽일 예정이라니 자의적 권력 행사의 도가 너무 지나치다.

생신연의 규모가 크고 화려하다고 했을 때, 거기에 들어가는 물자와 인력도 상당했을 것이다. 간혹 자기 고을에서 전부를 조달할 수 없을 때는 이웃 고을에서 물자와 인력을 빌려 썼다고도 한다. 넉넉하지 않은 재정 상황에서도 권력을 과시하고자 하는 것이 지방관의 생리였다. 지방을 순시하는 관찰사나 암행어사가 재정 고갈의 심각함을 임금에게 장계를 올려 알렸다는 사실이 이와 무관치 않았을 것이다.

지역의 연향에 그 고을의 물자와 인력, 나아가 이웃 고을의 것까지 동원하는 것은 일종의 권력 및 재력의 남용이다. 그것은 정부 재정과의 관련을 넘어 백성들에게 직접 피해가 간다는 점에서 심각한 문제가 된다. 부족한 세원을 충당하기 위한 부정한 갹출과 관원의 비리가 벌어질 것이 불을 보듯 뻔하기 때문이다.

다산 정약용은 『목민심서』에서 목민관들은 아껴 쓰고 잘 관리하여 함부로 낭비하지 않는다節用는 생활신조를 가지라고 당부한다. 빈객을 맞이하는 데 물품이 너무 후하면 재물의 낭비이니 예에 맞게 하라고도 강조한다. 그리고 지방에서 생활할 때 꼭 필요한 생활기구 외에 한 수레쯤 책을 실어가라는 친절한 조언도 덧붙인다. 그렇지만 실상은 부임할 때 텅 빈 수레를 가져가 귀임할 때는 수레 가득 재물을 싣고 올라오는 것이 상례였다 하니 그 폐해를 필설로 다할 수 없다.

2

위신도 세우고
흥도 돋우는 음악 편성

    지방 수령의 생신연에서 연주된 음악은 어떤 종류일까? 정악일까, 민속악일까? 기악일까, 성악일까? 음악의 성격은 연향의 모습을 말해줄 뿐만 아니라 연향을 주관한 사람의 의식 지향까지도 드러낸다는 점에서 한번 살펴볼 필요가 있다. 세악細樂이든 삼현육각三絃六角이든 어떠한 악대 편성에서도 정악과 민속악을 연주할 수 있다. 궁중의 아악, 즉 종묘제례악이나 문묘제례악 같은 음악은 보통의 편성보다 월등히 많은 수의 악기가 편성된다. 요즘의 관현악단 규모라고 생각하면 된다. 그러나 정악의 대표격인 가곡이나 민속악의 모든 노래는 세악 정도의 규모나 삼현육각 편성으로도 소화가 충분히 가능하다.

전반부는 장중하고 위압감을 주는 정악적 기악 연주

정악에서는 아무래도 기악 중심으로 연행이 이루어진다. 제례악과 같은 정악은 웅장하고 정대하게 울려 퍼져서 음악의 장중함과 엄숙함을 통해 듣는 이로 하여금 어떤 존숭심을 느끼게 하는 것이 중요하다. 예부터 음악의 성음이란 치도治道와 관계된다고 인식되어왔다. 『예기』「악기」에서 그런 음악의 정치적 목적성을 볼 수 있다. 악은 천지의 조화에 필요하고, 예는 천지의 질서서열에 따른 구분에 필요하다고 보았다. 그러니까 예악이란 봉건 통치를 견고하게 유지하기 위한 지배 전략의 하나였던 것이다. 춤과 더불어 음악에서도 사회적 신분과 지위에 따라 편성이나 규모가 다 달랐던 배경이다.

옛날의 음악은 그냥 듣기 좋은 소리로 구성된 게 아니다. 하나하나가 국가와 권력 유지라는 위정자의 의도 아래 마련되었다. 그러므로 음악은 사상적 교화에 복무할 수밖에 없었다. 강제적 수단으로는 통제하기 어려운 심성의 교화라는 중요한 목적을 지니고 있었던 것이다. 공자도 음악을 통해 예를 완성할 수 있다고 했다. 성인군자의 도를 닦고 심성을 순화하는 데 가장 중요한 예악에서 음악은 그 한 축을 담당하고 있었던 것이다.

악이란 원래 노래성악, 연주기악, 무용을 모두 아우르는 개념이

흥겹게 노는 생신 잔치에 한시 짓기는 안 어울려

다. 옛날에는 어느 상황에서 어떤 음악을 연주하고, 소리는 어떻게 내고, 춤을 어떻게 추는지를 모두 세부적으로 정해두었다. 종묘에서 하는 음악, 문묘에서 하는 음악, 사직단에서 연주하는 음악이 모두 정해져 있었다. 그리고 제후가 외국 사신을 맞이할 때의 음악이 따로 있고, 대원수가 전장에 나갈 때의 음악이 따로 있으며, 기우제를 지낼 때의 음악이 따로 있었다. 그러나 민간에서는 이런 규범이 형식상으로만 존재하고 항상 완벽하게 지켜지지는 않았을 걸로 생각된다. 특히 음악과 춤은 교방화되면서 변화가 심했을 것이다.

공식 행사로서 연향의 본래 목적에서 볼 때, 춘향전의 생신연 장면에서는 아마도 기악이 중심이 되었을 것이다. 또 위세를 과시하고픈 신관사또의 성격을 볼 때에도 웅장하고 위압감을 주는 기악이 선택되었을 것이다. 제시문의 "일등" 세악대는 그걸 말해주는 게 아닌가. 그것은 시정의 잔치 풍류만 할 수 있는 악대가 아니라 정악적 기악을 연주할 수 있는, 솜씨가 뛰어난 악대라는 뜻이리라.

후반부는 빠르고 발랄한 민속악과 성악곡

한편 연향에서 기생들이 권주가를 노래 부른다고 했다. 권주

가와 매화타령은 원래 12가사의 하나로 정가正歌에 속하는 것이
지만 나중에는 잡가雜歌화되고 민요화된 노래다. 어사또 앞에서
부르는 권주가는 통속화가 많이 진행된, 조선 말기의 민요 형식
이었을 것이다.

신관사또 생신연에서는 정악 분위기의 기악만 연주한 것이 아
니라 이렇게 민속악을 바탕으로 한 성악 놀음도 이루어졌다. 잔
치에서 기생들은 갈고 닦은 노래 솜씨를 저마다 뽐냈을 것이다.
정악의 기악곡이 비교적 장중하고 느린 곡조라면, 민속악의 성
악곡은 비교적 발랄하고 빠른 곡조이다.

생신연의 전반부에는 정악의 기악곡이 장중하게 울려 퍼지는
가운데 앞서 본 〈부벽루 연회도〉에 그려진 춤들과 비슷한 각종
의식의 춤들이 공연되었을 것이다. 헌가악軒架樂에 맞춘 오방처용
무나 무고 등의 공연과, 편종 혹은 편경 연주는 궁중 연향을 흉내
내는 것이라 정악에서 연출되는 엄숙한 분위기에서 행해졌을 것이
다. 그림에서는 궁중 예복을 차려입고 박拍을 치는 사람이 악
대 옆에 서 있는데, 이 또한 정악적 분위기의 반영이라 판단된다.
박이라는 악기는 음악의 시작과 끝을 지시하거나 춤사위가 변할
때 신호를 주는 악기이다.

흥겹게 노는 생신 잔치에 한시 짓기는 안 어울려

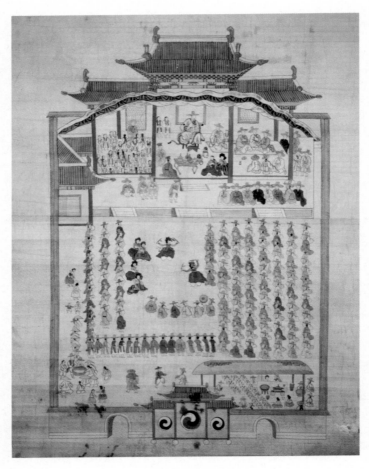

〈신관도임연회도〉

어느 지방 수령의 도임 축하연을 그린 작품이다. 남원부사 생신연에서 벌어진 상황과 가장 흡사하다고 여겨지는 그림이다. 동헌 마루에 수령이 좌정하고 마당에서는 무희의 검무가 악대의 연주에 맞춰 공연되고 있다. 하객들이 마당에 줄지어 도열하고 있는 가운데 아래쪽에 이날의 음식을 조달하는 조찬소가 마련되었다.
작자 미상, 19세기, 종이에 채색, 140.2×103.3cm, 고려대학교 박물관 소장.

흥겹게 신명나게 놀아보자

　생신연의 후반부는 민속악 위주의 음악을 바탕으로 검무나 무고와 같은 민속춤도 추어졌을 것이지만, 대부분은 기생들이 잡가나 민요를 부르면서 흥취를 주도하지 않았을까. 전반부가 절제된 분위기였다면 후반부는 신명나게 노는 분위기가 연출되었을 것이다. 악곡은 빨라지고 변화가 무쌍하며 시김새는 굵게 떨면서 자유분방한 분위기를 이끌게 된다. 이처럼 생신연은 기악 중심에서 성악 중심으로, 느린 악곡에서 빠른 악곡으로, 평탄에서 변화로, 절제된 분위기에서 신명 난 분위기로 점차 이동한다. 이러한 변화는 판소리와 산조 등 우리 음악의 전반적 구성 방식이기도 하다.

　신관사또의 생신연이 점점 흥이 고조되어 난장의 분위기가 되어가는 것은 춘향전 플롯상으로도 필요하다. 그것은 이다음의 사건 전개에서 생신잔치 자리가 암행어사 출두로 인해 순식간에 난리 파장으로 뒤집히는 것과 관련된다. 흥겨움의 정점에서 극적 파국이 이루어지는 것이 플롯상의 묘미이기 때문이다.

3

한시 짓기는
놀이와 풍자를 함께

춘향전에서 폐포파립으로 위장한 이어사는 신관사또 생신연에 억지를 부리면서까지 말석에 자리를 잡는다. 그것을 못마땅해하는 신관은 꾀를 내어 한시 짓기를 제안한다. 꼬락서니를 보아하니 작시는 못하리라 본 것이다. 못 지으면 곤장을 때려 내쫓을 의도에서다.

한시 짓기는 지적 풍류의 으뜸

한시 짓기는 전통적으로 선비 사대부가 행하는 지적 풍류의 하나였다. 한시를 창작하는 능력은 선비 사대부가 지닌 지식을 나타내는 바로미터가 된다는 것이 전통 사회의 인식이었다. 자신의 지식을 경쟁적으로 과시하면서 동시에 술과 결부시키는 것이 선비들의 모임인 계회契會 또는 아회雅會의 기본 성격이다.

한시 짓기는 계회의 기타 종목들인 금기서화琴棋書畫와 더불어 가장 널리 행해지는 풍습이다. 거문고를 타거나 바둑을 두거나 서예 글씨를 쓰거나 그림을 그리는 등의 풍류 행위들보다 한시 짓기는 선비 사대부들이 가장 자긍심을 느끼는 부문이라고 할 수 있었다. 그것은 아마도 한시 짓기가 지적인 능력이 가장 많이 요구된다고 생각했기 때문일 것이다.

술잔을 띄우고 시구를 띄우고

한중일 동아시아 삼국에서는 예부터 유상곡수流觴曲水의 전통이 자리 잡았다. 유상곡수란 문인들이 자연 속에 한데 모여 굽이굽이 흐르는 물에 술잔을 띄우고 그 잔이 자기에게 돌아올 때까지 시를 짓는 선비 사대부들의 풍류이다. 그때까지 시를 못 지으면 벌주를 마시면서 즐기는 놀이를 겸한다. 경주에 있는 포석정과 창덕궁의 유구가 국내에서 유상곡수가 행해진 자취라고 보고 있다.

유상곡수 풍습을 그림으로 남기는 계회도 전통도 오래되었는

흥겹게 노는 생신 잔치에 한시 짓기는 안 어울려

데, 왕희지의 『난정서』에 나오는 내용을 그린 〈난정계회도〉가 아주 유명하다. 우리나라에도 곡수연曲水宴을 그린 것은 아니지만 문인산수화 형식을 띤 계회도들이 많이 있다. 중인 계층 문인들의 한시 모임이 인왕산 아래에서 행해진 모습을 그린 김홍도의 〈송석원시사야연도〉는 계회도 가운데 널리 알려진 것이다.

정조 때에는 한양의 중인 계층도 시동인 모임을 만들어 한시 짓는 풍류를 즐겼다고 한다. 이 그림은 인왕산 기슭 천수경千壽慶이라고 하는 중인의 집 후원에서 계회가 벌어진 모습을 김홍도가 그린 것이다. 한여름 보름달 아래 동인들이 모여 시를 음영하며 술을 마시고 있다. 그들은 아마도 술먹는 핑계를 다음과 같이 댔을 것 같다. '달은 밝고 시냇물 소리 들리니 시상이 은밀하게 솟아나고, 차운의 멋이 절묘하니 술잔을 아니 들 수가 없도다.' 이 송석원시사松石園詩社는 당대에도 유명했던지 조선 후기의 화가 이인문도 또 다른 〈송석원시사아회도〉를 남겼다.

한시 짓기는 즐거운 놀이

한시 짓기는 지식의 시현 행위로서 '경쟁'의 요소를 띠지만 거기에는 놀이 정신이 늘 개입하기 마련이었다. 놀이를 하면서 술도 마시고 풍류를 즐기는 다목적의 행위인 것이다. 그러니까 모

〈송석원시사야연도〉

중인 천수경의 집인 송석원에서 일군의 시인묵객들이 시 짓는 모임을 열었다. 아래로는 시냇물이
흐르고 위로는 보름달빛이 비치는 가운데 서로 지은 시구들을 완미하고 있다. 등잔불과 소반, 술
병이 사람들 가운데 놓여 있다. 시를 완상하는 데 술이 빠질 수 없다.
전 김홍도, 1791년, 종이에 담채, 31.8×25.6cm, 개인 소장.

임에서 주어지는 벌칙이나 벌주는 즐거움의 어떤 징표이지 글자 그대로의 징벌이 아닌 것이다. 그런데 한시 짓기 자체에도 놀이적 요소가 많이 들어가 있다. 글자 수, 각운, 평측, 대구 등의 규칙이 있고 이의 준수와 위반이 놀이적 미감과 쾌락적 기능을 가져다주는 것이다.

내기와 상벌을 통해 즐거움을 배가하고 경쟁의식을 북돋우기도 하니까 놀이 의식은 고취되기 마련이다. 하기야 혼자 한시를 지을 때에도 작시 규칙을 충실히 따라야 하고 고인의 시와 화운和韻해야 하기 때문에 놀이가 되긴 한다. 그래서 '놀이하는 인간'을 제창한 하위징아J. Huizinga는 시를 지을 때의 창조적 상상력이야말로 가장 중요한 놀이 정신임을 잊지 않고 지적했다.

질풍노도의 풍자 정신

생신연 자리에서 이어사가 지은 한시는 작시의 쾌락적 놀이 정신을 공격적 풍자 정신으로 완전히 반전시키고 있다. 시 한 수로 축연의 대상이 축출의 대상으로 지목되는 것이다.

금준미주천인혈金樽美酒千人血

　　　　금동이에 담긴 맛난 술은 수많은 백성들의 피요

옥반가효만성고玉盤佳肴萬姓膏

옥소반에 놓인 맛있는 안주는 만백성의 기름이라

촉루낙시민루락燭淚落時民淚落

촛물 떨어질 때 백성의 눈물 떨어지고

가성고처원성고歌聲高處怨聲高

노랫소리 높은 곳에 원망 소리도 높구나

운봉현감이 높을 '고'자, 남원부사가 기름 '고'자 운자를 내니 어사또가 운에 맞춰 바로 지어낸 시이다. 직설적 비유를 통해 질박하고 질풍노도와 같은 풍자 정신이 서슬이 퍼렇게 번득인다.

한시의 풍자 정신은 두보 이래의 전통

한시를 통해 현실을 풍자하는 것은 중국 당나라 시인 두보杜甫 이래로 오랜 전통을 갖고 있다. 두보가 "부잣집에는 술과 고기 썩어나지만朱門酒肉臭"이라고 하면서 빈부의 대립 또는 착취와 피착취의 관계를 시어로 드러냈던 현실 비판적 전통이 여기 어사또의 한시에 이어졌다고 보아도 무방할 것이다.

멀리 중국에서 찾을 것도 없이 우리 김삿갓의 풍자시에서도 이어사의 한시 취향과 비슷한 것을 볼 수 있다. "낙민루하낙민루

樂民樓下落民淚." 함경감사의 탐학을 풍자하는 시에서 김병연은 동음이의어의 달인답게 백성들이 태평성대를 즐거워한다는 함경감영의 누각인 '낙민루樂民樓'가 실은 백성들이 눈물을 떨어뜨리는 '낙민루落民淚'라고 갈파한다. 화려한 잔치의 촛농이 떨어질 때 백성의 눈물이 떨어진다는 어사또 시의 '민루락民淚落'이 바로 연상되는 대목이다.

어사또의 한시는 의미상으로는 현실 비판의 송곳이 실로 날카롭게 작동하는 것이지만 그 이면에는 고인의 시와 화운하는 놀이 정신이 발휘된다. 당나라 이백李白의 시 「행로난行路難」에 보이는 "향기로운 술 황금 잔에 가득 넘쳐나고 값비싼 산해진미 상위에 즐비하건만金樽清酒斗十千 玉盤珍羞値萬錢" 하는 시구는 이어사의 시와 긴밀하게 교융하고 있으며, 시서市西 김선金璇, 1568~1642의 시에 보이는 "백성의 기름을 갈취하여 풍성한 음식 마련하니割取民膏備豊饍" 같은 구절도 동질적 상상력을 보여준다. 물론 중요한 것은 이어사의 시가 신관사또의 과도한 생신연 잔치 상황과 결부되어 백성들에 대한 심각한 갈취 상황을 너무나도 적실하게 지적하고 있다는 점이리라.

춘향전의 인문학

민중의 소망으로
정렬부인 납시오

어사또 남원 공사 닦은 후에 춘향 모녀와 향단이를 서울로 치행할 제, 위의 찬란하니 세상 사람들이 뉘 아니 칭찬하리. 이때 춘향이 남원을 하직할 새 영귀하게 되었건만 고향을 이별하니 일희일비가 아니 되랴. "놀고 자던 부용당아, 네 부디 잘 있거라. 광한루 오작교며 영주각도 잘 있거라. 춘초는 연연록하되 왕손은 귀불귀라, 날로 두고 이름이라." 다 각기 이별할 제, "만세무량하옵소서 다시 보기 망연이라." 이때 어사또는 좌우도 순읍하여 민정을 살핀 후에 서울로 올라가 어전에 숙배하니 삼당상 입시하사 문부를 사중 후에 상이 대찬하시고 즉시 이조참의 대사성을 봉하시고 춘향으로 정렬부인을 봉하시니 사은숙배하고 물러나와 부모 전에 뵈온대 성은을 축사하시더라. 이때 이판 호판 좌우영상 다 지내고 퇴사 후에 정렬부인으로 더불어 백년동락할 새 정렬부인에게 삼남이녀를 두었으니 개개이 총명하여 그 부친을 압두하고 계계승승하여 직거일품으로 만세유전하더라.

(「열녀춘향수절가」 84장 앞뒤)

1
독자의 욕망이
춘향 신분을 밀어 올리다

춘향의 세 가지 신분

춘향전의 역사에서 춘향의 신분은 여러 가지로 나타난다. 하나는 퇴기의 딸이다. 아버지에 대한 언급이 없이 천민인 퇴기의 딸이니까 춘향이 천인 신분인 것은 빼도 박도 못한다.

또 하나는 어머니는 퇴기지만 아버지가 천총 또는 참판으로 양반 신분이다. 그러니까 춘향은 양반의 서녀라고 할 수 있지만 신분 계급상으로는 여전히 천인이다. 수모법 혹은 종모법에 의해 춘향의 신분은 어머니인 월매의 신분을 따르기 때문이다. 그럼에도 양반의 피가 섞여 있어 얼치기 양반 또는 절름발이 양반

민중의 소망으로 정렬부인 납시오

이라고는 할 수 있다. 피가 섞인 것에도 부정적 뉘앙스가 들어 있지만 춘향이 양반 서방을 둔 것에도 비아냥거리는 시선이 내재되어 있다. 이렇게 양반과의 관계가 두 번 겹치게 되니까 겹얼치기라고 할 수 있다.

그리고 마지막으로 춘향의 또 다른 신분은 정렬부인이다. 춘향전 마지막 장면에서 춘향은 국가에서 정렬부인 칭호를 받는데, 정렬부인은 절개와 지조를 지킨 여성에게 내리는 명예직 신분이다.

천인에서 정렬부인으로의 수직 상승은 믿을 수 없어

춘향전에서 춘향의 신분은 어떤 방식으로건 상승한다. 춘향전의 어느 판본이건 춘향은 언제나 정렬부인 신분을 받아들기 때문이다. 천민에서 정렬부인으로 급격하게 신분 상승이 일어나거나 양반의 서녀에서 정렬부인으로 보다 완만한 신분 상승이 이루어지게 된다.

급격한 신분 상승이 나타나는 경판본 계열을 보면 임금이 기생으로서 절개를 지킨 사실을 알고 희한한 일이라고 하면서 정렬부인을 내린다. 희한하다는 것은 있을 수 없는 일로서 신기하고 해괴하다는 뜻이다. 논리가 맞지 않는다는 말이기도 하다. 그럼에도 기생의 열절熱節을 상찬하여 정렬부인 첩을 내린다. 조선 시대 정렬부인의 칭호는 전쟁에 나간 장군의 부인, 고관의 부인, 최소한 양반 사대부의 부인에게 내려지는 것이 보통이었다.

이처럼 천민에서 정렬부인으로의 신분 상승은 그 격차가 너무 크고 파격적이어서 쉽게 납득할 수 없다. 바로 그러한 점에서 춘향의 신분이 후대 이본에 와서 양반의 서녀 신분으로 이동한 것으로 보인다. 춘향의 신분 이동은 합리성 또는 사실성을 증대시키기 위해 일어난 현상이기도 하다.

말년에 은근슬쩍 올라간 춘향의 신분

춘향전의 역사에서 춘향의 신분은 시대가 흐를수록 처음에는 천인이었다가 나중에 가서 양반의 서녀가 된다. 신재효본1870년경에서 성천총이었다가 「열녀춘향수절가」1900년대 초엽 계열에 와서는 성참판이 되었다. 천총이나 참판이나 양반 사대부라는 점은 동일하지만 엄밀하게 관직의 차이를 따지자면 참판이 조금 더 높다. 천총千摠이라는 직은 정삼품 무관직이고 참판參判은 종이품 문관직이다.

그러니까 춘향의 신분은 미세한 차이지만 마지막에 가서 조금 더 오른 것이다. 18세기와 19세기 춘향전 이본들 대부분에서 춘

민중의 소망으로 정렬부인 납시오

향은 천인으로서만 등장하고 있었다. 그렇다면 춘향전의 역사에서 황혼녘이라고 할 수 있는 시기에 출현한 이본들에서 춘향의 신분이 올라가는 현상은 왜 발생한 것인가?

독자가 원하면 신분도 바꿀 수 있어

신분사회를 배경으로 하는 고전소설에서 신분보다 중요한 요소는 없다고 해도 과언이 아니다. 그런데 극중 인물의 신분은 독자의 욕망에 따라 달라질 수 있는 여지가 있다. 춘향전 같은 수많은 이본들이 존재하는 적층문학 또는 유동문학에서는 더욱 그렇다.

춘향전의 모든 작가는 먼저 독자이기도 하다. 독자를 거치지 않는 작가는 없다. 춘향전을 읽는 독자는 춘향전의 모든 요소들을 대상으로 자기가 원하는 곳에 손을 대는 잠재적 작가가 된다. 이것이 이본들 간에 사건이 다르고 인물의 성격이 변하는 배경이다.

그러나 신분 같은 요소는 쉽게 변할 수 있는 성질이 아니다. 신분은 붙박이처럼 고정되어 있을 가능성이 높은 요소다. 그렇지만 독자들이 원하고 그러한 욕망이 강하게 형성된다면 그것들이 작가들에게 영향을 주어 신분 같은 요소도 바뀔 수 있게 된다.

춘향전을 읽는 독자들은 춘향의 행위에 대해 공감하고 나아가 적극적으로 동의하는 편이라서 춘향에게 감정이입을 하게 된다. 춘향의 고통에 대해 같이 아파하고, 환희에 대해 같이 들뜨는 것은 춘향전 독자들의 대체적인 심리적 경향이라 할 수 있다.

그러나 독자들이 춘향에게 바라는 것은 더 없었을까? 일례로 춘향은 대개 자신을 너무 낮추는 경향이 있다. 특히 이도령에게는 '천첩'이라는 말을 너무 쉽게 내고, 천인이라고 보는 외부의 시선을 너무 순순히 받아들이는 측면도 있다.

독자들은 이러한 기존 춘향전 서사의 아쉬움을 오랜 시간에 걸쳐 춘향의 신분을 재고하는 과정을 통해 달랬을 수 있다. 그녀는 심지 굳은 독학으로 유학적 교양을 어느 정도 습득하고 있었으며, 인간적 자긍심도 상당히 갖춘 것으로 나온다. 그런 그녀가 오로지 부족한 것은 천인이라는 신분 딱지였다. 이것만 떼어낼 수 있다면 춘향전의 서사는 처음부터 끝까지 일관된, 수미가 상응하는 구조가 됨직하다.

양반 서녀로의 신분 이동은 교양과 자긍심이라는 문제를 해결할 수 있는 적합한 기제라고 여겨졌을 것이다. 그리고 춘향전 마지막에서 정렬부인 직첩을 받는다는 이야기 설정과 좀 더 자연스럽게 연결된다. 급격한 신분 상승, 파격적 지위 이동에 따른 충격 또는 모순을 상당히 완화시킬 수 있기 때문이다.

소원은 이루었으나 춘향은 멀어져갔다

결과적으로 춘향의 신분을 서녀로 밀어 올린 것은 독자의 욕망이었다. 특히 춘향전 독자로서의 서민층은 그러한 욕망을 표출시킨 주된 세력이었다고 판단된다. 그들은 심정적으로나 현실적으로나 춘향의 처지에 공감하고 춘향의 원망에 동조하는 세력이다. 그들도 한편으로는 신분 상승을 꿈꾸고 있었다. 그래서 자신들의 바람까지 춘향에게 실어 보내는 것이었다. 욕망의 전이이고 욕망의 임대라고 할 수 있다.

서민층과 달리 양반층은 신분적 어울림을 생각했을 수 있다. 이도령과도 격이 맞아야 하고, 신관에게 항명할 때도 격이 어느 정도 맞아야 했으며, 정렬부인으로의 신분 상승과도 격이 맞아야 한다고 생각했을 가능성이 높다. 양반층도 그들의 원망을 춘향전에 투영했지만 서민층과는 달리 신분적 어울림의 차원에서 접근하지 않았을까. 물론 양반층도 춘향 개인의 아픔에 공감하고 감정이입을 하는 정서적 차원의 감응은 서민과 크게 다르지 않았을 것이지만.

아이러니하게도 신분이 상승된 춘향은 서민들과는 멀어지게 되었다. 춘향은 서민들의 신분 상승 욕망을 대변하는 존재였고, 서민들은 춘향에게 자신의 소망을 적재했는데, 결국 춘향이 자신

춘향전의 인문학

논개 표준 영정

논개 초상은 애초에 이당 김은호 화백이 그렸으나 친일 논란과 더불어 논개를 기생화했다는 비판을 많이 받아 표준 영정이 다시 그려졌다. 중년의 단아하고 품위 있는 여인상이다. 논개에게 바라는 욕망이 그림에 실려 논개를 귀부인으로 만들 듯이 춘향에게 바라는 욕망이 춘향의 신분을 정렬부인으로 밀어 올렸다.

윤여환, 2008년, 비단에 채색, 110×180cm.

들과는 다른 신분 존재가 되어버린 것이다. 소설 내의 욕망을 충족시키다 보니 현실의 상황과는 거리가 멀어진 것이다. 그렇다고 그것이 잘못되고 허망한 것이라고는 할 수 없다. 원래 고전소설이란 현실과는 무관하게 환상적인 욕망을 추구하는 경향을 강하게 드러내는 양식이다. 소설에서는 현실과의 관련성을 세세하게 추구하지 않는다. 이제는 춘향이 자신들을 대변하지 못하는 상황이 되었지만 이미 그들의 소설적 소망은 이루어졌으니.

2

삶의 위로를 넘어서는
해피엔딩

춘향은 고초를 겪지만 이도령의 구원으로 고통에서 벗어난다. 이도령과의 결연이 이루어지며 둘의 사랑은 행복한 결실을 맺는다. 춘향전뿐 아니라 거의 모든 고전소설은 이렇게 해피엔딩을 보여준다. 전쟁에 나간 사람은 승리하여 개선하고, 위급함을 피해 도주한 사람은 성공하여 돌아온다. 아픈 이별을 한 사람들은 우여곡절 끝에 상봉함으로써 행복을 되찾는다. 이는 오랜 문학적 관습이다. 행복한 결말이 아닌 게 오히려 낯설고 이상하다. 그런데 문학에서 오랜 전통이 돼버린 행복한 결말은 어떤 이유나 배경에서 형성된 관습일까?

민중의 소망으로 정렬부인 납시오

행복한 결말이어야 마음이 편하다

비극적 결말은 불편하다. 사랑하는 사람과 이별하게 되고 연인을 죽음으로 잃게 된다는 식의 결말은 심리적 만족이나 위안을 주지 않는다. 물론 인생의 의미라든지 삶의 그늘 같은 것을 깊이 사유케 하는 측면이 있지만 정서적 포만을 주지는 않는다. 아리스토텔레스도 비극이 연민을 통한 심리적 정화를 체험하게 한다고 했다. 그가 말한 심리적 정화카타르시스란 심리적 만족이라기보다는 슬픈 가운데 일어나는 연민의 체험을 의미한다.

사건 상황이 비극적 국면으로 귀결되면 생에 대한 회상에 빠지기도 하고, 의미를 반추해보기도 하며, 번민의 사유가 일어나기도 한다. 인간과 인생에 대한 고뇌 어린 시선이 주어지는 것이다. 그렇기 때문에 편하지는 않다.

비극적 결말이 불편하다는 말은 행복한 결말은 심리적으로 편하다는 것을 의미할 수 있다. 이렇게 이분법적으로 해석하는 것이 무리라고 하더라도 행복한 결말이 주는 사유의 안정성은 비극적 결말의 불안정성과는 사뭇 다르다. 사람들은 해피엔딩에 심리적으로, 정서적으로 만족감을 느낀다. 마음이 순해진다고도 할 수 있다.

삶을 위로하는 이야기

세상은 불안하기만 한데 소설을 읽고, 마지막에 해피엔딩을 접하게 되면, 그 불안함이 어느 정도 해소되는 것이다. 오랜 옛날 구술 이야기가 널리 행해지던 시절, 해피엔딩의 이야기에는 그러한 불안 해소의 차원이 언제나 작동하고 있었을 터다. 그것은 구술 사회에서만 행해진 게 아니라 전통 사회의 소설에서도 굳건하게 지속되었던 것이다.

이야기 형식은 세상을 살아가는 데 필요한 것을 전달하는 도구이기도 했다. 이야기 형식에는 각종 지식이라든지 이념이라든지 사회윤리나 정의라든지 하는 것들을 여러 사람들에게 전달하려는 목적이 어느 정도는 항상 들어 있었다. 세상을 살아가는 데 필요한 지식과 교훈을 담아내는 것이 옛날 설화이고 야담이었다.

그런 점에서 옛날이야기들은 세교世敎의 통속화된 방식이라고 할 수 있다. 세교에서는 위무의 차원이 언제나 필요하다. 이야기 듣는 사람들의 삶을 위안해야 하는 것이다. 그런데 사람들을 위안할 때 불안감을 유발하는 불행한 결말은 적합하지 않다. 행복한 결말이어야지 사람들은 마음을 순화하고 삶을 위로받을 가능성이 높은 것이다.

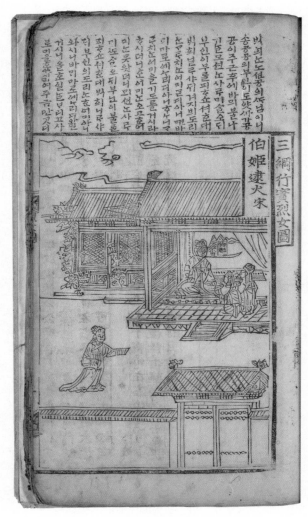

『삼강행실도』

열녀편에 실린 백희체화(伯姬逮火) 이야기와 그림이다. 송나라 공공의 부인 백희는 집에 불이 나 사람들이 불을 피해야 한다고 아뢰어도 자신을 시종 드는 여종과 자신을 가르치는 여종이 아직 나오지 않았다고 집에서 나가지 않아 불타 죽었다. 의(義)를 지켜야 한다는 교훈을 준다. 죽음을 열녀로 표창하고 추앙함으로써 해피엔딩으로 만드는 이념이 여기 들어가 있다.

언해본, 조선 후기, 서울대학교 규장각한국학연구원 소장.

원령의 한도 풀어주고 이념과도 맞고

춘향전의 발생 배경과 관련된 하나의 전설은 소설 형식의 창작에서 위무의 기능이 요청됨을 보여준다. 남원 기생 춘향(춘향전의 춘향이 아니라 또 다른 춘향이다)이 사또 자제를 몰래 사모하다가 한을 품고 죽었는데 그로 인해 남원 지방에 재해가 계속되었다. 양진사라는 사람이 제문 형식의 이야기를 지어 부르게 하니 그 재해들이 그쳤다는 것이다.

이른바 해원解冤설화 혹은 신원伸冤설화의 전형이다. 원래는 비극적인 결말이었는데, 이를 행복한 결말로 바꿈으로써 원령의 한을 풀어준 것이다. 당연히 제문 형식의 이야기에서 춘향은 사또 자제의 구원을 입었고 소원을 이루었다. 이로써 죽은 원령을 위로하게 되었다. 원령만 위무한 게 아니라 그 이야기를 듣는 사람들의 마음도 위무했다.

소설의 위안 기능은 이렇게 행복한 결말을 통해서 어느 정도 가능하다. 반대로 이야기를 비극적인 결말로 끝맺으면 원령 출현을 허용하는 것이 되어서 원령 출현을 최대한 금기시하는 우리의 전통적 사고방식에도 위배된다.

행복한 결말은 낙관적 세계관을 유포하고자 하는 사람들의 지향과도 부합하는 측면이 있다. 낙관적 세계관은 나라를 경영하

317

는 사람들뿐만 아니라 마을이나 집안을 다스리는 역할을 맡고 있는 사람들, 우정이나 사랑을 나누는 사이에서도 필요한, 사회를 지탱하고 유지하는 무의식적 이념이다.

그것은 조선을 지배한 유교적 이념과 결합했을 가능성도 높은 편이다. 그렇다고 그것을 꼭 불순한 의도를 품은 것으로 볼 필요는 없다. 물론 위정자들의 의도대로 우민 교화의 차원에서 마련된 낙관적 세계관이라면 경계해야 마땅하다. 하지만 그것은 인간의 무의식 차원에서 작동하는 하나의 심리적 지향이기 때문에 그 자체로서 순수와 불순의 잣대를 들이대서는 곤란하다.

춘향전 해피엔딩의 특별한 의미

그렇다고 행복한 결말이 모든 작품에서 일률적으로 기능하는 것은 아니다. 작품마다 개성이 있으므로 행복한 결말이 기능하는 모습은 천차만별이다. 춘향전의 경우, 행복한 결말은 불굴의 의지를 통해 사투하다시피 해서 얻은 결과물이기 때문에 그 소중함은 말할 나위가 없다.

남녀 간의 순수한 사랑을 겁박하고 훼방하는 사악한 무리들이 가하는 극대화된 육체적 고통과 차별적 언사, 인간적 모욕이 주는 심적 고통을 이겨내고 이룩한 행복이기 때문에 더욱더 소중한 것이다. 또한 춘향전의 결말은 간악한 관리들의 횡포와 부정부패, 사회적 불의를 일소하는 것과 맞물려서 일궈낸 것이기 때문에 사회정의를 실현한다는 차원에서도 의미가 있다.

　그리고 가장 중요한 것은 그 행복한 결말이 그동안 서로 이질적이어서 가능하지 않았던 계급 간 연대 내지는 결합을 통해 이루어진다는 점이다. 천민 또는 양반의 서녀가 벌열 가문의 정실이 된다는 것은 극과 극에 위치한 계급들 사이의 화합과 조화를 통해 전체의 통합을 기도하는 혁명적 사유이기 때문이다.

3

역사보다
더 역사적이라는 역설

문학과 역사는 일란성 쌍둥이

역사는 문학보다 더 문학적이고, 문학은 역사보다 더 역사적이다. 이 말은 역설적이고 모순된다. 역사와 문학은 장르 자체가 명확하게 구분되기도 하고, 문체상의 스타일이나 어조도 사뭇 다르며, 사건이나 인물을 다루는 방식도 기본적으로 다르다고할 수 있기 때문이다.

그러나 역사서를 읽을 때 인물의 행위나 사건의 전개 과정에서 감동이 밀려오기도 하고, 문학에서 그 시대의 진실 된 모습이나 사람들의 의식을 생생하게 체험하기도 한다는 점에서 보면 역사가 문학보다 더 문학적이고 문학이 역사보다 더 역사적이란 말은 상당히 진실에 가깝다.

물론 이는 문학과 역사의 장르 의식이 전보다는 좀 더 근접하면서 둘 사이에 간섭 효과가 일어나 벌어진 현상이라고도 할 수 있으나, 근본적으로 문학과 역사의 지향은 옛날부터 일란성 쌍둥이라고 할 정도로 서로가 공유하는 부분이 많았다.

역사와 소설의 닮은점: 내러티브, 픽션, 수사

역사 기술은 하나의 전형적 내러티브다. 역사를 기술할 때 인물, 사건, 배경은 핵심 뼈대가 되는데, 이는 소설도 똑같다. 역사 기술에도 내러티브의 일반적 구조를 드러내는 하나의 패턴 또는 패러다임이 존재한다. 역사는 흔히 어떤 배경에서 어떤 인물 또는 인물들이 어떤 행위를 한다고 기술한다. 어떠한 역사도 이러한 기술 패턴에서 벗어나지 못한다. 인간에게는 이야기를 구성하는 일정한 내러티브 방식이 있기 때문이다.

그렇게 구성된 이야기는 그 심층 구조에서 일정한 패턴을 반복하기 마련이다. 그래서 어떤 역사는 사건 중심으로 창작한 어떤 소설보다 더 소설적이다. 물론 요즘 유행하는 인물의 내면을 묘사하는 소설과는 비교할 수 없겠지만.

역사가 문학적인 이유는 역사 또한 픽션이기 때문이다. 역사는 역사 속의 사건과 인물이 실제로 있었다는 측면에서만 논픽션이다. 그러나 역사를 기술할 때는 역사가마다 보는 관점이 서로 다르다. 마치 소설가가 여러 시점 중에서 어떤 시점을 선택하는 것과 마찬가지다.

그리고 사건 속의 인물 중에서 어떤 성격, 어떤 사상, 어떤 취향을 지닌 인물의 시각에서 기술하는지에 따라 역사 기술의 내용은 사뭇 달라지게 마련이다. 그것 또한 소설가가 인물을 창조하고 형상화하는 방법과 비슷한 것이다.

역사가 문학적인 또 하나의 이유는 역사도 소설처럼 수사적이라는 점이다. 수사는 방식만 다를 뿐 모든 내러티브가 갖는 운명이다. 역사는 문학처럼 현란하고 두툼한 형용어군이나 수식어군을 가지고 있지는 않지만 어휘와 어절들을 배열하고 조합함으로써 그에 걸맞은 수사적 효과를 내고자 한다. 어떤 부분은 힘 있게 쓰고 어떤 부분은 둔하게 쓴다.

서양도 그렇지만 동양에서도 옛날 역사가들은 뛰어난 문장가들이었다. 사마천은 뛰어난 역사가일 뿐 아니라 뛰어난 문학가이기도 했다. 그는 문학가로서의 자질과 능력을 보인 부분이 더 많다고도 볼 수 있다. 『사기』「열전」 등을 통해 그는 수사적으로 뛰어난 문장 구사력을 보여주었다.

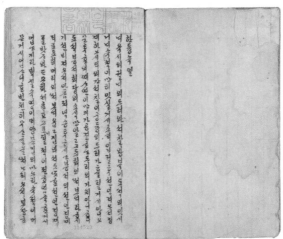

『한중록(恨中錄 또는 閑中錄)』

혜경궁 홍씨가 남편 사도세자의 죽음을 중심으로 친정 집안의 부침에 관한 역사를 기록했다. 『한중록』은 전통의 역사 기술은 아니지만 여인의 담담한 관찰과 고백이 숨어 있어 어느 역사서보다도 '진실'을 생생하게 그려낸다.

한글본, 6권 6책, 서울대학교 규장각한국학연구원 소장.

문학은 역사적 진실을 드러낸다

그에 반해 문학이 역사보다 더 역사적인 이유는 기술의 방법론적 차원이라기보다는 역사적 상상력을 통해 그 시대가 입체적으로 소설 속에 들어와 앉기 때문이다. 문학 작품에는 시대적 배경이 있기 때문에 역사적 요소들이 개입되기 마련이다. 그 시대의 역사는 소설의 배경으로서 들어오게 되어 있다. 그러므로 작가의 역사적 상상력이 발휘되지 않으면 안 된다.

역사적 상상력은 큼직한 사건들에만 적용되는 것이 아니라 인간의 크고 작은 각종 행위들에도 해당된다. 나아가 인물의 내적 상황과 내면의식과 같은 소설의 미시적이고 섬세한 부분에까지 역사적 상상력은 발휘된다. 그래서 소설은 보다 인간적인 역사, 좀 더 촘촘한 역사, 좀 더 두터운 역사라고 할 수 있다. 우리가 정사正史에서 볼 수 없는 인간 삶의 모습을 야사野史에서 읽을 수 있는 이유도 야사가 소설을 지향하는 성향이 강하기 때문이다.

문학이 역사보다 더 역사적인 이유는 어떤 면에서는 역사보다 더 많은 역사적 진실을 담고 있기 때문이다. 역사가 거시적 진실을 드러내고자 하는 경향이 있는 데 비해 문학은 역사가 걸러내지 못하고 통과시켜버리는 미시적 진실, 역사가 포착하지 못하는 숨어 있는 진실을 드러내는 데 유용한 현미경적 도구를 갖고 있다.

인물을 조명할 때도 그 속에 존재하는 갖가지 실상들을 클로즈업하여 보여줄 수 있으며, 사건을 묘사할 때도 사건의 이면에 얽혀 있는 다양한 갈등들을 보여줄 수 있다. 그럼으로써 거시 역사 이면의 미세한 역사적 진실들을 보다 생생하게 전달할 수 있다. 그것들이 오히려 더 인간적 진실이다. 인간의 삶에 밀착해서 인간의 호흡을 보다 생생하게 전해주기 때문이다.

문학은 하나의 망탈리테mentalité다. 소설은 그 시대의 집단 지성과 감성의 역사이기도 하다. 소설가는 소설가 개인의 시선을 가지고 작업하기 때문에 개인적 역사라고 보기 쉽지만 그것은 소설가 개인의 시점을 통과한 집단의식의 역사로 보아야 맞다. 동시대인들의 집단적 의식과 무의식의 편린들이 소설에는 아로새겨져 있다. 그러므로 한 시대의 소설들은 어떤 정식의 역사 기술보다 그 시대의 집단 지성과 감성의 무늬를 더 풍부하게, 더 섬세하게 보여준다.

역사적 상상력의 강력한 힘

춘향전은 당시의 어떤 역사서보다 더 역사적이다. 춘향전은 조선 후기 사회의 모습과 그 속에 사는 다양한 인간 군상들의 모습을 조명한다. 역사서들은 사건과 인간을 관념어로 분석하고 종합하는 경향이 있지만, 춘향전은 그것을 구체어로 하나하나 풀어낸다. 그럼으로써 생활사적 호흡을 생생하게 그려낼 수 있는 원동력을 얻고 있다. 시점도 원거리 고정 시점이 아니라 근거리 다초점의 양식이어서 사건과 인물은 동영상화된다. 역사를 살아 움직이게 만들고 숨 쉬게 만든다.

조선 후기의 역사서도 지방 관리들의 가렴주구를 폭로 · 기술한다. 그것들은 이 가렴주구 현상을 인과적으로 분석하고 종합하여 하나의 문장 또는 하나의 문단으로 적는 식이다. 그 배경과 원인과 실태와 부작용 등을 관념적으로 기술한다.

그러나 춘향전은 구체적 사례 속으로 들어가 그곳에 카메라를 들이미는 식으로 기술된다. 이방과 호장이 명령하고 사령들이 명령을 받아 사또의 생신연 잔치에 필요한 물품들을 백성들에게서 추렴 · 수탈하는 현장을 중계하는 식이다. 수탈을 하는 쪽과 수탈을 당하는 쪽 모두를 왔다 갔다 하면서 생생하게 비춘다. 백성들의 한탄과 분노의 목소리가 들린다. 그러니까 가렴주구의 세부 맥락들이 드러나면서 문제가 입체화된다. 춘향전은 이런 식으로 역사적 안목을 갖춘다.

신분 계급사회의 문제도 마찬가지로 춘향전은 구체 사례를 들고 접근한다. 조선조 역사에서 가장 중요한 사회 문제인 신분 갈

등의 문제를 이처럼 극적으로, 이처럼 집약적으로 표현할 수 있는 역사서는 없다. 신분 문제를 가장 집요하게 파고든 홍길동전도 역사서가 아니라 소설이다. 역사서는 지나간 문제를 요약하고 진단하지만 춘향전은 지나간 문제라도 지금 현재의 문제인 것처럼 바로 눈앞에 던져 놓고 그려낸다.

이런 점에서 볼 때 춘향전은 역사적 상상력을 동원하는 힘에서도 역사서보다 강력하며, 역사적 진실을 환기하는 힘에서도 역사서보다 우월하다고 할 수 있다. 그렇다고 해서 역사서가 보여주는, 거시적 시각으로 역사적 맥락을 짚는 그 거대한 울림을 부정하는 것은 아니다. 다만 소설과 역사가 상대방의 요소를 더 많이 가지고 있다는 역설적 사실을 강조하고 싶은 것이다.

민중의 소망으로 정렬부인 납시오

대우휴먼사이언스 016

춘향전의 인문학
문화적 상상력으로 즐기는 춘향전 10장면

1판 1쇄 찍음 | 2017년 10월 2일
1판 1쇄 펴냄 | 2017년 10월 9일

지은이 | 김현주
펴낸이 | 김정호
펴낸곳 | 아카넷

출판등록 | 2000년 1월 24일(제406-2000-000012호)
주소 | 10881 경기도 파주시 회동길 445-3
전화 | 031-955-9511(편집) · 031-955-9514(주문) 팩시밀리 | 031-955-9519
www.acanet.co.kr | www.phildam.net

Printed in Seoul, Korea.

ISBN 978-89-5733-572-7 03810

이 도서의 국립중앙도서관 출판예정도서목록(CIP)은 서지정보유통지원시스템
홈페이지(http://seoji.nl.go.kr)와 국가자료공동목록시스템(http://www.nl.go.
kr/kolisnet)에서 이용하실 수 있습니다. (CIP제어번호: 2017023723)